J. S. WONDA

# CATCHING BEAUTY

*du gehörst mir*

DARK ROMANCE

Meine Bücher und Produkte gibt es im:

# www.wondaversum.de

CATCHING BEAUTY
du gehörst mir
BAND EINS

32. Auflage
Copyright: J. S. Wonda, 2019, Deutschland
Bildmaterial: Shutterstock
Korrektorat: Claudia Matheis

Bestellung und Vertrieb: Nova MD GmbH, Vachendorf

ISBN: 978-3-96443-577-4

Druck: Abedik SA
Printed in the EU

Jane S. Wonda
Karlsplatz 3
80335 München
www.janeswonda.com
www.wondaversum.de

Du findest mich auf Facebook | Instagram | TikTok

*Dieses Buch ist allen Lesern gewidmet, die laut ›Nein!‹
schreien werden, sobald das erste Mal ›Beauty‹ im Text
vorkommt. Ja, ich weiß. Ich verstehe euch, aber es musste sein.
Verzeiht mir.*

*Bitte.*

*Erst wenn dir die Flügel deiner Freiheit gestutzt werden,
begreifst du, dass du fliegen konntest.*

# SOUNDTRACK

## YOUTUBE PLAYLIST

**My Kick**, Pretty Pink & The Element
**Le temps**, Aedan
**Fall in Deep**, BLOW
**Promises**, Calvin Harris
& weitere

# VORWORT

## DARK ROMANCE

Sobald du die erste Seite aufschlägst, wirst du gefangen sein. Daher ist es auch völlig überflüssig, dir vorher Warnhinweise mit auf den Weg zu geben oder dir zu erklären, worum es geht. Mach dich auf vieles gefasst, aber verliere nicht den Glauben ans Gute. Denn letztendlich ist es nur ein Buch. Im allerschlimmsten Moment kannst du es auch einfach zuschlagen.

Sollten deine Hände nicht gefesselt sein.

# SHOT

*Es gibt Momente im Leben, in denen entscheidest du dich für das Richtige. Und dann gibt es häufiger Momente, in denen du genau das Falsche tust. Seit Tagen hatte ich das Gefühl, den Unterschied zwischen Richtig und Falsch nicht mehr zu kennen. Zwischen dem, was vernünftig war, und dem, was sich aufregend anfühlte. Zwischen meinem Hang, tiefer einzutauchen, und dem Bedürfnis, Luft zu holen.*

*Ich hatte mich möglicherweise verliebt. In einen Mann, dessen Herz dunkler war als jeder Schatten. Dessen Seele zerstört wurde, in einem Ausmaß, das ich noch nicht begriff, und in dessen Augen ich mich mehr verirrte als im tiefsten Dschungel dieser Welt.*

*Ich hatte mich verliebt und war für dieses Gefühl von hunderten Klippen gesprungen. Manchmal, weil ich gestoßen worden war, häufiger, weil ich den freien Fall herbeigesehnt hatte.*

*Aber auch wenn meine Gefühle tief gingen, mein Herz kräftig für dieses neue Glück schlug und mein Körper sich nach seinem sehnte, als wäre er bereits ein Teil von mir, werde ich ihn verraten.*

*Er wird leiden und sterben, durch meinen Willen.*
*Denn; wie könnte diese Entscheidung falsch sein?*

# AMBER

*I*ch war eine Kämpferin. Das hatte schon auf meinem allerersten Strampler gestanden. Mit Edding draufgekritzelt, ein Peace-Zeichen daneben, das ›it's a girl‹ liebevoll durchgestrichen.

Amber Moore ist eine Kämpferin.

Meine Mutter hatte bewusst allen Gefahren zum Trotz ihr eigenes und mein Leben riskiert, um mich auf ›natürliche‹ Weise aus ihrem Körper zu pressen. Ergo war es von meiner ersten Stunde an meine Aufgabe gewesen, zu kämpfen. Gegen die Enge des Geburtskanals, gegen die Enge meiner Erziehung, gegen die strengen Auflagen, für ein Studium an meiner favorisierten Universität aufgenommen zu werden, und schließlich gegen meinen Chef, der mich am liebsten wie seine Leibeigene behandelte und mich bei jeder sich bietenden Gelegenheit auf eine seiner Geschäftsreisen mitgeschleift hätte.

Zumindest den letzten Kampf hatte ich verloren. So gut es mir die letzten Wochen auch gelungen war, einen Ersatz für seine Reisen zu finden, damit ich meinen Boss in einem fremden Land nicht noch über den Feierabend hinaus ertragen musste, dieses Mal hatte ich mich nicht herausreden können.

Als exquisiter Safthersteller Pennsylvanias verbrachte der Inhaber von *Ganic Jice* einen großen Teil seiner Arbeit mit dem Kontrollieren unserer Obstlieferanten, da er diese Aufgabe niemandem zutraute.

Dieses Mal musste er wohl auf mein Urteil und das meiner zwei Kollegen vertrauen, die mit mir gekommen waren. Denn er war in letzter Minute aufgehalten worden und konnte seinen Flug nach Mexiko nicht erreichen. Das bot mir die Gelegenheit, von der ich schon länger geträumt hatte: einen Abend in einer völlig fremden Stadt zu verbringen, das Hotel bezahlt zu bekommen und niemandem erzählen zu müssen, wohin ich ging und was ich tat ...

Jedenfalls traute ich meinen Kollegen nicht zu, dass sie mir nachspionierten. Wie ich die beiden kannte, waren sie längst im Bett. *Langweiler ... oder bin nur ich es, die im übertriebenen Maße das Abenteuer sucht?*

Wenn ich den Worten meiner Freundinnen glauben sollte, dann ja. Niemand wäre so verrückt und würde ausgerechnet in Mexico City *alleine* und *nachts* ausgehen. Schon gar nicht in dem Fummel, den ich trug. Ein Kleid. Etwas zu kurz, etwas zu aufreizend, darüber ein gediegener Blazer, der meinen Auftritt auf den ersten Blick etwas förmlicher erscheinen ließ.

Ich suchte allerdings jemanden, der *genau* hinsah. Der sich nicht vom Schein blenden lassen würde.

Nach außen gab ich eine gesittete junge Lady ab. Rundes, unschuldiges Gesicht. Leichte Stupsnase, mädchenhafte Augenbrauen, langes, welliges Haar, das an den Spitzen perfekt gestutzt war. Meine Kleidung bestand normalerweise aus weiten Hosen und lockeren Blusen. Im Büro trug ich einen Zopf. Make-up benutzte ich nur, um meine naturroten Lippen blasser zu malen und meine Wangen rosa zu pudern. Und obwohl ich das Paradebeispiel einer anständigen Berufseinsteigerin in voller Perfektion verkörperte, sehnte ich mich nach einem Ausbruch aus diesem ›Bloß nicht auffallen‹-Käfig.

*Ich sehne mich nach einem Abenteuer.*

*Nachdem ich jahrelang wie eine Nonne gelebt habe, gar nicht mal so leicht ...*

Ich benutzte meine Finger, um meine Haare zu einem ›Ich bin eine Löwin-rrr‹-Look aufzuwühlen. Dann griff ich nach dem kirschroten Lipgloss, den ich am Flughafen gekauft hatte. Denn ich hatte schließlich erst dort erfahren, dass mein Boss nicht jeden meiner Schritte kontrollieren würde und mir drei Tage voller Freiheit bevorstanden – nach der Arbeit am Vormittag, versteht sich.

Als ich den Applikator schließlich sinken ließ, erkannte ich die Frau im Spiegel kaum wieder. Zu Hause hätte ich mich nicht getraut, zu diesem neuen Ich zu stehen. Zu Hause war die Dunkelheit mein einziger Begleiter in die abtrünnige Welt meiner Fantasien. Zu Hause lebte die gewöhnliche Amber ansonsten wie in einem Gefängnis. Deswegen nutzte sie jede sich bietende Gelegenheit, zu entkommen.

Nach mehrmaligem Prüfen meines Aussehens verließ ich das Hotelzimmer. Dabei sprach ich mir selbst Mut zu. *Wenn du dich unwohl fühlst, kehrst du einfach wieder um.*

Schon in der Lobby glaubte ich die Blicke auf mir zu spüren. Dabei flüsterte mir eine leise Stimme ein, dass ich mir die Reaktionen der anderen Gäste nur einbildete, weil ich für gewöhnlich nicht auf sie achtete ...

*Wird mein Plan funktionieren?*

*Ich will es unbedingt versuchen.*

Meine Freundinnen in New York hätten mich in diesem Aufzug nicht auf die Straße gelassen. Wir lebten in einer WG – es war geradezu unmöglich, unbeobachtet das Gebäude zu verlassen, geschweige denn jemanden mit nach Hause zu nehmen, ohne dass es eine der beiden bemerkte.

Ein letztes Mal holte ich mein Handy hervor und ging ihre Nachrichten durch.

Ein Gruppenchat, der täglich eine Stunde meiner Lebenszeit fraß. Einerseits war ich dankbar, denn auch wenn Macy und Georgia zusammenarbeiteten, ihre Schreibtische, Betten, Lebensmittelpunkte und Freizeitinteressen gleich ausgerichtet hatten – ganz im Gegensatz zu mir –, hatten sie mich liebevoll aufgenommen. In New York kannte ich bis auf sie, eine Handvoll Kollegen und meinen millionenschweren Chef niemanden.

> Macy: Bist du gut angekommen, A?
>
> Georgia: Wie ist das Hotel?
>
> Macy: Hat sich Eric endlich dazu herabgelassen, sich für letzten Samstag zu entschuldigen?!

Ich seufzte und tippte nur einen ›Bin müde‹-Smiley. Eric war mein Kollege, der vermutlich längst seelenruhig schlief. Nicht *er* musste sich bei mir entschuldigen, sondern ich mich bei ihm, denn *ich* hatte *ihn* abblitzen lassen – als wir schon im Bett lagen, nackt, kurz vor dem Sex. Das hatte ich Macy und Georgia nicht beichten können, sie hätten mich endgültig für verrückt erklärt. Eric stand auf mich, das war nicht zu übersehen, aber er war eben ...

Nicht das, was ich brauchte.

Bevor ich mein Handy ausschaltete, bemerkte ich, dass mein Chef mich mehrmals angerufen hatte. Ich hatte heute Abend wirklich keine Lust mehr auf Arbeit. Zusammen mit meinem Zimmerschlüssel gab ich das Telefon an der Rezeption ab.

»Miss Moore?« Ein Rezeptionist hielt mich auf. »Ein Mr. Halpin hat mehrmals versucht, Sie zu erreichen. Wir dachten, Sie schlafen bereits. Er sagte uns, es sei *wirklich* dringend.«

Mein Boss. Ja, ich hatte die Anrufe in meinem Hotelzimmer ignoriert, weil ich in der Dusche gewesen war. Es soll wirklich *dringend* gewesen sein? Dabei arbeitete ich bereits rund um die Uhr für ihn. »Sollte er noch einmal anrufen, dann sagen Sie ihm bitte, dass ich tatsächlich schon schlafe.«

Der Rezeptionist schien nicht begeistert. »Miss Moore, er sagte, es ginge um Leben und Tod ...«

Ich lächelte breit und wandte mich ab, bevor ich verstehen konnte, wie der Satz zu Ende ging. Für meinen Chef stellte selbst die abgebrochene Spitze eines Bleistifts ein *nahezu tödliches* Problem dar. Er behandelte mich nicht nur wie seine Assistenz, manchmal kam es mir vor, als würde er mich am liebsten an sich binden, damit ich ihm noch die kleinste Komplikation des Alltags aus dem Weg räumte.

Auf der belebten Straße blickte ich mich suchend um. Die Gegend war sauber, das Vier-Sterne-Hotel reihte sich mit einigen anderen in der Straße ein.

Taxis und schicke Autos glitten über den Asphalt. Schon bei meiner Ankunft war mir der schwarze Van aufgefallen, in dem zwei Männer saßen und auf das Hotel starrten. Kaum hatte ich einen Schritt in die Richtung der Bar gemacht, in die ich gehen wollte, öffneten sich die Türen des Wagens und die zwei Mexikaner kamen heraus. Sie steuerten direkt auf mich zu, entschlossen, groß gebaut, angsteinflößend.

Die Härchen auf meiner Haut stellten sich auf, Nervosität gepaart mit Aufregung huschte über mich hinweg wie die zarte Brise eines nicht vorhandenen Windes, dann gingen sie an mir vorbei und der Moment verflog. Ich hielt mich davon ab, ihnen nachzusehen, auch wenn mich die Neugierde wie eine dunkle Energie erfasst hatte. Sie sahen aus wie Killer, die das Hotel betraten, um jemanden zu erschießen. *Warum fürchtest du dich nicht wie normale Frauen?*

Den Gedanken aus meinem Kopf vertreibend ging ich mit festen Schritten auf die Bar zu. Mir fiel schnell auf, dass ich auf der Straße eine der wenigen war, die alleine lief. Die meisten Frauen gingen in Grüppchen, viele an der Hand ihres Mannes. Beim Eintreten in die halbleere Bar spürte ich Enttäuschung in mir aufkommen. Hier war weniger los als in der Lobby des Hotels.

*Vielleicht ist es sowieso keine gute Idee, in einem fremden Land jemand noch Fremderes aufzureißen?*

Aber ich blieb tapfer. Ich hatte mir vorgenommen, wenigstens einen Drink zu bestellen. Einen Drink. Jedem Mann ins Gesicht zu blicken, jede Frau freundlich anzulächeln und wieder zu gehen, sobald ich mich unwohl fühlte.

Insgeheim hoffte ich, ganz hollywoodlike von einem

Fremden das Getränk bezahlt zu bekommen. Der Barkeeper würde mir ein Glas reichen, gefüllt mit feurig roter Flüssigkeit, und zu einem Mann nicken, der schweigsam und allein in einer der düstersten Ecken saß. Ich würde das Getränk nehmen, daran nippen – es würde fantastisch schmecken – und auf ihn zugehen. Seine Augen würden über meinen Körper gleiten, über meine schwingenden Hüften, über meine Brüste, hoch in mein Gesicht. Dann würden wir uns unverwandt fest in die Augen sehen, während ich mich ihm wie von einem Magneten angezogen nähern würde. Sobald ich ihn erreicht hatte, würde er aufstehen, mich an sich ziehen und noch hier in dem Flur hinter dem ›Staff only‹-Schild hart und wild ficken ...

»Haben Sie sich entschieden, Señorita?«, fragte der Bartender mich.

»Einen Old Fashioned, bitte.« So fühlte ich mich. *Irgendwie schon zu alt für das hier ...*

Ich nutzte die Zeit, während der Barkeeper den Drink mixte, mich in der Bar genauer umzusehen. Da gab es das Paar, das an einem Fensterplatz saß, zwei Typen, die sich rauchend unterhielten, einen Mexikaner mit Lederweste vor dem einzigen Spielautomaten, eine Gruppe aus gackernden Frauen – Touristinnen eines Landes, dessen Sprache ich nicht verstand. Um die anderen Anwesenden auszukundschaften, hätte ich auffällig den Blick heben müssen. Ich verschob daher mein Vorhaben zunächst, bis es mir nach dem Whiskey hoffentlich leichter fallen würde, mich ungeniert umzuschauen, und blieb selbst dann gerade sitzen, als ein Luftzug über meine nackten Beine glitt. Im nächsten Moment fiel die Tür in meinem Rücken in ihre Angeln zurück. Der Bartender blickte kurz auf, stellte mir dann meinen Whiskey-Cocktail auf den Tresen und verzierte ihn mit einem Zitronensplitter.

Ich lächelte ihn an. Noch schien der kleine, muskulöse Barkeeper der attraktivste Mann in der ganzen Bar zu sein. Als ich meine Hand nach dem Getränk ausstreckte, bemerkte ich, wie er, statt mein Lächeln zu erwidern, die Person ins Auge fasste, die näher getreten war, mich mit einem männlichen Geruch einhüllte und nach meinem Glas griff.

»Danke, Juan«, sagte der Mann, dessen Erscheinung sämtliche Muskeln in mir lahmlegte, und führte das Getränk zu seinem Mund. »Hätte nicht gedacht, dass du noch weißt, was ich trinke.«

Die Stimme des Mannes war rauchig, dunkel, markant. Ich wusste, dass ich noch nie zuvor eine vergleichbare Stimme gehört hatte. Keine, die so vor Dominanz strotzte. Da ich wie eingefroren war, hing mein Blick noch immer an dem Ort, an dem zuvor seine Hand das Glas umschlossen hatte. Der Anblick von schwarzen lässigen Armbändern und zahlreichen Tattoos hatte sich in meine Netzhaut gebrannt. Eine gepflegte, raue Hand und Siegelringe an mindestens zwei Fingern, deren Ränder rötlich schimmerten, als hätte jemand die Farbe nicht gründlich genug abgewaschen ... Rote Farbe? Eine dunkle Ahnung riet mir, dass der Mann kein Maler war.

Der Bartender räusperte sich. »Ich mache Ihnen einen neuen«, sagte er entschuldigend zu mir und widmete sich den Flaschen.

Ein Teil von mir wollte, dass sich der Kerl so schnell wie möglich an einen Tisch im Raum verzog, denn auch wenn er unvergleichlich gut roch und sein Unterarm von sehnigen Muskeln überzogen gewesen war, ahnte ich, dass sein Gesicht düster und entstellt sein musste. Wie das eines Monsters. Etwas zwischen Frankenstein und irgendeiner mexikanischen Fratze.

»Ach, das war ihr Getränk?«, fragte er den Bartender. Er sprach Spanisch, als hätte er die Sprache erfunden. Rau, zügig, perfekt.

Ich zwang mich, zu ihm aufzusehen. *Gerade weil die Gefahr wie ein loderndes Feuer meine Brust befiel ...*

*Abenteuer? Da hast du es!*

Als ich jedoch in sein Gesicht blickte, blieb mir eine schlagfertige Antwort im Hals stecken. Im Hals? Sie schaffte es nicht einmal in die Nähe meines Kehlkopfes.

Meine Gedanken fuhren Karussell, als ich seine gesamte Gestalt erfasste. Er war hundertmal jünger, als ich mir in den wenigen Sekunden ausgemalt hatte, in denen ich die Theke angestarrt hatte. Schatten lagen wie Tusche um seine Augen und betonten das helle, funkelnde Grün in den Iriden. Seine Lippen waren voll, der millimeterkurze Bart umschmeichelte seine kantigen Züge. Auf seiner dunklen Haut und in den dunklen Haaren – das wohl Mexikanischste an ihm, ansonsten wirkte er durch und durch wie ein Nordamerikaner – schimmerten Rußpartikel, als hätte er gerade ein Lagerfeuer angezündet, und seine Kleidung war schwarz, eng anliegend und verbraucht wie die eines Arbeiters. Etwas verriet mir, dass es klüger war, niemals herauszufinden, als *was* er arbeitete.

»Mach ihr einfach ein neues«, sagte er, ohne den Blick von mir abzuwenden. »Ich zahle.«

Mein Magen drehte sich um. Ich wusste, dass mir noch nie ein Mann begegnet war, den ich attraktiver gefunden hatte. Und auch noch nie einen, der mehr nach Gefahr schrie.

»Guter Geschmack«, sagte er mit einem schiefen Lächeln und prostete mir mit seinem Glas zu. Seine Zähne waren gepflegt und perlweiß. Etwas, das man in Mexiko City selten zu Gesicht bekam. Er wandte sich ab, ohne mir die Chance zu lassen, etwas zu entgegnen, und setzte sich ans Seitenende des Tresens, mir schräg gegenüber.

*Oh mein Gott.*

Mein Herz schlug wild. *Das* war der Moment, auf den ich gewartet hatte. Der Grund, weshalb ich ausgegangen war. Der Mann meiner dunklen Fantasien. Was auch immer er mit mir tun würde – und wenn es dreckig, verboten und sogar billig war –, ich wollte es unbedingt erfahren.

Konzentriert starrte ich auf meinen neuen Drink. *Langsam. Versau es nicht. Dieser Mann kann jede haben. Warum sollte er dich wollen?*

Ich nippte an meinem Cocktail und warf ihm einen Blick zu. Er hatte sich eine Zigarette zwischen die Lippen gesteckt und suchte seine Taschen nach einem Feuerzeug ab. Dabei glitten seine Augen kurz zu mir.

Ich kannte den Anblick, Georgia machte genau dieselben Bewegungen, wenn sie ihr Feuer vergessen hatte. Das war ein Zeichen des Schicksals. Denn genau ihretwegen trug ich immer eines bei mir.

Sollte ich es riskieren, ihn auf diese flache Tour anzubaggern?

Ich musste. Wenn ich es nicht tat, würde ich es mein Leben lang bereuen. Ich nahm einen weiteren Schluck – der Old Fashioned schmeckte fantastisch und legte sich brennend unter meine Zunge – und rutschte von meinem Barhocker hinunter in den Stand. Jeder Schritt aufs Barende zu fühlte sich wie ein weiterer Richtung Abgrund an. Ich würde fallen. Ich würde so was von fallen. Aber ich musste springen.

Der Fremde hatte die Suche nach einem Feuerzeug wegen einer Nachricht auf seinem Handy unterbrochen und schrieb konzentriert eine Antwort. Die Zigarette zwischen seinen Lippen. Nicht ganz so, wie ich es mir in meiner Fantasie ausgemalt hatte, aber das ließ mir Zeit, ihn zu betrachten, ohne unter seinem Blick zu glühen.

Die Ärmel seines Shirts hatte er hochgekrempelt, sodass die Tattoos darunter im sanften Licht der Bar schwarz funkelten. Auch an seinem linken Handgelenk trug er einige Armbänder und Lederbänder. Seine sonnengebräunte Haut, das feste Schuhwerk, die teilweise zerschlissene Jeans, sein Äußeres, auf das er wenig Wert zu legen schien, die schicke Bar, in deren Umgebung er einfach nicht passen wollte, erinnerten mich an einen Piraten.

Ja, definitiv. Er hatte etwas von einem Freibeuter, wie sie vor hunderten von Jahren durch die Karibik gefahren waren und Schiffe versenkt hatten. Etwas sagte mir, dass sein Gewissen mit einem solchen Job kein Problem gehabt hätte.

Dieser Mann hatte kein Gewissen.

Erst als ich ihn erreichte und mein Körper einen Schatten auf sein Handy warf, blickte er auf. Dunkle Energien waberten mir entgegen. Ich spürte ein aufgeregtes Kribbeln in meinem Bauch und ein Ziehen in meinem Schritt. Meine Fantasie war längst bei den Dingen, die er mit mir in dieser Nacht tun würde, als ich ihm mein Feuerzeug entgegenhielt. Sprachlos nahm er es mir aus den Fingern. Ob aus Absicht oder nicht, aber er berührte mich dabei nicht. Er zündete sich die Zigarette an, und noch nie zuvor hatte diese simple Geste an einem Mann in meinen Augen so sexy gewirkt.

Er rauchte und für einen Moment blickten wir uns einfach nur an. Mein Herz raste noch immer.

»Stimmt etwas nicht?«, fragte er schließlich in geschliffenem Englisch, was mich zusätzlich aus dem Konzept brachte. Woher wusste er, dass ich Amerikanerin war? »Beschwer dich beim Barchef, nicht bei mir. Ich kann nichts dafür, dass du dir keinen besseren Laden ausgesucht hast. Danke fürs Feuer.« Er steckte es einfach ein.

»Mit dem Drink ist alles okay«, antwortete ich auf Spanisch. Natürlich hatte ich einen Akzent, aber ich wollte ihm zeigen, dass ich kein naives Dummchen war, das einfach nur nicht verstanden hatte, was mit ihrem Getränk passiert war.

Er hob eine seiner geraden Brauen. *Wie kann ein Mann so düster wirken und gleichzeitig so schön sein?* »Und was ist es dann?«, fragte er. »Ich habe keine Zeit für Spielchen.«

»Ich will nicht spielen«, entgegnete ich, bevor ich mich selbst bremsen konnte. Dass es mir tatsächlich gelungen war, dermaßen gelassen zu antworten, konnte ich kaum glauben.

Der Fremde schien aufzuhorchen und mich mit neuen Augen zu betrachten. »Diese Antwort gefällt mir schon besser.« Er verzog einen Mundwinkel zu einem zweideutigen Lächeln. »Wie heißt du?«

»Amber.«

In seinen Augen leuchtete etwas auf. »Wie weiter?«, fragte er.

»Ist das wichtig?«

»Natürlich nicht«, sagte er, als fiele es ihm jetzt erst ein. »Was willst du? Eine Zigarette?«

»Mich für den Drink bedanken«, antwortete ich nervös. *Kehr um! Er hat kein Interesse. Leb damit!*

»Dafür hättest du nicht extra aufstehen müssen. Hoffst du, dass ich dir den gesamten Abend bezahle?«

*Wow, habe ich mich so billig gegeben?* »Natürlich *nicht*«, wiederholte ich seine Worte von zuvor und betonte sie eindringlich. Ich spürte, wie mein Mut in sich zusammenfiel. Wie ein Kartenhaus, Blatt für Blatt. Obwohl ich mir mehrmals geschworen hatte, dass mir nichts an diesem Abend peinlich sein würde, war es mir peinlich. Dieser Mann versprach nicht nur, Dinge mit mir zu tun, von denen ich nachts träumte, verbotene Dinge, Sehnsüchte, die ich niemandem anvertraute – er war zudem auch noch unendlich attraktiv. Und damit eine Hausnummer zu groß für mich. Denn ich war vielleicht kein naives *Dummchen*, aber naiv vermutlich schon.

Schweigen füllte die Leere zwischen uns, bis es mir vorkam, als wäre der gesamte Raum auf lautlos geschaltet worden. Ich hätte gehen sollen, aber etwas hielt mich bei ihm. Vielleicht mein Wunsch, das Bild von mir geradezurücken. Ich war keine billige Hure, die es nötig hatte. Den Drink hätte ich auch selbst bezahlen können. »Ich zahle meine Drinks selbst, wenn sie mir nicht gerade von hereinschneidenden Typen weggeklaut werden«, brachte ich so ruhig wie möglich hervor.

»Dann bist du bei mir falsch«, sagte der Fremde leise. »Ich bezahle meine Frauen. Ausschließlich.«

*Wie bitte?* Hatte mir dieser Typ gerade gesagt, dass er mich nicht wollte, weil ich *keine* Hure war?

Plötzlich beugte er sich vor. »Du kommst zu mir«, sagte er eindringlich, »zu einem Kerl, den du nicht kennst, der in die Bar spaziert ist, als gehörte sie ihm, flirtest ihn auf verführerische Weise an, während du so gut wie nackt bist, und das alles, obwohl du dein Geld *nicht* mit Sex verdienst und er frisches Blut an den Händen kleben hat?«

Ich zuckte zusammen. Meine Augen huschten wie von selbst hinunter zu seinen Händen. *Blut. Natürlich.*

»Kleiner Tipp von mir«, raunte er leise, war mir jetzt so nahe, dass sein Atem mich traf. Zigarettenrauch, Whiskey und darunter ein schwerer männlicher Duft, den ich wohl niemals vergessen würde. »Lauf, so schnell du kannst.«

Seine Worte fraßen sich angsteinflößend durch mein Gewebe und es kostete mich viel Überwindung, nicht auf ihn zu hören.

»Ein einfaches ›Sorry, kein Interesse‹, hätte wohl genügt«, entgegnete ich bebend und setzte mich zurück an meinen Platz.

Kurze Zeit später war er verschwunden und der Old Fashioned schmeckte plötzlich fad.

Ich hätte auf ihn hören sollen.

Dann wären mir eine halbe Stunde später auf dem Weg zurück ins Hotel keine zwei Männer gefolgt und hätten mir nicht diesen verdammten Sack über den Kopf geworfen.

Das Letzte, was ich sah, war der schwarze Transporter.

*Lauf, so schnell du kannst.*

Warum hatte ich nicht gehört?

# AMBER

## FLÜGEL WACHSEN NICHT NACH. ODER BIST DU EIN ENGEL?

*2 Stunden später*

M eine Fußnägel gruben sich in aufgeweichten Schlamm. Ich spürte die Hände an meinem Körper, das grobe Ziehen in alle Richtungen, ich wurde zerrissen und wie ein Tier über den Platz gescheucht. Das Grölen der Männer, die ich nicht sehen konnte, der Geruch von Grausamkeit in der Luft, beides begleitete meinen Kampf, Halt zu finden und nicht in den Dreck zu stürzen. Der Sack über meinem Kopf war einerseits eine Wohltat, denn ich wollte die Gesichter der Menschen nicht sehen, die mir das hier antaten, andererseits verstärkte er die Panik in meiner Brust, weil ich nicht im Entferntesten wusste, wo wir uns befanden und wohin es ging.

*Das hier kann nicht wirklich passiert sein.*

*So etwas passiert nur im Film.*

Unter dem Sack über meinem Kopf brannten Tränen in meinen Augen und Angst kroch meinen nackten Rücken empor, als ich Schreie hörte.

Wohin auch immer ich gebracht wurde, es musste ein grausamer Ort sein. Wer hatte damit zu tun? Der Fremde? Jemand aus der Bar? Oder war es ein Zufall?

Ein Zufall und ausgerechnet ich geriet hinein?

Warum hatte ich geglaubt, mir würde nichts passieren, wenn ich abends alleine wegging und düstere Typen anquatschte? Mexiko City war verdammt noch mal nicht New York, eine der sichersten Städte der USA.

Wieder diese Schreie, die mir durch alles gingen.

Eine Frau litt höllische Qualen und ich betete zu Gott, dass es viel weniger schlimm war, als es klang. *Wo werde ich hingebracht?*

»Auf den Boden!«, blaffte der Mann, der hinter mir gegangen war, auf Spanisch und stieß mich in den Dreck. Ich fiel gegen einen Körper, Frauenbeine, jemand wimmerte. »Klappe halten«, knurrte er und seine Schritte entfernten sich.

Ich bedachte ihn im Kopf mit einer Reihe von Schimpfwörtern. Mir blieb gar nichts anderes übrig, als meine Klappe zu halten – denn in meinem Mund steckte ein alter Lappen, zu einem Knebel geformt, der mir auf der Fahrt hierher grob zwischen die Zähne geschoben worden war. Hilflos blieb ich im Sand sitzen und versuchte die Schreie der verzweifelten Frau auszublenden. Was auch immer ihr angetan wurde, ich wollte es mir nicht vorstellen.

*Wo bin ich?*

»Hallo? Wer von euch versteht mich?« Die Frau, die sprach, klang nah – und freundlich. »Spanisch? Englisch? Irgendwer?«

Ich rührte mich nicht.

Denn ich konnte sowieso nicht antworten und schon

gar nichts tun. Jedenfalls nicht, solange ich mit einem Sack auf dem Kopf und den Händen am Rücken gefesselt war. Ich konnte nicht einmal einen verdammten Finger bewegen.

»Niemand?«, fragte sie auf Englisch.

Um mich herum herrschte absolute Stille.

»Shit, ihr seid so feige. Schämt euch.«

*Feige?* Ich würde mich sofort wehren, wenn es nicht aussichtslos wäre! Am meisten brannte mir eine Frage auf der Zunge: Organhandel, Menschenhandel oder Prostitution?

*Was würde mich erwarten?*

»Hey, Säckchen!« Jemand stieß mich an. »Du hast mich gehört, oder? Du bist nicht so wie die anderen Mädchen. Weiße Haut, steifes Gehabe. Du kommst nicht von hier.«

Ich blieb stumm. *Das bedeutete also, ich fiel in der Gruppe aus ... Frauen? ... auf. Ich konnte mir zusammenreimen, dass das ziemlich schlecht für mich war.*

»Europäerin? Dann verstehst du Englisch. Zumindest gut genug.«

Niemand in unserer Gruppe antwortete. Die Männer schienen beschäftigt.

»Mann, Hazelnut, wir müssen ihr helfen, klar? Neig deinen Kopf, dann versuche ich dir den Sack abzustreifen.«

*Hazelnut? Ernsthaft?*

Die Frau klang geradezu gut gelaunt. Alles ein Scherz? Versteckte Kamera? Ein Aufklärungsvideo? Ein Psychotest?

»Komm, ich weiß, dass du mutiger bist als die anderen! Die Kleine braucht uns!«

Jemand in unserer Gruppe zischte ein lautes: »Schsch.«

*Die Kleine braucht uns.*

Konnte ich ihr helfen? Ohne Sack auf dem Kopf würde es mir zumindest leichter fallen, zu begreifen, wo ich überhaupt hineingeraten war.

Ich senkte den Kopf und spürte im nächsten Moment einen schlammigen Fuß, der versuchte, mir den Stoff nach oben zu schieben. Ich half mit meinem Kopf nach, baute Widerstand auf und warf den Sack im nächsten Moment von mir. Mithilfe meiner rechten Schulter wurde ich auch den Knebel los und spuckte ihn zu dem Sack in den Dreck.

»Braves Mädchen«, sagte die Frau, die mir geholfen hatte, und ließ den Fuß sinken. Ich warf ihr einen Blick durch meine offenen Haare zu und stellte fest, dass sie ebenso wie ich mit den Händen auf dem Rücken gefesselt war. Wir saßen in einer Gruppe aus Frauen, die sich wie kleine Mädchen zusammengekauert hatten und leise atmeten, als würden sie dadurch zu Luft werden – einige von ihnen waren kleine Mädchen.

Ich schluckte.

Wir befanden uns in einer offenen Lagerhalle, vor der ein paar Autos parkten. In einem von ihnen war ich hierhergebracht worden, denn ich erkannte den dunklen Van, der mir schon beim Verlassen meines Hotels aufgefallen war.

Ich wünschte, ich hätte den Sack aufbehalten, denn die Männer zu sehen, die durch den Raum liefen und uns ignorierten oder schlimmer noch, sich an der Frau weideten, die ganz in der Nähe an ein Rohr an der Decke gefesselt war und misshandelt wurde, weckte eine ungeahnte Wut in mir.

*Wo ist Gott jetzt?*

»Sie müssen damit aufhören.«

Ich warf mein langes Haar über die Schulter und blickte meiner Helferin zurück ins Gesicht.

»Holla«, machte sie und öffnete vor Erstaunen den Mund. Ihre Zunge, die Nasenflügel und Ohren waren gepierct, ihr Hals tätowiert. »Du bist ein verdammt guter Fang.«

»Wie sollen wir ihr helfen?«, fragte ich flüsternd.

»Und du sprichst Englisch und verstehst Spanisch. Nett. Solche wie dich trifft man nicht oft.«

»Wovon redest du?«, fragte ich gepresst.

Um uns herum saßen etwa fünfzehn junge Frauen. Ihre Kleider waren teilweise so kurz wie meines, andere trugen T-Shirt und Jeans. Meine Helferin, die einzige andere ohne Sack über dem Kopf, schien nicht ganz dazu zu passen. Ihre Kleidung erinnerte an die einer Domina; Lackrock, eng geschnürtes Korsett und eine Frisur, die auch eine schwarze Perücke hätte sein können.

»Planänderung«, raunte sie, während ihr Blick wie meiner zuvor durch den Raum wanderte. »Eine wie du sollte nicht auf sich aufmerksam machen. War ein Fehler von mir, dir den Sack herunterzunehmen, sorry. Halt einfach deine Klappe und tu so, als hättest du nie einen gehabt. Versuch mit deinem Kopf im Dreck zu wühlen! Dann sehen die nicht auf den ersten Blick, dass dein Gesicht einer Barbie-Doll gleicht.«

»Das tut es nicht!«, zischte ich. Was war bloß mit der los? Woher nahm sie die Kraft für solche Gespräche?

Sie lächelte nur, dann stützte sie sich nach hinten und drückte sich in den Stand. Die Hände auf dem Rücken gefesselt, ging sie völlig angstfrei auf die Gruppe Männer zu. »Hey, ihr Bastarde«, rief sie. »Lasst das Mädchen in Ruhe und widmet euch lieber mir.«

*Wie bitte?!*

Erstarrt sah ich ihr nach. Ich konnte nicht fassen, dass die Fremde sich auf diese Art in ihr eigenes Verderben stürzte. Was war schon besser daran, wenn sie litt statt der anderen? Und wer sagte, dass die Männer von der ersten ablassen würden? Für mich hatte sich noch immer nichts geändert, denn die Männer würden eine weitere Unschuldige benutzen und missbrauchen, ohne dass ich etwas dagegen tun konnte.

*Außer sie alle in den Tod zu wünschen.*

»Los, aufstehen!« Von rechts hallte eine herrische Frauenstimme und scheuchte uns auf. Ich erhaschte einen kurzen Blick auf ihr knochiges Gesicht, die harten Züge um Mund und Augen, dann wurde mir der Sack wieder übergezogen.

Ich bekam nicht mit, wer von der anderen Seite an mich herangetreten war, und verlor auch die Frau aus den Augen, die mir hatte helfen wollen.

Wir wurden weitergetrieben. Ein Innenraum, Fliesen, grelles Licht.

Nacheinander wurden unsere Fesseln abgeschnitten, die Säcke gelöst.

»Stellt euch in einer Reihe auf, zieht euch nacheinander aus und duscht gründlich!«

Mit gesenktem Kopf reihte ich mich ein und versuchte die vielen Waffen auszublenden, die die Männer trugen, während sie uns in Schach hielten. Ein paar Schüsse und wir wären alle tot.

*Oder sie, könnte ich an eines der Maschinengewehre gelangen.*

Nacheinander traten die Frauen vor mir unter die Dusche, sodass der geflieste Raum kurz darauf verräterisch angenehm nach Shampoo roch und von warmen Dunstschwaden geschwängert wurde. Als ich an der Reihe war, fühlte ich mich nicht nur von den Männern beobachtet.

Auch die anderen Frauen starrten mich an, als hätte ich etwas an mir, das mich deutlich von ihnen unterschied.

Ich wollte aber nicht auffallen.

Was, wenn einer der Männer sich dazu entschloss, mich zur Seite zu ziehen, um mich zu vergewaltigen?

Sie hätten die Möglichkeit dazu. Niemand würde mir helfen.

Ich hatte schon in der Schulzeit nicht gerne nach dem Sport- oder Schwimmkurs in einer Sammeldusche und –umkleide meine nackte Haut gezeigt. Lieber verdeckte ich mich, umhüllte meine intimen Zonen – ein Bedürfnis, das ich vielleicht nie wieder frei ausleben können würde.

Nach der Dusche wurden wir wieder in einer Reihe aufgestellt. Die einzige freie Frau im Raum blickte uns nacheinander ins Gesicht und musterte uns mit einem prüfenden Blick, als wären wir Gegenstände. Sie zog die Jüngsten von uns aus der Reihe.

»Kind«, murmelte sie mehrmals. »Kind. Da rüber.«

Bei einem Mädchen vor mir, das keine dreizehn zu sein schien, blieb sie besonders lange stehen. Dann ging sie weiter, ohne sie zu den anderen zu lassen. Ich wusste nicht, ob das nun ihr Glück war oder es doch besser gewesen wäre, ›aussortiert‹ zu werden.

»Was soll'n wa mit denen machen?«, brummte einer der bewaffneten Männer mit starkem Dialekt.

Die Frau blaffte ihn an, mit demselben Dialekt, sodass ich sie kaum verstand. Ich vernahm die Worte: »Frag nicht ...«, »... Sonderbestellung ...«, »... Ein Kunde will ...« und eine Reihe von Schimpfwörtern.

*Ein Kunde. Ein Kunde will was?* Das Band um meine Brust zog sich fester zu.

Uns übrig gebliebenen Frauen wurden Kleider in die Hand gedrückt. Alle verhielten sich ruhig, gehorchten, ohne zu zögern, und blickten schnell auf den Boden, wenn ich ihren Blick streifte.

»Los jetzt!«, donnerte wieder die knochige Frau. »Zieht euch an und sucht euch dann eure Schuhe raus!«

*Wie kann eine Frau anderen Frauen das hier antun?*

Die Schuhe, die man uns abgenommen hatte, lagen in einer Kiste neben der breiten Eisentür, auf die wir in einer langen Schlange zugesteuert waren.

Die gierigen Augen der Männer ausblendend, die uns nackte Frauen beim Anziehen betrachteten, streifte ich das Kleid über, suchte meine Schuhe aus der Kiste und schlüpfte hinein. Ich war eine der ersten, die fertig war, denn mein Kleid war leicht und passte wie angegossen. Die anderen hatten mehr zu kämpfen. Viele üppig gebaute Frauen quälten sich beim Schließen des Reißverschlusses. *Warum müssen wir überhaupt diese aufreizenden Kleider anziehen?* Bevor ich dem Drang nachgehen konnte, ihnen zu helfen, wurde ich grob gepackt, durch die sich öffnende Eisentür bugsiert und wieder in einen Van verfrachtet.

»Anschnallen«, blaffte der Kerl und holte die Nächste. Ich versuchte einen der Männer auszumachen, die ich vor dem Hotel gesehen hatte, weil ich ziemlich sicher war, dass sie es waren, die mich in ihrem schwarzen Van verschleppt hatten, aber ich konnte sie nicht finden.

Sobald der Wagen voll war, setzten wir uns in Bewegung. Mehr als eine Stunde dauerte die Fahrt, die mir wie zehn Minuten vorkam. Keine der Frauen sprach ein Wort, niemand muckte auf.

Die Angst im Wageninneren war greifbar. Ich wartete nur darauf, dass unser Aufpasser eine von uns zwang, die Beine für ihn breit zu machen. Gleichzeitig konnte ich nur daran denken, dass er alleine eigentlich keine Chance gegen uns hatte. Obwohl er zwischen uns saß und sein Maschinengewehr im Anschlag hielt. Hätten die anderen den Mut, sich über Blicke abzusprechen, hätte es uns gelingen können, ihn zu überwältigen ...

Natürlich blieben alle still.

Als wir in einem anderen Teil Mexico Citys ankamen, der mir zumindest von den Richtungsschildern auf dem Highway etwas sagte, hielt der Van kurze Zeit später vor dem roten Teppich eines in der Nacht glitzernden Clubs. Das Gebäude sah nicht aus wie ein Hinterhofloch, in dem Frauen gegen Barzahlung vergewaltigt werden konnten. Mein Herz atmete etwas auf.

Als wir aus dem Auto gelassen wurden, behandelte man uns zum ersten Mal freundlich. Niemand trieb uns, wir wurden angeführt und wir folgten. Natürlich dachte ich darüber nach, wegzulaufen. Die Straße war offen einsehbar und es fuhren einige Autos vorbei ...

*Aber das ist Mexico City. Ich brauche nicht darauf zu hoffen, dass man Skrupel hätte, auf mich zu schießen, sollte ich wegrennen.*

Als ich mich nach rechts drehte, meine langen Haare als Sichtschutz fallen ließ, um die andere Seite des Bürgersteigs auf eine Fluchtmöglichkeit hin zu überprüfen, fiel mir ein Mann auf, der rauchend an der Hauswand lehnte und unseren Zug aus ängstlichen Mädchen beobachtete.

Der Schock traf mich unvorbereitet.

*Der Typ aus der Bar.*

Obwohl sein Teint hell war, ließ ihn der Bartschatten dunkel wirken, und seine Gestalt war muskulös und angsteinflößend, als wäre er jederzeit bereit, seine Interessen gewaltsam durchzusetzen.

*Er blickt mich direkt an.*

Durch meine Haare hindurch, in meine Augen.

Mir war sofort klar, dass er wusste, was hier vor sich ging.

Sehr wahrscheinlich war er sogar derjenige, der alles in Auftrag gegeben hatte.

*Lauf, so schnell du kannst.*

Ich konnte nicht anders, als seinen Blick schamlos zu erwidern und die Verachtung zu zeigen, die ich für ihn empfand. Ich wünschte, er würde auf der Stelle sterben.

»Los, rein da!«

Jemand drückte von hinten gegen mich und ich verlor den Blickkontakt. Wir wurden in das Gebäude geführt, links an der schillernden Tanzfläche vorbei, eine Treppe hinunter. Es folgten einige Vorhänge, Absperrungen, schwere Türen und dann ein dunkles Zimmer, in dem wir zusammengepfercht wurden.

»Hier, Bella.« Meine Helferin von vorhin tauchte überraschend neben mir auf und drückte mir etwas in die Hand. »Manchmal muss man nur mit dem Arsch wackeln und sie geben einem das, was man will. Ist wie im Gefängnis hier.«

Ungläubig blickte ich auf das Buch, das sie mir gereicht hatte.

»Seite 147«, sagte die Fremde und grinste schief. »Sie werden sowieso alles mit dir machen, was sie wollen, und besonders dieser Abend wird schlimm. Nimm es! Es macht dich mutiger und lässt dich alles besser überstehen! Zeig ihnen ruhig, wie wenig du von ihnen hältst! Heute Abend ist die letzte Gelegenheit, ihre Egos schrumpfen zu lassen, denn sie können dir durch die Gitter nichts antun!«

»Wo sind wir hier eigentlich?«

»Im Paradies für hässliche Männer!«, rief sie mir noch zu, dann wurde sie an mir vorbei und außer Sichtweite gedrückt. »Denk immer dran, dass ihre Schwänze nicht besonders groß sein können, wenn sie hierherkommen!«

Im Dämmerlicht las ich den Einband des Buches. *Wie der Wind so still.* Ich schlug Seite 147 auf. Eine fingernagelgroße Tablette, weiß und unscheinbar, klemmte zwischen den Seiten. *Wenn es einen mutiger machen sollte, dann war es vermutlich kein LSD.*

Ich riss eine Seite ab, umwickelte die Droge damit, ohne sie zu berühren, und verstaute sie in meinem Ausschnitt. Vielleicht würde ich sie wirklich noch gebrauchen können. Als die Männer uns aus dem Raum in einen nächsten scheuchten, hielt ich das Buch noch immer umklammert. Licht strahlte von der Decke und enthüllte die Käfige, die in Reihen aufgestellt waren.

Der Anblick entsprach meinen schlimmsten Vorstellungen.

# C

MIR WÄRE ES AUCH LIEBER GEWESEN, WIR
HÄTTEN UNS ERST IM PARADIES
WIEDERGESEHEN.

»*M*ir kommt es immer so vor, als wäre diese Tür der Weg in die Hölle, aus der niemand mehr zurückfindet.« Ly blieb im Türrahmen stehen und ließ mir den Vortritt. Er lächelte schief, weil er den Gedanken nicht ertrug, dass irgendjemand *nicht* in der Hölle landete, der heute Abend freiwillig hier war. »Wobei das hier im Gegensatz zu den anderen Sklaven-Verkaufspartys, auf die wir schon eingeladen wurden, sogar noch recht ... *nett* ist. So im Vergleich.«

Ich ließ meine Knöchel knacken und bahnte mir einen Weg durch die zahlreichen Käfige, während meine zwei Freunde folgten. Sie wussten, dass das hier weitestgehend mein Metier war. Ich war derjenige, der einen kühlen Kopf bewahrte, wenn es darum ging, so zu tun, als hätten wir es nötig, Frauen zu kaufen. Die Käfige, das schäbige Licht, die Angst in den Gesichtern. Es juckte unter meinen Fingernägeln, die Kontrolle an mich zu reißen und alles zu verändern.

»Suchen wir uns einfach drei aus und verschwinden«, murmelte ich den beiden zu und achtete darauf,

37

dass sich niemand der anderen Kunden in der Nähe befand.

»Wird gemacht, C«, brummte Wres und löste sich aus unserer Gruppe. Er steckte das Jojo weg, mit dem er sich die Zeit vertrieben hatte, als wir draußen warten mussten. Wres war ein Hüne, beeindruckend groß und kräftig; ihn mit einem Jojo spielen zu sehen war, wie ihn Salat essen zu sehen. Es wollte einfach nicht passen.

Mit uns befanden sich noch gut dreißig andere Männer im Raum. Der Großteil war nur gekommen, um sich an den verschreckten, halbnackten Gestalten in den Käfigen aufzugeilen. Ich hätte sie am liebsten alle getötet.

Der kleinere Teil der *Besucher* brachte die Kohle mit und würde sich ein oder zwei Mädchen kaufen. Wir hatten genug Geld, aber wir konnten nicht mehr als drei befreien.

*Wir dürfen nicht auffallen.*

»Wie sieht es mit der hier aus?« Ly war in meiner Nähe geblieben und nickte zu einer Blondine, die in einem Käfig rechts von uns saß. Sie versuchte ihren in einem viel zu kurzen Kleid steckenden Körper mit angewinkelten Beinen und den Armen zu verbergen und starrte ängstlich zu Boden. Typisch, dass Ly sich eine aussuchen wollte, die in sein Beuteschema passte.

»Vergiss es«, knurrte ich. »Du sollst dir keine aussuchen, mit der du vögeln musst.«

»Müssen?«

»Sie ist blond. Du musst in solchen Fällen.«

Mein bester Freund grinste schief. »Und wer sagt, dass das gegen ihren Willen wäre?«

Ich verdrehte die Augen und ließ Ly bei der Blondine zurück. Sein Maßanzug wirkte falsch in diesem

Raum, niemand der anderen Männer machte sich die Mühe, wie ein Vertreter auszusehen. Ly hingegen liebte es, noch an den schäbigsten Orten seine Maskerade aufrechtzuerhalten. Unter seinem Anzug war die Haut übersät mit Narben und Tattoos, aber nach außen wirkte er glatt und kühl wie der Teufel selbst.

Er hieß Ly – wie die Lüge. Und genau das war er. Eine Lüge.

Auf meinem Weg durch die Reihen blickte ich suchend jedem Mädchen ins Gesicht. Zum Glück war kaum eine Frau unter sechzehn. Die einzige Gemeinsamkeit, die wir alle drei teilten: Kinder konnten wir nur schwer zurücklassen. Jemand wie ich, der schon Messen hatte beiwohnen müssen, bei denen zwölfjährige Jungfrauen *geopfert* worden waren, bekam Albträume, sobald er eine von ihnen in einem Käfig vor sich sah.

Ich musste mir nichts vormachen. Nur weil sich in den Käfigen kaum welche befanden, gab es in Mexico City genügend junge Mädchen, die litten. Die Stadt bestand aus einem riesigen Haufen menschlichen Unrats. Anarchie, Korruption, Drogen, die aus jeder Hauswand quollen. *Wenigstens haben die Leute es mit den vielen zugänglichen Rauschmitteln leichter, dem Elend im Kopf zu entfliehen*, dachte ich bitter.

»Such du eine aus.« Wres tauchte vor mir auf und verschränkte die Arme abwehrend vor der Brust. Er hatte seinen Namen vom *Wres*tling, obwohl er offiziell als Box-Champion groß geworden war. Wir wollten bis heute nicht wahrhaben, dass er es ohne Deals und Hilfe nach oben geschafft hatte, deswegen nannten wir ihn liebevoll Wres. Aber eigentlich hätte wohl kaum ein Schwarzer

Amerikas Bestechung im Kampfsport weniger nötig gehabt als er.

Wres war vom Körperbau der mit Abstand Mächtigste von uns dreien und so tödlich wie zehn meiner Maschinengewehre zusammen. Aber wenn ich ihn bitten würde, eine Kuh umzulegen, um sie braten zu können, würde er mich ansehen, als hätte ich nicht alle Tassen im Schrank. Für ihn war dieser Horrortrip heute Abend schwer zu ertragen. Hierherzukommen und so zu tun, als wären wir wie die anderen Männer, den Mädchen vorzugaukeln, dass wir tatsächlich vorhatten, sie zu versklaven und nicht zu befreien, ging ihm gewaltig gegen den Strich. Wenn ich damit einverstanden wäre, hätte er längst jeden Mann im Raum getötet, sämtliche Frauen befreit und auf unsere Insel gebracht.

Aber ich hatte mein Veto eingelegt.

Wir funktionierten nicht nach dem Mehrheitsprinzip.

Jeder von uns musste zustimmen – oder eine Aktion wurde abgeblasen. Gar nicht so leicht, sich schlussendlich zu einigen, denn jeder von uns verfolgte eine ganz eigene Mission. Im Gegensatz zu Wres ging es Ly nicht um die Männer, sondern um die Frauen selbst. Wenn er reich genug wäre, würde er jeden Monat in jedem Land der Welt einfach *alle* Frauen freikaufen, den Preis der *Ware* so weit in die Höhe treiben, dass sie sich keiner mehr leisten konnte. Aber Ly war kein Milliardär und er hatte seinen eigenen Weg finden müssen, aus der ganzen Sache ausreichend Profit zu schlagen, um nicht pleitezugehen.

Und mein Grund? Ich war hier wegen der Menschenhändlerringe selbst.

Ich wollte den *Handel* zerschlagen. Das war die schwierigste Aufgabe von allen. Nur jemand wie ich, der nichts als menschliches Leid und männlichen Abschaum kannte, war geeignet für diesen perfiden Plan.

»Wres, nimm einfach irgendeine. Wie sieht das aus, wenn du nicht mal den Mumm hast, auf eine zu zeigen, sobald Ramírez kommt?« Ramírez war der Verkäufer, der heute Abend das Geld einnehmen würde. Aber der mexikanische Name täuschte, denn der Ring befand sich in amerikanischer Hand. Der Big Boss würde sich niemals zeigen. Er hockte in seiner Villa in Florida und genoss die Klimaanlagen seines Poolhauses, während er die Leute für sich schuften ließ.

Leider kannte ich ihn gut genug, um mir sein fettes Grinsen dabei vorstellen zu können.

Sollte irgendwann in diesem Staat die Polizei wieder das tun, was man ihr sagt, wäre ich einer der Ersten, die offenlegten, dass man in diesem Club statt Alkohol lieber Frauen kaufte, nur um ihn hinter Gitter zu bringen. Von manchen Menschen wünscht man sich, dass sie endlich verrecken, bei anderen hingegen träumt man davon, dass sie ihr restliches Leben in einem Gefängnis verbringen und für alle Ewigkeit darunter leiden.

»Du bist keine Pussy«, erinnerte ich Wres. »Mach's wie Ly. Such dir eine, die dir gefällt.«

Wres verzog das Gesicht. »Ich bin nicht wie er. Ly vögelt selbst einen Baumstumpf, wenn man dem Stück Holz blonde Haare überwirft.«

»Oh, entschuldige, dass ich deine Gefühle verletzt habe«, säuselte ich ironisch, »indem ich dich mit ihm verglich.«

Wres setzte seinen ›Ein Glück, dass du mein Freund

bist, sonst würde deine Gehirnmasse jetzt unter meinen Fäusten kleben‹-Blick auf und wandte sich ab.

Ich kümmerte mich nicht um ihn und schlenderte weiter durch die Reihen. Im Gegensatz zu den anderen zweien spielte ich das Spiel richtig. Ich betrachtete jedes einzelne Mädchen mit einem aufgesetzt gierigen Blick, als würde ich schon im Kopf darüber nachdenken, wie es wäre, sie zu ficken, und ging langsam, als würde ich jede Sekunde meines Aufenthalts genießen.

Die meisten Frauen waren Südamerikanerinnen, natürlich. Verschleppt aus ärmlichen Gegenden an einen Ort, von dem sie sich ebenso leicht nach Europa wie in die Staaten verschiffen ließen. Aber es verbargen sich auch einige Amerikanerinnen und sogar Europäerinnen unter ihnen. Es war immer riskant, sich für eine von ihnen zu entscheiden, denn das Auswärtige Amt funktionierte in Gebieten wie Skandinavien oder Mitteleuropa gut und man tat viel, um die Frauen zu finden. Andererseits machte wohl gerade das den Reiz für einige aus.

Als mein Blick auf den Käfig einer Minderjährigen fiel, hielt ich inne. Und jetzt? Sollten wir das junge Ding kaufen und befreien? Wres würde heulen, wenn wir es nicht täten. Und wenn ich ganz tief in mir grub, konnte ich zumindest einen gewissen Unwillen feststellen, sie hier zu lassen.

*Irgendwo in dir schläft ein Gewissen, Hut ab.*

Die Kleine saß kauernd in einer Ecke, und als sie meine stoppenden Füße bemerkte, blickte sie auf. Dann sprang sie plötzlich auf und rüttelte an den Käfigstangen. »Lass mich raus!«, jammerte sie auf Spanisch. »Lass mich raus!«

Ich wich zurück, als ob ich angewidert wäre, und

überlegte, wie ich Wres daran hindern konnte, diese Reihe hier entlangzugehen. Minderjährige freizukaufen schadete unserem Ruf. Schließlich schafften wir dadurch nach außen das Bild von pädophilen Superwichsern. Aber Wres war unser Ruf natürlich egal ...

Die Kleine weinte und heulte und setzte sich eine Weile später zurück in ihre Ecke. Ich merkte mir ihr Gesicht und ihren Vornamen, der auf das Schild an ihrer Gittertür gekritzelt worden war.

Manchmal schafften wir es, einige von ihnen wiederzufinden, wenn sie von Männern gekauft wurden, deren Name uns bereits geläufig war, aber noch nie ist es uns gelungen, sie zurück zu ihren Familien zu bringen – das hätte sie endgültig das Leben gekostet.

Der nächste Käfig beherbergte keine Mexikanerin. Ein amerikanischer Pass war unter das Namensschild geheftet und ich nahm ihn ab, um mir ganz sicher zu sein.

*Amber Moore.*

Ich klappte ihn wieder zu und versuchte durch die dichte Haarmähne zu sehen, die die dunkelhaarige Schönheit vor ihrem Gesicht ausgebreitet hatte, auch wenn ich ihr Gesicht natürlich längst kannte. Allein diese Haarpracht erzeugte in mir das Bedürfnis, fest hineinzugreifen. Schon in der Bar hatte ich mich kaum zurückhalten können.

Es ärgerte mich, dass ich meinen Prinzipien gefolgt war. Denn ich wusste sofort, dass ich sie kaufen würde, wäre sie mir gerade zum ersten Mal begegnet – in der Hoffnung, dass mein schäbiges Verlangen sie nicht abschrecken würde ...

Amber Moore hatte helle, straffe Haut. Mir gefielen

ihre Rundungen, die sie fülliger als andere Frauen wirken ließen. Aber ich wusste, dass sie perfekt waren, wenn sie aufrecht stand oder ging. Ihre Haare reichten bis zu den Ellenbogen. Locken, von einigen helleren Strähnen durchzogen. Ihre Füße waren zierlich, steckten in denselben Pumps, mit denen sie auf mich zugekommen war. Ich hasste diese Art von Schuhen, an ihr konnte ich sie ertragen.

Sehr gut sogar.

Ich trat näher. Sie schien etwas in der Hand zu halten, das absolut nicht an diesen Ort gehörte.

*Ein Buch.*

Es war tatsächlich ein Buch.

»Woher hast du das?«, frage ich auf Englisch und versuchte meine Stimme unbeteiligt klingen zu lassen. *Bist du wahnsinnig, sie anzusprechen?!* Aber es war unmöglich, gegen meine Neugierde anzukämpfen. In der Bar hatte sie mich überrascht. Ich hatte nicht damit gerechnet, dass sie mich bei unserer zweiten Begegnung regelrecht faszinieren würde.

»Fick dich«, murmelte sie und blätterte die nächste Seite um. Sie war deutlich älter als die anderen. Laut ihrem Pass sechsundzwanzig.

»Ist das ein Angebot?«, raunte ich gedämpft. »Wer hat dir das Buch gegeben?« *Geh weiter!*

Amber blickte auf, wodurch ihre Haare zu beiden Seiten aus ihrem Gesicht fielen, und funkelte mich aus wütenden braungrünen Augen an. Wie auf der Straße vorhin setzte sie eigens für mich einen Killerblick auf. Im Vergleich mit den anderen Frauen war mir bewusst geworden, dass sie mit Abstand die schönste Frau des heutigen Abends war.

44

*Eine Auszeichnung?*

Die Amerikanerin hatte ein feminines, äußerst hübsches Gesicht mit einem kantigen Kinn und markanten Wangenknochen, wodurch es besonders ausdrucksstark wirkte. Ihre Stirn war hoch, die Brüste voll. Sie schien Sport zu treiben und ihre Beine waren lang und schlank. Aber das war Nebensache, denn von Anfang an hatten mich vor allem ihre Augen fasziniert, die mich auch jetzt in eine irritierende Starre zwangen.

Amber seufzte auf, klappte das Buch zu und hielt es mir entgegen. »Du wirst es mir eh wegnehmen, also nimm es.«

Ich las den Titel auf dem Einband. »Nicht gerade meine Literatur.«

»Dann lass mich doch einfach in Ruhe, Arschloch!«, zischte sie und riss es wieder an sich. Sie hatte ein lautes Mundwerk, dafür dass sie noch heute als Sklavin verkauft werden würde.

»Ich gebe dir einen meiner wenigen, aber wertvollen Ratschläge«, entschied ich und kniete mich vor sie hin. Ich öffnete meine Lederjacke, damit sie einen Blick auf die zwei Pistolen erhaschen konnte, die in meinen Seitentaschen verborgen waren. Mein Plan war es, sie damit einzuschüchtern, denn sie hatte offenbar noch nicht genug Angst, aber ihre Miene blieb völlig unbeeindruckt. »Du bist eine der schönsten Frauen in diesem Raum, und sobald dich noch andere für sich entdecken, wirst du an das reichste Monster unter ihnen verhökert. Du denkst vielleicht, das hier sei die Hölle, aber glaub mir, je lauter du bist, je widerspenstiger du dich zeigst, desto eher wirst du einen Kerl kriegen, der genau das sucht. Nicht alle Männer sind Arschlöcher. Viele suchen einfach nur eine unkomplizierte Sklavin, die ihnen manchmal einen bläst und hübsch aussieht. Du könntest in diese Kategorie fallen. Außer du machst den Mund auf und beleidigst sie, dann kriegen die guten Jungs Angst vor dir und die schlechten fangen an, sich um dich zu reißen. Manche lieben es, den Widerstand junger Frauen zu brechen. Und du willst nicht von diesen Männern gebrochen werden.«

Sie blickte mich weiterhin herausfordernd an, ohne auch nur einen Muskel zu bewegen. »Danke für diese schwungvolle Rede.«

Ich lachte auf. *Hat sie das gerade wirklich gesagt?*

»Welcher von den zwei Typen bist du?«

»Wenn ich so wie die anderen Männer hier wäre und mir eine Frau als Sklavin aussuchen müsste«, ich richtete mich wieder auf, »würde ich sofort dich nehmen. Das sollte dir Warnung genug sein.«

Ihre Augen weiteten sich leicht. »Dann nimm mich.«

*Sie hat ja wohl einen Vogel. Warum fürchtet sie sich nicht vor mir?* »Du wirst es noch verdammt schwer haben, wenn du glaubst, ausgerechnet jemand wie ich wäre der Nette.«

»Du hast mir einen wertvollen Tipp gegeben.« Sie legte das Buch ab und stand auf. Das hätte sie nicht tun dürfen, denn im Stand kam ihre attraktive Figur noch besser zur Geltung. Und was ich sah, weckte meine dunkelsten Fantasien. Sie hatte nicht einmal eine *Ahnung* davon, wie kaputt und geschädigt ich war, und dass mich ausgerechnet der Anblick ihrer in ein billiges, aber enges Kleid gesteckten Gestalt hinter den Gitterstäben eines Käfigs anmachte. Besonders da sie nicht verängstigt schien und glaubte, mich herausfordern zu können.

»Und du bist durch die ganze Stadt gefahren, um mich wiederzusehen, hm? Du wusstest, dass sie draußen darauf gewartet haben, mich zu packen. Deswegen deine total edelmütige Warnung in der Bar. Oder nicht?«

Ich verbesserte sie nicht.

»Aber wie du siehst, war ich zu dumm, darauf zu hören. Nutz deine Chance und kauf mich wieder frei. Vielleicht werden wir sogar ... Freunde.« Sie zwinkerte.

*Sie wagt es, mich anzumachen.*

Ich hatte nicht gelogen. Ich würde sie sofort mitnehmen, wäre ich als gewöhnlicher Käufer hier, aber sie sollte niemals in Erfahrung bringen, wer ich wirklich war.

*Warum gehe ich dann nicht weiter?* Weil ich mir schon jetzt vorstellte, wie ich sie für das herablassende Zwinkern bestrafe ... An welchem Punkt dieser Konversation war ich kläglich an ihrem Geist gescheitert und hatte es forciert, dass sie etwas tat, das meinen Schwanz gierig zucken ließ?

»Und hey, du schaffst es, ganze Wörter zu vollständigen Sätzen aneinanderzureihen, auf Englisch wie auf Spanisch«, ergänzte sie, als wäre das eine Auszeichnung. »Ich glaube mal, das können nicht viele hier. Wenn du mich mitnimmst, wirst du es nicht bereuen. Ich kann mehr für dich sein als eine billige Sklavin.«

»Ah, was stellst du dir vor? Ein Job als meine persönliche Assistentin?«

»Vielleicht?« Sie lächelte lasziv.

Das hätte sie nicht tun dürfen. Mich anzulächeln, kam dem Wecken eines Raubtieres in mir gleich.

Ich trat an sie heran und schloss meine Hand um einen der Gitterstäbe. »Komm näher«, verlangte ich rau.

Amber war mutig und dumm genug, zu gehorchen.

»Noch näher«, knurrte ich ungeduldig. In meiner Brust öffnete sich das schwarze Tor zur Hölle, das ich so gut verschlossen zu halten wusste. Denn alles, was dahinter lauerte, war nichts weiter als Zerstörung. Für jeden um mich herum.

Die Brünette trat vor, sodass auch sie die Hände um zwei der Gitterstäbe legen konnte und ihr Gesicht vor meiner Brust schwebte. Sie war kleiner als ich, aber nicht sehr viel. Ihre langen Beine eine Wucht, ihr Körper reiner Sex-Appeal. Entweder sie wusste um ihre Attraktivität oder sie verdrängte es. Ich tippte auf Letzteres, denn auch wenn sie mutig tat, flimmerte Furcht in ihren Augen wie ein Störbild im Fernseher.

Genau die Furcht, nach der ich mich sehnte.

»Männer wie ich würden noch in drei Jahrhunderten keine Assistentin einstellen, von der sie nicht erwarten, dass sie täglich auf Knien bettelnd ihren Schwanz lutscht. Du glaubst, du wärest gut bei jemandem wie mir aufgehoben? Ich bin der Allerschlimmste im Raum.«

»Etwas sagt mir, dass du nur versuchst, mir Angst zu machen«, flüsterte sie. »Ich habe genug Angst. Woher wusstest du, wo sie mich hinbringen? Hast du das organisiert? Bist du ... der Händler?«

»Nein«, knurrte ich.

»Warum hast du mir dann nicht geholfen? Scheiße, ich stecke in einem Käfig und werde heute Nacht verkauft!«

»Das sehe ich.« Bitterkeit legte sich auf meine Zunge.

»Wenn du mir nicht helfen willst«, murmelte sie enttäuscht, »was willst du dann von mir?«

»Dass du auf mich hörst«, gab ich knurrend zurück.

»Geh zurück auf den Boden und lies dein Buch weiter, du wirst es sonst bereuen.«

Sie blieb, wo sie war. »Ich werde es bereuen, weil du mich kaufst? Irgendwie fände ich diese Vorstellung ziemlich interessant.«

*Interessant? Interessant?!*

»Du wirst es bereuen, weil ich dir wehtue«, erwiderte ich kalt.

Sie hob abschätzig eine Braue, als glaubte sie, ausgerechnet der Käfig könnte sie vor mir beschützen. Ich überlegte nicht länger, ich packte zu.

Blitzschnell schob ich meine Hände zwischen den Gitterstäben hindurch, umschloss ihren Nacken und drückte ihr Gesicht gegen das harte Metall. Sie keuchte vor Schmerz, als die Eisenstangen sich in ihr Gesicht drückten, gleichzeitig griff ich mit der Rechten an ihren Arsch, zog sie an mich und achtete darauf, dass sich das Eisen schmerzhaft in ihren Körper bohrte, dann presste ich meine Lippen auf ihren Mund. Nichts daran dürfte für sie angenehm gewesen sein, aber ihr unwillkürliches Stöhnen erfüllte mich mit dunkelster Lust. Mein Schwanz wurde hart, während ich mit meiner Zunge ihren Mund eroberte. Kein Kuss, keine Zärtlichkeit. Es war pure Dominanz, schmerzhaft und brutal. Ich schmeckte Blut, weil ich hart auf ihre Lippe gebissen hatte, und spürte Befriedigung in mir aufkommen, weil sie so dumm gewesen war, mir nicht zu glauben. Wie ein Vampir im Blutrausch fiel es mir nun noch schwerer, von ihr abzulassen. Falls sie schmerzerfüllt wimmerte, hörte ich es nicht. Ich spürte nur ihren Körper, der in meine Griffe fand, als wäre er für diese geschaffen worden, und ihre zarte Zunge, die gar nicht erst versuchte, meiner zu entkommen. Obwohl ich sie hart und unbarmherzig gegen die Metallstreben drückte, entwich ihr nicht eine Reaktion des Widerstands. Viel eher ergab sie sich mir vollkommen, wodurch der Wunsch in mir aufkeimte, sie dazu zu bringen, mich anzubetteln, ihre ungebändigte Lust zu befriedigen.

*Ob ich sie dazu bekommen könnte?*

Ich hätte wohl nicht aufgehört, sie auf diese Art zu malträtieren und ihren Mund zu erobern, wenn nicht ein vollkommen anderes, fremdes Weinen an meine Ohren gedrungen wäre.

Das Mädchen im Käfig nebenan, die Minderjährige, sie starrte zu mir herüber und weinte vor Angst und Schrecken.

Ich hatte ja auch unbedingt vor ihr diese Show abziehen müssen.

Fuck.

Ich ließ Amber los, sodass sie zurücktorkelte, und ignorierte die Striemen auf ihrer Haut, die die Gitterstäbe hinterlassen hatten. Ohne den beiden Frauen noch einen Blick zu widmen, drehte ich mich um und ging davon.

Was war nur in mich gefahren? Warum hatte ich meine Macht demonstrieren müssen und gleichzeitig meine Kontrolle verloren?

Ausgerechnet hier?

Ausgerechnet an einem Ort, von dem ich wusste, dass keine der Frauen freiwillig hier war?

# AMBER

ICH WEISS, ICH HÄTTE DICH NICHT
ZURÜCKLASSEN DÜRFEN. ABER KENNST DU
NICHT DIE REGEL, DASS MAN SEINEN
ERSTEN IMPULSEN IMMER FOLGEN SOLLTE?

*I*ch zitterte unkontrolliert. Mein Körper gehorchte nicht mehr. Es waren nicht die Schmerzen, die mich wahnsinnig machten, auch nicht die Berührungen des Fremden, die auf meiner Haut glühten, als hätte er mich gebrandmarkt, und schon gar nicht der Geschmack seiner Zunge, der in meinem Mund haften geblieben war, als ließe er sich niemals wieder wegspülen. Es war die bittere Erkenntnis, dass er gegangen war.

Für einen winzigen Moment hatte ich Hoffnung empfunden. Etwas war an ihm, das mich glauben ließ, dass er nicht gekommen war, um eine Frau zu kaufen und sie anschließend zu quälen. Er hatte es nicht nur angedeutet, es gab eigentlich keinen Zweifel.

*Er war meinetwegen hier.*

Aber ich hatte es versaut. Ich hatte genau die falschen Dinge gesagt, um ihn von mir zu überzeugen. Stattdessen hatte er mir demonstriert, dass ich keine Hoffnung haben durfte. Er hatte mich misshandelt, so wie die Frau vorhin misshandelt worden war, und ich stand hier und trauerte ihm auch noch hinterher. Warum sagte mir mein Bauchgefühl, dass er es nur getan hatte, um mir einen Vorgeschmack zu liefern? Um mich zu *warnen?*

Und warum fühlte sich mein Körper so an, als hätte er ihn mit echtem Feuer in Brand gesetzt? Warum fragte ich mich jetzt umso mehr, wie es wohl wäre, wenn er mich mitnehmen würde?

*Was würde er mit mir tun?*

*Wie würde es sich anfühlen?*

*Warum weicht die Angst in mir einem gefährlichen Prickeln?*

»Holá, Señorita.« Ein Mann blieb vor mir stehen, der dem Typ von zuvor so ähnlich war wie ein Sack einer Kartoffel. Alles an ihm war schmierig und ekelerregend. Angefangen bei seinen schwulstigen Lippen über die Schweißflecken an seinem Hemd bis zu seinem Bierbauch und der speckigen Hose, die kaum um seine Hüften passte. Sein Blick glitt an mir herunter und mir fiel erst jetzt auf, dass mein Kleid noch immer verrutscht war. Schnell zog ich es zurecht und versuchte die Hitze zu ignorieren, die in meinem Schritt entstanden war.

*Sind deine dunklen Fantasien gerade Realität geworden?*

Der Kerl überprüfte wie der Fremde zuvor meinen Reisepass, der an meinem Käfig ausgestellt war, und gluckste zufrieden. Ich setzte mich, so schnell ich konnte, zurück in meine Ecke und griff nach dem Buch. Ich ließ meine Haare über mein Gesicht fallen, um für eine natürliche Schutzwand zu sorgen, widmete mich wieder den Zeilen des Groschenromans und versuchte mich damit abzulenken. Dafür waren Bücher doch schließlich da, oder?

*Sie lassen uns in fremde Welten fliehen, wenn die Realität über einem zusammenbricht und man an keinem Ort weniger gern wäre als an dem, an dem man sich befindet.*

»Hübsch.«

Ich sah auf, als jemand Englisch sprach. Der schmierige Kerl war weitergezogen, stattdessen standen gleich zwei Männer vor meinem Käfig.

Der eine hielt die muskulösen Arme vor der Brust verschränkt und hatte einen derart abweisenden Gesichtsausdruck aufgesetzt, dass ich ihm glatt unterstellte, er würde diesen Ort hier noch mehr hassen als ich selbst. Er erinnerte mich von der Statur her an Dwayne Johnson und irgendwoher kannte ich sein Gesicht …

Der andere trug einen Anzug und wirkte um einiges umtriebiger und böser. Das Lächeln auf seinen Lippen war halb echt, halb aufgesetzt, und wäre das hier kein Raum voller Käfige, würde er mir im nächsten Moment bestimmt etwas verkaufen.

»Sie ist ziemlich hübsch. Ich kann verstehen, warum er ausgerastet ist«, sagte der Anzugträger.

Der Muskelprotz blieb stumm.

»Wir sollten sie mitnehmen. Wann haben wir ihn zuletzt so erlebt? Durch seinen eisernen Ring aus Kontrolle bricht doch normalerweise niemand durch.«

Der Muskelprotz zuckte die Achseln.

»Kannst du auch was sagen, Wres? Sonst denkt sie noch, du hättest mehr Masse als Hirn.«

»Mir ist scheißegal, was C von ihr wollte«, gab *Wres*, der Dwayne-Johnson-Verschnitt, von sich. *Woher kenne ich ihn?* »Lass uns einfach die zwei nehmen und verschwinden.«

»Die zwei?«, fragte der Man-in-Black.

Wres nickte zu dem Käfig neben mir. »Ich nehme die Kleine.«

»Das verstößt gegen die Abmachung«, erklärte ihm der Anzugträger oberlehrerhaft. Seine Aufmachung täuschte. Irgendetwas Dunkles verbarg sich auch hinter seiner glatten Maskerade. »Wir dürfen nicht auffallen, und wenn wir wirklich *überall* nur die Kinder kaufen, tun wir das, klar? Muss ich dich daran erinnern?«

»Nein«, knurrte Wres, drehte sich zu seinem Freund und zeigte auf mich. »Aber es verstößt genauso gegen die ›Abmachung‹, eine von den Mädchen noch vor Ort fast zu vergewaltigen, so wie Scrilla es gerade getan hat.«

*Scrilla.* Damit hatte der Fremde einen Namen – und offenbar mindestens zwei Freunde, mit denen er hier war.

»Mir reicht's, Ly. Entweder wickeln wir das Ganze jetzt ab, oder ich schlag die Kleine frei.«

*Ly* war ein Name, der perfekt zu dem Lackaffen-Typen passte. Er sah aus wie eine glatte Lüge. Störte es ihn denn gar nicht, wenn man ihn so nannte? Aber er lächelte ungerührt, als wäre dieser Rufname für ihn völlig normal. »Unsere Amber sieht aber gar nicht danach aus, als hätte es ihr nicht gefallen.«

»Ich kann euch hören«, murmelte ich ihnen zu.

»Und sprechen«, entgegnete Ly fröhlich. »Offenbar ist sie verdammt mutig.«

»Ich habe nur nichts mehr zu verlieren«, erwiderte ich leiser.

Der Mann, der Ly genannt wurde, ging ebenfalls vor

mir in die Hocke und versuchte an meinen Haaren vorbei einen Blick auf mich zu erhaschen. »Willst du mit uns kommen? Wir sind die Guten und ich mag es jetzt schon, wie du meinem besten Freund entgegen- ... Jeesus!«

Ly wurde grob an der Schulter gepackt und nach oben gezerrt. Schnell strich ich meine Haare aus dem Gesicht, um zu erkennen, wer dazugestoßen war.

*Scrilla.* Ihn wieder vor mir zu sehen, löste eine körperliche Reaktion in mir aus, die sich zwischen Furcht, Abscheu und Interesse nicht entscheiden wollte. »Kannst du mir mal erklären, was du hier tust, Silver?«, zischte er Ly an und zog ihn bis vor sein Gesicht.

»Wir haben uns für zwei entschieden«, ging Wres dazwischen. »Wir können gehen.«

Scrilla ließ seinen Freund Ly los, der ihn die gesamte Zeit über debil angegrinst hatte. *Ly Silver kann doch kein echter Name sein, oder?*

»Sorry, dass ich mit *deiner Kleinen* auch ein bisschen plaudern wollte«, sagte Ly glücklich.

Der Fremde namens Scrilla warf mir einen Blick zu. Seine Augen lagen in Schatten, sein leichter Bart verbarg seine Züge. Er musterte mich, als würde er in mir nur eine der Schaben sehen, die in den Ecken dieses Raumes umherkrochen.

»Wir gehen jetzt weiter«, erklärte er seinen Freunden und betrachtete dabei mich. »Wir suchen uns andere.« Er war genauso groß wie Wres und Ly, aber unscheinbarer gekleidet. Sein schwarzes Sweatshirt, die Lederjacke und die Jeans ließen ihn mit der Umgebung verschmelzen. Wres und der Anzugträger hingegen fielen einem sofort auf.

Scrilla drehte sich wieder um und schien zu erwarten, dass seine Freunde ihm folgten.

Ly warf mir ein entschuldigendes Lächeln zu und Wres schien sich nur schwer von dem minderjährigen Mädchen neben mir lösen zu können.

Aber dann gingen sie, verschwanden in der nächsten Reihe und ließen mich zurück.

Fuck.

Ich warf das Buch auf den Boden, es konnte mir sowieso nicht helfen.

## C

DER TOD GREIFT NACH JEDEM VON UNS. DER
TRICK IST, IHM DIE HAND AUSZUSCHLAGEN.

*G*eh zurück.
    *Nimm sie mit.*
    *Geh zurück und nimm sie mit.*
Der Gedanke schnalzte durch meinen Kopf wie eine
Peitsche. Ich wollte sie nicht zurücklassen und doch
musste ich es tun. Die graue Masse, die für gewöhnlich
meine Brust füllte, wich einer allumfassenden Schwärze.

Die Gefühle in mir brodelten wie der dunkle Krater
eines aktiven Vulkans und es fiel mir schwer, meine Fantasie zu zügeln.

*Du bist krank.*

*Bei jedem anderen ist sie besser aufgehoben als
bei dir.*

»Ich nehme trotzdem die Zwölfjährige.« Wres nervte
mich. Er klang wie ein großes Baby, das seinen Brei nicht
bekommen hatte.

»Du suchst dir gefälligst eine andere aus!«, zischte
ich ihn an und drehte mich im Gehen um. »Du hältst
dich an den Plan und heulst nicht wie ein Welpe rum!«

Plötzlich trat er vor, so schnell, dass mir keine Zeit blieb, zurückzuweichen. Er griff an meine Jacke und zog mich kraftvoll an sich. Instinktiv schlossen sich meine Finger um den Griff meines Messers, das ich immer an meinem Gürtel trug. Selbst jemand wie Wres hätte keine Chance gegen mich, wenn er nicht mein Freund wäre.

»*Du* hältst dich an den Plan«, brummte er. Seine ansonsten ruhigen Augen zu Schlitzen verengt. »Du fickst hier nicht irgendwelche Mädchen, weil dein krankes Hirn es so will.«

»Lass mich los oder ich zeige dir, wie krank mein Gehirn wirklich ist«, knurrte ich.

»Jungs ...« Ly versuchte dazwischenzugehen.

»Zeig es mir«, sagte Wres und lächelte schief. »Ich weiß ganz genau, dass du im Kopf schon daran feilst, wie du deinen eigenen Menschenhändlerring aufziehst. Ich sollte nicht die anderen töten. Sondern dich!«

»Ehm.« Ly fasste uns jeweils an der Schulter. Mit seinem bescheuerten Anzug wirkte er zwischen uns völlig deplatziert. »Könnten wir das bitte irgendwo klären, wo uns nicht zig Leute zuhören können?«

Wres rührte sich nicht, als würde er auf eine geistreiche Antwort von mir warten. Aber was sollte ich ihm sagen? Ich handelte mit Drogen und Waffen und mir war scheißegal, wer darunter litt. Wenn er ein Problem mit mir hatte, konnten wir es auch jetzt auf der Stelle klären.

Als er gerade einen Mundwinkel nach unten verzog, weil er immer schon gut darin gewesen war, meine Gedanken zu lesen, zückte ich das Messer wirklich.

Ly rief etwas, Wres riss die Augen auf, griff an meine Hand, aber er war zu langsam. Ich konnte rechtzeitig das Messer nach dem Kerl werfen, der kurz davor gewesen war, in unsere Richtung zu schießen. »Runter!«, blaffte ich und duckte mich weg.

Wres und Ly waren nicht dumm, sie folgten, und im nächsten Moment fielen Schüsse über unseren Köpfen.

Der Kerl, den ich an der Schulter getroffen hatte, damit er seinen Schuss verriss, fiel tot um.

»Fuck«, fluchte ich und griff an meine Waffe in meiner Seitentasche.

Ly legte eine Hand auf meinen Arm. »Lass es!«, sagte er gepresst. »Das ist eine Übernahme und wir haben keine Chance.« Er nickte zu den Männern, die hereingestürmt waren. »Wir müssen darauf hoffen, dass sie uns am Leben lassen, weil sie unser Geld wollen.«

Die fremden Männer strömten durch die Gänge und erledigten gezielt die Verkäufer, die die heutige Nacht organisiert hatten.

Weitere Schüsse fielen.

Panik brach aus.

Und ich wollte nicht wissen, wie viele der Mädchen gerade ihr Leben ließen, weil sie sich in der Schusslinie befanden.

In unserer Nähe spritzte Blut.

Wres bewegte sich, streckte eine Hand aus. Ich drehte in gebückter Haltung meinen Kopf und sah noch, wie er den Puls des Mädchens befühlte, das neben uns zu Boden gesunken war.

»Bastarde«, murmelte Wres mit unterdrückter Wut.

»Ihr könnt wieder aufstehen.« Eine schmierige Stimme in unserer Nähe.

Was für eine Wahl hatten wir?

Ich blickte zu Ly, der uns sein geheimes Zeichen gab,

nicht anzugreifen, und als Erster aufstand. Ly verstand es wie kein anderer, Situationen zu erfühlen. Er wusste, wann Verteidigung angesagt war oder eine Flucht oder wann es nötig war, zu parieren.

»Wir standen in der Schusslinie«, erklärte er säuerlich und strich seinen Anzug glatt, als würde er erwarten, dass man ihm diesen ersetzte.

Der schmierige Typ lächelte schuldbewusst. »Tut uns leid. Wir hätten es gerne anders und sauberer erledigt. Aber manchmal zwingt einen das Geschäft zu besonderen Maßnahmen.«

Ich schluckte einen Kommentar herunter. Ich konnte es echt nicht gebrauchen, dass ausgerechnet heute Abend die Mexikaner ein Exempel statuieren mussten. Warum hatte keiner meiner Kontakte mich gewarnt? War ich bei der Regierung als illoyal aufgeflogen? Vermutlich. Meine Kontakte nach Amerika reichten zu weit – oder anders: Die ehemaligen Kontakte meines toten Vaters reichten zu weit. Ich hätte dem mexikanischen Präsidenten öfters eine Grußkarte schicken müssen, denn offenbar schien er mir nicht mehr zu vertrauen.

»Wenn ich mich vorstellen darf«, der Kerl war einen Kopf kleiner als wir und trug einen Anzug, der vermutlich durch Öl gezogen worden war, so wie er auf schäbige Art glänzte, »Pablo Camacho. Ich übernehme am heutigen Abend den Verkauf. Ich gewähre Ihnen für die Unannehmlichkeiten auch einen großzügigen Rabatt.«

»Das ist zu freundlich«, erwiderte Ly und schüttelte die schmierige Hand. Er war es gewohnt, schmierige Hände zu schütteln. Wres und ich überließen ihm diese Ehre. »Wir brauchen nicht mehr lange, um uns zu entscheiden. Wickeln wir das Geschäft wie gewohnt ab?«

»Allerdings.« Camacho zückte eine Visitenkarte. »Nur sind wir etwas ... strenger, was Betrug angeht, das müssen Sie im Hinterkopf behalten. Sollten Sie irgendwelche Fragen zum Ablauf oder einem nächsten ... Arrangement haben, rufen Sie mich an.«

Ly nahm ihm die Karte ab und nickte.

»Buenas noches«, sagte Camacho und ging, flankiert von zwei seiner schießfreudigen Bodyguards zu einem der nächsten Kunden, um sich vorzustellen.

»Scheiße«, stöhnte ich und sah mich endlich befreiter um. Die Leichen der ehemaligen Verkäufer lagen wie Müll am Boden und auch das getroffene Mädchen in ihrem Käfig sah mit leeren Augen zu mir hoch.

Die Stimmung im Raum hatte sich verändert. Es war noch stiller geworden, jeder hatte Angst, aber niemand wollte gehen, weil man damit rechnen konnte, nicht lebend zu Hause anzukommen.

»Wir nehmen irgendwelche Frauen und verschwinden«, raunte ich meinen Freunden zu, merkte mir ein paar Nummern an den Käfigen und ging Camacho hinterher.

Wres berührte mich beim Gehen an der Schulter. »Danke«, murmelte er.

»Kein Problem.« Ich hatte ihm das Leben gerettet. So wie er es für mich getan hätte und schon mehrmals getan hatte.

»C?«, fragte Ly an meiner anderen Seite, bevor ich zu Camacho aufschließen konnte. Seine Stimme klang beunruhigt. »Ich weiß, du willst, dass es dir egal ist, aber ...« Er nickte nach rechts. »Sie wurden offenbar schneller verkauft, als wir zusehen konnten.«

Ich blickte durch die Reihe an Käfigen hindurch und

sah sofort, was er meinte. Ambers Käfig war leer. Und auch der ihrer minderjährigen Nachbarin.

»Stimmt«, log ich kalt. »Es ist mir egal.«

# AMBER

## SCHLÜSSEL ÖFFNEN TÜREN – ABER SIE SAGEN DIR NICHT, WOHIN SIE FÜHREN.

*I*ch versuchte mir einzureden, dass mich nur die Umstände dazu brachten, vollkommen durchzudrehen. Denn das, was ich fühlte, war nicht mehr normal. Ich sah diesem Mann hinterher, als wäre er ein Verflossener, der meine Liebesbriefe nicht beantwortet hatte. Mir war übel von so viel Wahnsinn und krankhafter ... Lust?

Warum hatte ich das Gefühl, *Scrilla* schon jetzt besser zu kennen als irgendeinen Mann zuvor? Wieso konnte ich mich nicht an seine grobe Handhabe erinnern, sondern spürte noch immer den glühenden Kuss auf meinen Lippen? Seine Hände an meinem Körper? Den süßlichen Schmerz, den er in mir erzeugt hatte? Die Dominanz, mit der er mich berührte?

Ich wusste, dass ich mich insgeheim seit einer langen Zeit nach einem solchen Mann sehnte. Und jetzt war er mir begegnet – nur war er leider jemand, der Frauen kaufte, als wären sie Plastikpuppen.

Als ich ihn zwischen den Käfigen nicht mehr ausmachen konnte, war ich einerseits dankbar, denn ich wollte nicht sehen, dass und für welche Frau er sich entschied. Andererseits wollte ich unbedingt mehr über ihn und seine Freunde erfahren.

*Warum sind sie hier?*

*Was haben ihre Andeutungen zu bedeuten?*

*Werde ich es jemals erfahren?*

Ein kleines Scheppern ließ mich aufsehen. Meine Nachbarin schlug gegen unsere Gitterstäbe. Sie nickte zu einer Gruppe Männer, die gerade hereingekommen war.

»Ich spreche Spanisch«, sagte ich leise. »Wie heißt du?«

»Valentina. Was meinst du, wer diese Männer sind?«

Dann fiel der erste Schuss und ich warf mich instinktiv zu Boden.

»Valentina, runter!«

Aber das Mädchen blieb wie erstarrt stehen.

»Du musst runter! Auf den Boden!« Schüsse fielen durch unsere Gitterstäbe und irgendetwas passierte mit ihr, sodass sie zu Boden sank. Ich presste mich so eng auf den Boden, wie ich nur konnte, und betete, dass die Gruppe Männer nicht gekommen war, um uns alle umzubringen. Vielleicht waren es sogar Polizisten?

Eine Rettung?

Aber ich hatte zu viel gehofft. Sie waren nicht uniformiert und schossen gezielt ein paar Männer nieder, die keine Chance gegen die Übermacht hatten.

Viele andere waren wie ich mit zu Boden gesunken und versuchten sich so klein wie möglich zu machen. Die Frauen schrien alarmiert, einige vor Schmerz. Die Kämpfenden hatten ohne Rücksicht durch die Käfigstangen durchgeschossen. Die Männer hingegen blieben ruhig, einige krabbelten zwar feige umher, aber die meisten schienen nicht besonders überrascht zu sein.

Gehörte wohl irgendwie dazu, wenn man Frauen in Mexiko kaufte.

Ein Mann lief direkt an unseren Käfigen entlang, zückte seine Pistole, schoss in Richtung der Männer, die hereingestürmt waren, und kassierte gleich vier Treffer zurück.

Mein Herz stockte, als sich die Kugeln in sein Gesicht bohrten und Blut zu allen Seiten spritzte.

Er fiel direkt neben meiner Käfigtür zu Boden. Es war einer der Kerle, die uns eingeschlossen hatten. Niemand achtete auf mich, als ich auf ihn zurobbte und durch die Gitterstäbe hindurch in seine Taschen griff. Ich erfühlte sein Handy, Portemonnaie und auch den Schlüssel.

Alles nahm ich an mich und stopfte es kurzerhand in meinen Ausschnitt.

Dann reckte ich mich durch die Gitterstäbe durch und zog die Waffe, die er in der Hand gehalten hatte, bevor er gefallen war, unter ihm hervor. Die eine Hand nach oben ausgestreckt, um den Schlüssel ins Schloss der Käfigtür einzuführen, versteckte ich die Waffe mit der anderen unter meinem Oberschenkel.

Als sich die Männer um mich herum langsam wieder aufrichteten, weil die Schüsse verklungen waren, öffnete ich die Käfigtür und huschte hindurch.

Niemand bemerkte mich. Ich zog im Durcheinander der Leiche die Sweatshirtweste aus, was sich als viel anstrengender herausstellte als gedacht, obwohl der Mann auf dem Rücken lag. Seine Arme waren schwer und Schweiß perlte von meiner Stirn, weil jede Sekunde, die ich zu lange brauchte, bedeuten konnte, bemerkt zu werden. Ich warf mir den ärmellosen Hoodie über, zog die Kapuze über den Kopf und machte mich daran, den Käfig meiner Nachbarin zu öffnen.

Valentina lag am Boden und richtete sich zitternd wieder auf, als sie mich bemerkte. Sie blutete am Unterschenkel und fasste erstaunt an die Wunde.

»Ich glaube, ich wurde nicht richtig getroffen«, sagte sie, als könne sie es gar nicht glauben.

»Komm her!«, flüsterte ich ihr auf Spanisch zu und reichte ihr die Hand durch die Tür.

Sie griff danach und ich zog sie hoch. Ich presste sie an meine Seite, stützte sie mit meinem rechten Arm und verbarg mit der anderen die Waffe unter meiner Sweatshirtjacke. Ich setzte einen ruhigen, entschlossenen Gesichtsausdruck auf und konnte so einige der Männer täuschen, die an mir vorbeigingen. Was auch immer sie in mir sahen, ich wirkte nicht wie eine ängstliche Flüchtende.

Wenn ich mich unbeobachtet fühlte, suchte ich in dem Gewühl nach der Frau, die mir am Anfang geholfen hatte.

Ich fand sie in einer der dunkelsten Ecken, ließ Valentina los und wollte auch ihren Käfig öffnen.

»Fuck!«, keuchte sie und trat an mich heran. »Wie hast du das denn geschafft, Bella?«

»Es war nur Glück.«

Sie griff an meine Hand. »Lass das! Verschwinde von hier! Du vergeudest Zeit. Nimm die Kleine und versuch zu fliehen!«

»Ich lasse dich nicht zurück.«

»Gib mir einfach den Schlüssel und verschwinde!«, sagte sie drängend. »Ich komm allein klar.«

Ich blickte ihr für einen kurzen Moment ins Gesicht, dann entschied ich mich dazu, auf sie zu hören. »Viel Glück«, murmelte ich, ließ den Schlüssel in ihre offene Hand fallen, griff nach Valentina und zog sie mit zum Ausgang.

# C

ENTSCHEIDUNGEN VERLANGEN UNS VIEL
AB. DENN SIE BEDEUTEN, DASS WIR DIE
WAHL ZURÜCKLASSEN.

»Vielen Dank.« Ly schüttelte Camachos Hand. »Nein, wir kümmern uns selbst um alles. ... Wir sind Ihnen sehr verbunden. Natürlich ...« Die Männer lachten.

Wie schaffte Ly es immer wieder, noch der verabscheuungswürdigsten Kreatur in den Arsch zu kriechen?

Während wir auf ihn warteten, holte ich eine Zigarette hervor. Ich bot Wres eine an, der mich geflissentlich ignorierte. Er spielte die beleidigte Leberwurst, weil seine Kleine vor seiner Nase weggekauft worden war.

»Wir sollten keine Zeit verschwenden und den Penner suchen, der sie mitgenommen hat«, knurrte er stattdessen.

»Ah ja«, entgegnete ich und steckte mir die Kippe zwischen die Lippen, während ich mich im sich allmählich leerenden Raum umblickte. Die meisten Käufer waren nach den Vorfällen so schnell wie möglich aufgebrochen. Ein paar von Camachos Männern fingen erst jetzt damit an, die Leichen beiseitezuschaffen.

Ich dachte nicht darüber nach, dass Wres oder ich um ein Haar eine von ihnen hätten werden können.

Nein. Der Tod war für mich nicht existent.

»Und was willst du dann mit der nächsten Minderjährigen machen, die hier reingebracht wird? Und der übernächsten? Und der darauf?«, fragte ich Wres beiläufig. »Nur die eine zu retten, hilft niemandem außer ihr.«

»Du und deine Moralkacke«, brummte Wres.

Ly kam zurück. Die zwei Mädchen, die wir ausgesucht hatten, an seiner Seite. Sie wurden jeweils von zwei Männern Camachos flankiert und uns überreicht.

Wir hatten uns nicht mehr dazu durchringen können, gleich drei Frauen freizukaufen, besonders da Wres so aussah, als würde er lieber die Käufer selbst in Käfige stecken. Camacho hatte auch so schon genug Geld mit uns verdient.

Ly griff der einen unter den Arm und reichte mir die andere, dann ließen uns Camachos Männer ziehen und Wres ging vor.

Hinter einer Tür in der Nähe folgte ein unbewachter Aufgang – ehemals unbewacht. Auch hier lag eine Leiche am Boden.

Die Frau an meiner Seite schrie spitz auf.

»Leise«, knurrte ich sie an. Sie hatte kurzes Haar und war groß und schlank wie ein Model. Zu knochig, um für die Männer unten interessant zu sein. Ihr Glück, denn so konnten wir sie retten und einen guten Preis aushandeln.

Die Frau, die Ly mit sich zog, wimmerte schon die ganze Zeit über. Wie gerne würde ich ihr das Maul stopfen – aber dann würde Wres wieder rumjammern, also ließ ich es bleiben. Als wir auf die Straße traten, ließen wir die Frauen los.

»Verhaltet euch unauffällig«, wies ich sie an. »Ihr wollt weder auf eurer Flucht erschossen werden noch zurück in den Keller des Clubs.«

»Er will damit sagen, wir sind die Guten.« Ly grinste schief.

Ich spuckte aus, bevor ich die Zigarette anzündete. Wir waren vielleicht keine pädophilen Vergewaltiger – *aber wir sind auch ganz bestimmt nicht die Guten.*

»Musst du ausgerechnet jetzt rauchen?«, blaffte Wres mich prompt an.

Ich blies ihm den Rauch meiner Kippe zur Antwort ins Gesicht.

Seine Hand schnellte vor, er wollte sie mir aus den Fingern reißen, ich reagierte zügig und drehte mich weg, er blickte wütend, ich grinste, und wir leisteten uns ein dämliches Handgemenge, bis Ly uns unterbrach.

»Kinder, könnt ihr aufhören zu streiten, als würde unser Wagen gerade nicht geklaut werden?«

Wres und ich hielten abrupt inne. Der Schrottkarre, die Ly gegen seine Lieblingslimousine eingetauscht hatte, um hierherzufahren, damit sie eben *nicht* geklaut wurde, fehlte ein Fenster. Jemand hatte es durchschlagen. Warum bloß? In dem Auto dürfte nicht mal ein Penny versteckt gewesen sein, geschweige denn ein funktionierendes Radio. Ich nickte Wres zu, dass er sich die Mädchen greifen sollte, und lief im Laufschritt über die Straße. Nur zwei Autos fuhren vorbei, ansonsten wurde die Gegend eher von ausgelassenen Feiernden frequentiert – die keinen blassen Schimmer von den Machenschaften im Keller des Nachtclubs hatten.

Als ich bemerkte, dass jemand *im* Wagen saß, wurde ich vorsichtiger und näherte mich von der Seite. Dann erkannte ich die Person auf dem Beifahrersitz und neue Wut ergriff von mir Besitz. Ein Penner mit Sweatshirtjacke. *Irgendein pädophiler Kunde will sich ausgerechnet unseren Wagen schnappen.* Ich zückte meine Waffe, hielt sie im Anschlag, näherte mich der Vordertür und ließ sie jäh sinken.

Ein breites – erleichtertes? – Lächeln kroch auf meine Lippen und ich lehnte mich amüsiert aufs Autodach.

»Kann ich dir dabei behilflich sein, unseren Wagen zu stehlen?«

Amber fuhr hoch und richtete blitzschnell eine Waffe auf mich. In ihren Augen war pure Angst zu erkennen, aber ich sollte nicht davon ausgehen, dass sie sich nicht trauen würde, zu schießen.

»Wou, wou, wou«, sagte ich beschwichtigend, wich zurück und hob die Arme. »Du darfst ihn ja haben, er gehört dir.«

»Gib mir den Schlüssel«, verlangte sie knallhart. Ihr Mut war nur gespielt. Innerlich zitterte sie, ich *roch* ihre Angst.

»Den hat mein Freund Ly«, log ich. »Ich muss ihn holen.«

»Nein, verpiss dich einfach, bevor ich schieße.«

»Du würdest ausgerechnet mich töten?«, fragte ich amüsiert. »Hier auf offener Straße?«

»Gerade dich!«, gab die kleine Beauty gepresst von sich. So in Action gefiel sie mir noch besser. »Nimm die Waffe, Valentina«, sagte sie, ohne sich zu rühren.

Die Zwölfjährige griff von hinten an ihre Hand.

»Wenn er nicht geht oder näher kommt, schieß auf

ihn«, wies Amber sie an, dann bückte sie sich wieder unters Lenkrad und versuchte den Wagen kurzzuschließen.

*Warum gibt sie ausgerechnet dem Kind die Waffe?!*

Verdammt. Die flüchtigen Frauen waren kurz davor, unseren Wagen zu klauen, den wir dringend brauchten, um zu verschwinden. Amber schien klug zu sein, sie hatte sich von allen Modellen dasjenige ausgesucht, das alt und unauffällig genug war, um es knacken zu können. Aber sie war auch dumm, denn sie hätte mich erschießen müssen, wenn ich sie hätte entkommen lassen sollen.

*Aber so abgebrüht war sie dann doch nicht.*

»Ich will nichts sagen ...«

»Warum lässt du es dann nicht?«, zischte sie aus dem Fußraum in meine Richtung und fluchte ausgiebig, weil sie offenbar die falschen Kabel miteinander verband und der Wagen ruhig blieb.

»Der Tank ist fast leer.«

»Ich habe Geld.«

*Sie war nicht nur entkommen, sondern auch vorbereitet. Eine Waffe, Geld, das richtige Auto.* »Du wirst an der nächsten Tankstelle halten müssen und ich kann nicht dafür garantieren, dass –«

Der Motor sprang an und im selben Moment fiel der Schuss.

Er traf mich nicht, keine Überraschung, denn die Kleine hatte den Rückstoß völlig unterschätzt. Amber schnellte hoch, riss ihr die Waffe aus der Hand und fuhr sie auf Spanisch an, was ihr einfiele, und genau das war der Fehler, den sie nicht hätte tun dürfen.

Ich machte einen Schritt auf den Wagen zu, griff durch das zerbrochene Fenster, schloss meine rechte

Hand um ihren Hals und die linke um ihr Handgelenk. Ich drückte die Waffe Richtung Fußraum, presste Amber zurück in den Sitz und hielt sie in einer schmerzvollen Starre gefangen.

»Ich kann nicht dafür garantieren, dass Ly euch am Leben lässt, sollten wir euch wieder einfangen«, beendete ich meinen Satz. »Lass die Waffe fallen oder ich schlage deinen Kopf so hart gegen das Lenkrad, dass du auf der Stelle tot bist.«

Sie starrte mich aus hasserfüllten Augen an, würgte.

*Meine gesamten Bluffs scheinen bei dieser Lady nicht zu funktionieren.*

Denn Amber versuchte tatsächlich, Gas zu geben, was mich gezwungen hätte, sie loszulassen, wenn ich nicht meinen Arm verlieren wollte, also umschloss ich im letzten Moment ihren Finger und drückte mit ihr gemeinsam ab.

Die Kugel schoss in den Fußraum und Amber ließ die Kupplung vor Schreck zu schnell kommen. Der Motor erstarb, ich konnte ihr die Waffe entreißen und richtete sie auf das Mädchen.

»Wenn du nicht willst, dass die Kleine stirbt, rühr dich nicht einen Zentimeter und tu, was ich sage.«

Wres tauchte auf der anderen Seite des Wagens auf, öffnete die Beifahrertür und zog die Minderjährige mit einem sanften Ruck an sich. Nach einem Blick in meine Richtung betäubte er sie mit Chloroform, zerrte sie aus dem Wagen und trug sie fast zärtlich zum Kofferraum. Ly hielt dort die anderen zwei Frauen in Schach und half ihm, die Kleine hineinzulegen.

»Los jetzt«, scheuchte er unsere gekauften Frauen zu

den Hintertüren und drückte sie nach hinten. Wres wartete auf der anderen Seite und betäubte sie ebenfalls.

»Tief einatmen«, verlangte er sanft, als er ihnen das Taschentuch nacheinander vor die Atemwege hielt. Die Frauen sanken in sich zusammen und er setzte sich zu ihnen.

»Crack«, sagte Ly raunend und trat an mich heran. »Falls du auch nur eine Sekunde darüber nachdenkst, sie mitzunehmen, vergiss es. Das Auto ist voll und es ist schon schlimm genug, dass wir eines der Mädchen nicht offiziell gekauft haben. Lass uns einfach verschwinden.«

Als hätte er mit seinen Worten ein dunkles Omen heraufbeschworen, rief uns jemand vom Club aus hinterher.

»Hey! Was soll das! Stehenbleiben!«

»Rutsch rüber«, wies ich Amber an. »Los!«

Die Männer liefen auf uns zu, es waren zwei von Camachos Oberarschlöchern.

»Oder willst du, dass sie uns töten?!«

Amber sah zurück zum Club, Angst flackerte in ihren Augen auf und sie gehorchte. Ich lief um die Wagenschnauze herum, quetschte mich zu ihr nach vorne, umgriff in weiser Voraussicht ihre Handgelenke, damit sie nicht auf dumme – oder kluge – Gedanken kam, und Ly beugte sich unters Lenkrad, schloss den Wagen kurz und gab Gas. Wir fuhren Camachos Männern vor der Nase davon. Ein paar Sekunden später, und sie hätten uns bekommen.

»Sie haben gesehen, dass wir mindestens eine Frau mehr dabei haben«, murmelte Ly angespannt. Der alte Hobel sah aus wie eine Schrottkiste, aber in ihm steckten

180 PS, weshalb Ly gut beschleunigen konnte. »Das wird uns verdammten Ärger bringen.«

»Sie zurückzulassen hätte ihren Tod bedeutet«, entgegnete ich kühl und versuchte zu ignorieren, dass Amber halb auf meinem Schoß saß, die Hand nur ein paar Zentimeter von meinem Schwanz entfernt. Ich roch den Angstschweiß, der von ihrer Haut perlte, aber auch den weiblichen Duft darunter. Ihr langes Haar kitzelte in meinem Gesicht und ihr viel zu knappes Kleid zeigte unter der Sweatshirtjacke ihre üppigen Rundungen. Sie war heiß. Und klug.

Eine explosive Mischung, die nicht in unserem Auto sitzen *durfte.*

»Seit wann interessiert dich der gottverdammte Tod von irgendwem?«, blaffte Ly mich an und gab noch etwas mehr Gas, als könnte er dadurch seinen Worten Nachdruck verleihen.

Ich blieb ruhig. Warum sollte ich mit ihm diskutieren? Amber hatte nur zum falschen Wagen gegriffen, ansonsten wäre sie entkommen. In dieser seelenlosen Stadt so viel Mut und Raffinesse zu zeigen, sollte von Gott belohnt werden. Und da es keinen Gott gab, übernahm gerne ich diese Aufgabe.

»Du schickst ganze Bauernfamilien in den Tod mit deinen gefährlichen Verhandlungen, Crack, aber eine unnütze Nutte müssen wir natürlich –«

»Sie hat die Kleine gerettet«, unterbrach Wres ihn von hinten mit grollender Stimme. »Friss Gras, Ly. Sie hat die Kleine gerettet, und das hätte sie nicht tun müssen. Meinen Schutz hat sie.«

*Oh, fuck.* Wenn ausgerechnet Wres dafür war, Amber zu behalten, würde ich sie nicht so schnell loswerden können. Und das sollte ich. Denn ihre Handgelenke zu umschließen und dabei die weiche Haut ihrer Handflächen zu berühren, stellte schon jetzt Dinge mit mir an, die ich nicht lange unter Kontrolle behalten würde.

»Du lässt dich immer von dem vermeintlich Guten blenden, Wres«, entgegnete Ly trocken. »Irgendwann wird dir genau deswegen noch mal jemand ein Messer in den Rücken rammen.«

»Fick dich«, knurrte er. »Schmeiß sie raus, wenn es dir wichtig ist. Ist ja nicht so, dass sie bei uns ein besseres Leben erwartet als bei irgendeinem Lackaffen aus dem Club. So wie C sie ansieht.«

Ich spürte, wie Amber an meiner Seite verspannte.

»Sie ist noch nicht betäubt«, stellte Ly zynisch fest und bog zu einer der fünf Tankstellen ab, die in dieser Straße in einer Reihe standen. Konkurrenz belebt das Geschäft. In Mexico City war es eher so, dass jede Tankstelle, egal welche Marke, nur einem Kerl gehörte und er seinen Besitz so besser schützen konnte. »Du solltest aufhören, offen vor ihr zu reden.«

»Wir sprechen draußen«, bestimmte ich, ließ Amber dankbar los und stieg aus. Noch eine Sekunde länger und mein Schwanz hätte sich aufgerichtet. Und auch wenn ich normalerweise kein Problem damit hatte, vor meinen Freunden geil zu werden, hätte das eher wie die verzweifelte Not eines Fünfzehnjährigen gewirkt. Wir behielten Amber im Auge, während wir uns neben die Zapfsäule drängten und leise miteinander sprachen.

»Wir können sie nicht mitnehmen, ohne sie offiziell gekauft zu haben«, wiederholte Ly seine Bedenken. »Das killt unseren Ruf und wirft uns dadurch über Monate zurück.«

»Was wäre die Alternative?«, fragte ich ihn herausfordernd. »Sie zu töten und in den nächsten Graben zu werfen, damit man sie findet und Camacho Bescheid weiß, dass wir nichts damit zu tun hatten?«

»Zurückbringen?«, schlug Ly vor.

»Nein. Dann wird Camacho sonst was mit ihr tun. Heute Abend wird er eine Flüchtige nicht mehr verkaufen können. Er wird versuchen zu vermeiden, dass einer seiner neuen Kunden von den Fluchtversuchen der zwei Frauen erfährt. Also muss er sie irgendwo ... unterbringen. Mir gefällt das nicht.«

»Warum nicht?«, fragte Ly. »Weil du sie *magst*?«

»Weil es uns nichts *bringt*«, knurrte ich. Was hätten wir davon, Amber und Valentina zurückzugeben? Gar nichts. Einfach nichts. Dadurch, dass wir vor seinen Männern geflohen waren, war das Vertrauen und unser Ruf längst beschädigt. »Wenn wir jetzt zurückfahren und ihm die Frauen bringen, wird er noch misstrauischer werden. Wir können ihm zwar alles erklären, aber dafür müssten wir *ehrlich* sein. Er wird denken, wir seien die größten Arschkriecher, wenn wir uns auf Teufel komm raus mit ihm gut stellen wollen. Und ... na ja, das stimmt zwar, aber die Wahrheit weckt mehr Misstrauen als jede Lüge, das muss ich dir ja nicht erklären.«

»C hat recht«, brummte Wres.

»Dann lassen wir sie halt frei«, sagte Ly achselzuckend. »Soll sie sehen, wo sie bleibt.«

»Dann haben wir gar nichts davon«, sagte ich augenverdrehend.

Er presste die Lippen zusammen. Natürlich war es

ein guter Deal, wenn wir Amber mitnahmen. Wir hatten nichts für sie bezahlt, aber sie könnte trotzdem für uns arbeiten. Valentina würden wir früher oder später freilassen und nicht einmal Verlust machen. Dass er so dachte, darauf zählte ich.

*Warum willst du sie behalten, hm?*

»Also gut«, sagte Ly wenig begeistert. »Ich zähle darauf, dass du weißt, was du tust, Crack.«

»Also sind wir uns einig?«

Wres nickte.

Das erste Mal an diesem aus den Bahnen geratenen Abend waren wir wieder einer Meinung.

Ich ging zurück zur Beifahrertür und öffnete sie.

»Du hast Ly gehört«, sagte ich zu Amber. »Aussteigen.«

Es schien, als würde sie einen Moment zögern, doch dann schlug sie mit einer Entschlossenheit die Tür auf, dass ich überrascht zur Seite trat.

»Gib mir die Waffe zurück!«, forderte sie selbstbewusst und öffnete ihre rechte Hand.

Ly lachte hinter mir über ihre Unverfrorenheit.

»Ohne Waffe komme ich nicht weit! Es wäre nur fair!«

Ja, die Kleine war ohne Waffe aufgeschmissen und sie hatte bereits bewiesen, dass sie taff genug war, sie für sich zu nutzen. Wäre es in meinem Sinne, sie ziehen zu lassen, würde ich ihr eine mitgeben.

»Du hast da etwas falsch verstanden«, sagte ich mit einem schiefen Lächeln. »Ly ist zwar dagegen, dich mitzunehmen, aber Wres ist dafür. Du wirst dich, als wäre es das Normalste auf der Welt, nach hinten zu deiner

Freundin in den Kofferraum legen. Kein Drama, kein Gejammer. Einfach nur erfrischender Gehorsam.«

Sie nahm die Hand zurück und bedachte mich mit einem derart abfälligen Blick, dass sie in mir die Lust schürte, sie genau dafür zu bestrafen.

»Vergiss es«, spuckte sie, lächelte mich ein letztes Mal sarkastisch an und rannte los.

# AMBER

## ICH BIN BEEINDRUCKT, BEAUTY. ABER LEIDER BEGINNT DIESE GESCHICHTE NICHT DAMIT, DASS DU MIR ENTKOMMST.

*A*drenalin war mein Lebenselexier. Es durchflutete meine Venen und ließ mich schneller laufen als sonst, während meine Gedanken sich fokussierten und ich alle Möglichkeiten durchging.

Ich hielt es für die beste Idee, in das Tankstellenhäuschen zu stürmen.

»Hilfe!«, schrie ich die Kunden und den Verkäufer an. »Ich wurde entführt! Rufen Sie die Polizei!«

Alle starrten mich an, als käme ich vom Mond.

Panisch sah ich mich nach Scrilla und seinen Freunden um. Sie standen noch immer an der Zapfsäule. Vielleicht würden sie einfach ohne mich fahren? Der eine von ihnen, Ly, war sowieso nicht damit einverstanden, mich mitzunehmen. Aber was war mit Valentina? Ließ ich sie im Stich, wenn ich vor den drei Männern floh? Könnte ich sie bitten, sie freizulassen und mich an ihrer Statt zu nehmen?

*Nein, keine Deals. Versuch nur noch an dich zu denken.*

»Bitte!«, rief ich etwas hektischer und ging auf die

Kasse zu. »Ich bin Amerikanerin und wurde entführt. Diese Männer verfolgen mich und ich brauche Hilfe!«

Der Verkäufer sah zum Fenster hinaus. Entweder er wollte mir nicht glauben oder er hatte selbst Angst, denn er griff ziemlich zögernd zum Telefon neben seiner Kasse.

In schnellem Spanisch verständigte er die Polizei, dann nickte er mir knapp zu, und ich blieb hilflos neben der Theke stehen.

Ein Kunde nach dem anderen trat ein und bezahlte, ohne mich weiter zu beachten. Für sie musste ich aussehen wie ein leichtes Mädchen, das auf ihren Zuhälter wartete. Als die Tür sich erneut öffnete und ausgerechnet Scrilla eintrat, zog sich meine Brust zusammen.

*Ich dachte, sie wären verschwunden. Denn das Auto war lange weg.*

Lächelnd kam er auf mich zu, griff auf dem Weg nach einer Packung Chips und drei Kinder-Lollis, dann reihte er sich in die kurze Schlange ein. »Was machst du nur, Beauty«, sagte er kopfschüttelnd. »So viel Ungehorsam hätte ich dir gar nicht zugetraut, besonders, da du schon bewiesen hast, wie klug du sein kannst.«

Ich warf dem Kassierer einen nervösen Blick zu, aber er tat so, als wäre ich nicht angesprochen worden – er verstand vermutlich kein Englisch. Der erste Kunde bezahlte, erhielt sein Wechselgeld und verschwand, ohne mich zu registrieren. Scrilla ging einen Schritt vor, außer ihm war nur noch ein Kunde anwesend.

*Was zur Hölle sollte ich jetzt tun? Wird er mich angreifen? Vor der Sicherheitskamera mitschleifen? Funktionierte die Kamera, die hinter dem Kassierer hing, überhaupt?*

»Willst du dich nicht einfach entschuldigen und dich ganz brav wieder ins Auto setzen?«, fragte Scrilla mich freundlich. »Oder muss ich tatsächlich das unwiderstehliche Arschloch raushängen lassen?«

»Fick dich«, murmelte ich und stellte mich so, dass die Kamera mich einfing.

Scrilla zuckte mit den Achseln. »Wie du meinst.« Er wartete, bis auch der letzte Kunde gezahlt hatte, dann trat er vor, griff in seine Tasche und ließ plötzlich einen Schuss los.

Der Kassierer duckte sich verängstigt weg, das Glas der Sicherheitskamera zersprang und die Scherben rieselten auf seinen Kopf.

Blitzschnell griff ich nach links ins Getränkeregal, noch bevor Scrilla mich packte.

»Keine Sorge«, sagte er zum Kassierer, »ich klaue nur ein paar Lollis.«

Er führte mich herum, dann holte ich aus und zog ihm die Bierflasche über den Schädel, nach der ich gegriffen hatte.

Scrilla hatte mich wieder unterschätzt. Zwar hatte ich ihn nicht hart getroffen, aber es reichte aus, damit sich sein Griff lockerte und ich mich nach einem kräftigen Tritt auf seinen Fuß befreien konnte.

»Fuck!«, keuchte er, hechtete mir hinterher und bekam mich gerade zu fassen, als die Schiebetüren vor mir aufglitten.

Direkt vor der Tür parkte ein Polizeiwagen.

Scrilla ließ mich sofort los.

»Du hast die Polizei rufen lassen«, stellte er zweifelnd fest und machte einen Schritt rückwärts. »So viel Dummheit habe ich dir dann doch nicht zugetraut.«

Bevor ich begreifen konnte, was passierte, war er zurückgewichen und haute über die Hintertür ab.

»Halt, stehen bleiben!«, riefen die Polizisten und zogen ihre Waffen.

»Stopp!«, forderte ich sie Spanisch sprechend auf und stellte mich ihnen in den Weg. »Bitte bringen Sie mich einfach nur hier weg! Ich habe Sie rufen lassen! Bitte beschützen Sie mich!«

Mir war Scrilla so was von egal – solange ich aus diesem vermaledeiten Land herauskam und am besten augenblicklich zum Flughafen oder der amerikanischen Botschaft gebracht wurde.

Die Polizisten warfen sich einen Blick zu, dann musterten sie mich.

»Sie sind entführt worden, Señorita?«

Ich nickte. Der alte Kombi war nicht mehr zu sehen.

»Von diesem Mann?«

Ich nickte wieder.

»Aber er ist abgehauen.«

*Ja, ach.* »Ich heiße Amber Moore und werde bestimmt schon vermisst.« Na ja, das stimmte vermutlich nicht. Meine Kollegen schliefen noch und meine Freunde und Eltern würden erst in einer Woche einen Anruf von mir erwarten, falls ich nicht zu Hause auftauchte. »Können Sie mich zur amerikanischen Botschaft bringen?«

Die beiden Uniformierten verständigten sich erneut über Blicke.

»Gut, steigen Sie ein«, sagte der eine und hielt mir die Tür des Autos auf. Es war einer dieser typischen Polizeiwagen, die hinten verriegelt wurden. Ich setzte mich hinein und fühlte mich nicht unbedingt wohler, auch wenn die Gitter eine vermeintliche Sicherheit ausstrahlten: Schließlich konnte mich niemand so leicht hieraus wegschnappen.

»In dem Auto, das die Männer hier betankt haben, sind noch drei weitere Frauen, die heute Nacht verkauft wurden!«

Die Polizisten ignorierten mich.

Ich schlug gegen die Scheibe. »Ich kann Ihnen beschreiben, wie der Wagen aussieht, vielleicht können Sie ihn noch aufhalten!«

Der Beifahrer blickte zu mir nach hinten und schien mich dennoch zu ignorieren. Er sagte etwas zu seinem Freund, das ich durch das dicke Glas nicht verstand.

»In einem Club hier ganz in der Nähe sind noch mehr Frauen! Verdammt! Sie können doch bestimmt jemanden hinschicken, der das Ganze auflöst und die Frauen befreit!«

Die Männer sprachen miteinander, als wäre ich gar nicht da.

*Fuck.*

Eine dunkle Ahnung beschlich mich. Ich versuchte zu verstehen, worüber sich die Polizisten unterhielten, aber die vergitterte Glaswand war zu dick.

Wir fuhren in die gleiche Richtung zurück, aus der wir gekommen waren, und bogen in exakt dieselbe Straße ein, in der sich der Club befand. Ich hatte adrenalinbedingt alles in mich aufgesogen, das markant für diese Gegend war. Die niedrigen zweistöckigen Häuser, die gelbe Straßenbeleuchtung, die kraftlos leuchtenden Imbissbuden, die verriegelten Fenster und Läden.

»Wo fahren Sie hin?!«, rief ich alarmiert und schlug mit der Faust gegen das Fenster. »Wenn Sie am Club vorbeifahren, wird man vielleicht auf Sie schießen, weil sich die Entführer bedroht fühlen! Die haben kein Gewissen!« Ich hatte für den heutigen Tag genug Morde und Tote gesehen und wusste offenbar besser als die zwei Polizisten, dass sie deutlich in der Unterzahl sein würden. »Bitte! Nicht diese Richtung!«

Der Fahrer sah den Beifahrer lachend an und schien zu scherzen.

*Sie lachen mich aus.*

»Nein!«, schrie ich. »Nein! Nein! Nein!« Ich trommelte wie bescheuert gegen das Fenster, ließ eine Reihe von spanischen Schimpfwörtern los, dann versuchte ich die Tür von innen zu öffnen, das Fenster hinunterzukurbeln, aber nichts ließ sich bewegen.

Nein!

Sie fuhren mich geradewegs zurück ins Loch dieses Clubs!

Weil sie korrupt waren!

Weil sie verdammte korrupte Schweine waren und ich ihnen mit meinem Anruf auch noch in die Scheißarme gerannt war.

Ich schwor mir, nicht aufzugeben und bei der ersten Gelegenheit einen von ihnen zu entwaffnen. Dämlich genug, sich mit Kriminellen einzulassen, waren sie schließlich ...

Ich malte mir sämtliche Situationen aus, wie ich sie linken können würde, als ich plötzlich hart nach vorne geschleudert wurde.

Der Polizeiwagen bremste, der Fahrer hupte, ein Kombi war mitten in die Kreuzung gefahren, hatte ihn gestoppt. Zwei Männer stiegen aus, zwei Schüsse fielen, die Polizisten kippten tot nach vorn, die Fahrertür öffnete sich, im nächsten Moment folgte die Tür an meiner Seite, starke, dunkelhäutige Arme griffen nach meinen, muskulöse Hände, viele Tattoos, dann atmete ich einen süßlichen Geruch ein, nahm einen Stoff wahr, der mir vor die Nase gedrückt wurde, und sank dankbar in mich zusammen.

*So muss sich der Tod anfühlen.*
*Friedlich.*

# C

GEHEIMNISSE WERDEN ERST DANN
REALITÄT, WENN JEMAND SIE ENTTARNT.

»Wenn ich für jeden Mann, den ich erschieße, eine Million Dollar bekäme, wie reich wäre ich dann?« Ly säuberte seine Pistole, wie nach jedem Mord, den er damit beging.

»Keine Ahnung«, antwortete ich desinteressiert und überflog die ersten Ergebnisse, die wir zu den Frauen erhalten hatten. »Vermutlich nicht reicher, als du es sowieso schon bist.« Ly gehörte eine Investment-Bank in Manhattan. Eine der wenigen, die noch nicht aufgekauft worden waren und als die Schweiz im Big Apple galt.

Ich beobachtete Wres dabei, wie er die Zwölfjährige auf der Bank zudeckte, als wäre er ihr Vater.

»Nicht wesentlich reicher«, sinnierte Ly laut weiter. »Aber es wäre ein netter Nebenverdienst. Zeig mal her.« Er drehte den Laptop zu sich herum, was ich ihm schlecht verbieten konnte, denn es war seiner. »Hmm, interessant. Maria hat eine Zwillingsschwester. Auf so was stehe ich. Und Reginas Eltern sind für mexikanische Verhältnisse vermögend. Aah, und da haben wir es ja ...«

»Was?«, fragte ich alarmiert. Ich hatte noch nicht

alles zu Amber lesen können, das unsere Detektive Ly geschickt hatten. Unsere Detektive waren gut, aber ich hoffte inständig, dass sie nicht *so gut* waren, herauszufinden, wie alles zusammenhing.

»Unsere hübsche Ausreißerin arbeitet in New York bei einem Obst- und Weinhandel. Aber nicht bei irgendeinem ... Sondern *der* Adresse für diese Produkte. Michelin-Restaurants arbeiten mit ihrem Arbeitgeber zusammen. Und sie ist ... huch, 'n richtig braves Arbeitermädchen. So jung und so weit hochgearbeitet?«

»Für Frauen wie sie nicht schwer.«

»Glaubst du?«, fragte Ly kritisch. *Er* sollte es doch am besten wissen. Frauen wurden in seiner Bank nur dann befördert, wenn sie ihre Blastechnik unter Beweis stellten – zumindest der größere Anteil unter ihnen. »Also war sie auf Geschäftsreise in Mexiko, richtig? Sie sollte eine Obstplantage überprüfen. Was auch immer das heißen soll, ›Obstplantage überprüfen‹. Und warum kriegen unsere Leute nicht raus, welche Plantage das gewesen sein soll?«

»Lass ihnen Zeit«, sagte ich ungeduldig. Ich wollte den Laptop unbedingt zurück.

»Das ist doch langweilig. Bis auf zig Partybilder mit irgendwelchen fremden Männern an ihrer Seite hat die Gute einfach *nichts* Spannendes an sich. Moment ...«

*Scheiße.*

»Ihre Eltern heißen Kim Moore und Robin Moore? Wer ist davon denn jetzt Mutter und wer Vater?« Ich atmete entspannt aus, als Ly den Laptop endlich zuklappte. »Zurück zu meiner Rechnung. Meint ihr, ich könnte es als Auftragskiller versuchen? Nebenberuflich? Ich mag Schwarzgeld irgendwie.«

Ich lehnte mich zurück und schloss die Augen, bevor ich noch dazu gebracht wurde, Ly zu erwürgen. Amber tauchte augenblicklich in der Schwärze auf, die vor meinen Lidern entstand. Ich spürte noch immer ein leichtes Pochen an der Stelle meines Kopfes, an der sie mich mit der Bierflasche getroffen hatte, aber zum ersten Mal weckte die Erinnerung an einen Schmerz in mir keinen Wunsch nach Vergeltung, sondern pure Neugierde. Ich wusste nicht, wann ich zuletzt eine Person dermaßen unterschätzt hatte. Natürlich kannte ich viele Frauen. Gerissene, schlaue, intelligente und dämliche Frauen. Aber Amber schien die einzige zu sein, die mich auch *überraschte*.

»Du magst alles, was mit Geld zu tun hat«, antwortete Wres und setzte sich zu uns. Die Bank knarzte, als er sich auf ihr niederließ. Das Schiff war eigentlich zu klein für uns alle, aber wir hätten schlecht mit unserer siebzehn Meter langen Yacht in See stechen können. Die hatten wir sicherheitshalber schon lange, bevor wir den Hafen erreicht hatten, aufs Meer rausgeschickt. Wer wusste schon, ob uns jemand von Camachos Leuten gut genug kannte, dass er uns verriet und wir ein Mordkommando an Bord geschickt bekommen würden.

Und wir mochten unseren Skipper zu gern, als dass wir für seinen Tod verantwortlich sein wollten.

»Du nicht?«, fragte Ly Wres.

Ich öffnete die Augen wieder.

Wres hatte die dunklen Hände ineinander gefaltet. »Ich mag es, wenn ich keine Probleme habe. Geld löst die meisten Probleme.«

Ich lachte kalt auf. »So ein Bullshit. Du ziehst Probleme magischer an als wir. Die Kleine da ist das beste

Beispiel.« Ich nickte zu dem Mädchen, das tief und fest schlief. Sie war aus der Bewusstlosigkeit durch das Betäubungsmittel zu sich gekommen und umgehend in einen tiefen Schlaf geglitten. »Ihretwegen werden wir noch gewaltige Probleme bekommen.«

Wres verengte die Augen zu hungrigen Schlitzen. »Deinetwegen auch.«

»Mein Leben ist seit meiner Geburt ein einziges ›Problem‹, das solltet ihr mittlerweile wissen.«

»Eine Runde Karten?«, versuchte Ly das Thema zu wechseln. Er hasste es, wenn jemand uns daran erinnerte, dass auch wir nur Menschen und damit geboren worden waren – von Eltern. Der typische Banker-Arsch. Die Fassade aus Glas, vermeintlich transparent und fehlerlos, aber im Tresorraum wurde es dreckig.

»Lass mal hören, C«, bohrte Wres. »Ich weiß so gut wie nichts über deine Kindheit.«

»Sawbuck«, tadelte Ly ihn. Sawbuck war Wres' erfundener Nachname. Er passte zu ihm, aber ich nannte ihn lieber Wres. Manchmal Wressy, wenn ich gute Laune hatte. Eine Gewohnheit, die er hasste. »Der Tag war lang und C hat die mieseste Laune seit Silvester. Und Januar ist ne Weile her.«

»Aber irgendwas muss doch in deiner *Kindheit* passiert sein, C«, triezte mich Wres weiter. »Sonst wärst du heute doch nicht so ein kaltblütiges, mordendes, sadistisches –«

Ich griff an meinen Gürtel, zog das Messer, das ich aus der Leiche im Club hervorgeholt hatte – denn ich ließ es nie zurück – und pfefferte es in die Bank. Es verfehlte nur äußerst knapp das hübsche Haar der Minderjährigen, die noch immer tief und fest schlief, aber vermutlich einen Kreischanfall erleiden würde, sobald sie unter der Klinge eines Messers aufwachte.

»... Arschloch«, schloss Wres seinen Satz und grinste. »Aber ich liebe dich, Mann. Du bist mein Beweis dafür, dass alles Schlechte in der Welt eigentlich nur armselig ist. Also wirf ruhig weiter dein kostbares Messer durch die Gegend. Das nächste Mal trifft es bestimmt Amber.«

*Er traut mir zu, dass ich dazu fähig wäre. Das ist das Schlimmste an seinem Bild von mir.*

Ly blickte mir warnend in die Augen. Ich war kurz davor, die Kontrolle zu verlieren und Wres wusste das.

*Aber er hat keine Ahnung, welches Monster wirklich in mir schläft. Er kennt es schließlich nicht.*

»Spielen wir.« Ich streckte die Hand nach dem Kartendeck aus. »Wer gewinnt, darf seinem Gegenüber eine knallen.«

Ly verzog das Gesicht. Er war der einzige von uns, der kein Gegenüber hatte.

»Einverstanden, C«, sagte Wres zufrieden. »Ich freue mich schon auf meine Faust in deinem Gesicht.«

# AMBER

## SCHLAFENDE HUNDE BLEIBEN LIEBER TOT, MEINST DU NICHT?

*A*ls ich die Augen aufschlug, sah ich einen mir bekannten Mann vor mir. Ich zuckte zusammen, wich, ohne es geplant zu haben, in meinem Bett zurück und versuchte so weit wie möglich von ihm wegzukommen.

»Du!«, keuchte ich.

Nolan Seyward blieb ruhig. Im hellen Licht des Zimmers, in dem ich mich befand, wirkte er noch bedrohlicher – und surrealer. Seine Muskeln waren mächtig, die Narben auf seiner Haut zeugten von unzähligen Kämpfen und sein Gesicht erinnerte unverkennbar an das des ehemaligen Kampfsportsuperstars der amerikanischen Bestenliga.

Ich blieb erstarrt an die Wand gepresst sitzen.

*Nolan Seyward ist tot.*

Er war bei der Siegerehrung der Olympiade vor fünf Jahren angeschossen worden und hatte den Angriff nicht überlebt. Selbst ich wusste davon. Es war eines der wenigen Sportereignisse, das jeden einzelnen Bürger der Staaten erreicht hatte.

»Nenn mich einfach Wres«, sagte Nolan und sah mich finster an. Aber nicht bedrohlich, nur düster, als würden dunkle Schatten seine Gedanken schwärzen. »Wie hast du geschlafen?«

Ich antwortete nicht. Die Erinnerung an gestern Nacht war verblasst. Wie war ich überhaupt hierhergekommen?

Keine Ahnung.

Das Zimmer war klein, die Wände bestanden aus Metall, auf dem Boden lag billiges Laminat. Das Bett, in dem ich geschlafen hatte, war schlicht, aber nicht unbequem. An der Decke hing eine einsame Leuchte, Wres saß auf dem einzigen Stuhl, neben ihm stand ein leerer Garderobenständer. Das Fenster war schmal und zeigte nichts als blauen Himmel.

»Wo bin ich hier?«

»In Sicherheit«, sagte Wres. »Du hast das kleine Mädchen gerettet. Warum?«

»Geht es ihr gut?«

»Nichts für ungut, aber mir wäre es lieber, wenn du *meine* Fragen beantwortest. Kennst du sie?«

Ich schüttelte den Kopf.

»Warum hast du sie dann mitgenommen?«

»Sie wurde angeschossen. Ich hätte nicht mit dem Wissen fliehen können, nicht wenigstens versucht zu haben, ihr zu helfen.«

Wres fuhr sich mit der Hand über den bis auf wenige Millimeter rasierten Kopf. Seine dunkelhäutigen Arme waren mit undeutbaren Tattoos überzogen. Kunst statt Fratzen. »Verstehe. Bist du ein Junkie?«

»Was? Nein!«

»Wir haben Drogen in deinem Ausschnitt gefunden.« Schnell schaute ich an mir herunter. Natürlich hatten sie mich begrabscht, während ich bewusstlos gewesen war.

»Du bist nicht die Erste, die etwas in ihrem Ausschnitt zu uns reinschmuggelt«, erklärte er sich. »Wir haben dich ansonsten nicht angerührt. Wenn du irgendetwas brauchst, musst du es sagen. Wir sind kein Fan von kalten Entzügen.«

»Ihr seid kein Fan davon?«

Seine Augen verfinsterten sich. »Wir sind keine Ärzte. Wir sind keine Kirchgänger. Wenn du etwas *brauchst*, sag es jetzt.«

»Nein, ich bin nicht drogenabhängig.«

»Gut. Die Kleine ist nebenan und ich will, dass du als Erstes mit ihr sprichst.«

»Sie ist auch hier?«, fragte ich, einerseits froh, andererseits wiegte mich Wres vermutlich nur in trügerischer Sicherheit. »Moment ...« Erst jetzt kam die Erinnerung zurück. »Gestern!«, keuchte ich. »Die Polizei! Wart ihr das?«

Wres blieb vollkommen ruhig. »Jeder von uns hat seine eigenen Ziele verfolgt. Ich habe zugestimmt, dir zu helfen, weil du ein besseres Schicksal verdienst, nach dem, was du getan hast.«

*Sie hatten also einfach die Polizisten getötet. Um mich zu befreien? Warum?* »Was habe ich getan?«

»Dein Leben riskiert, um ein Kind, das du nicht kennst, zu befreien. Allen anderen mag das egal sein, sterben schließlich genug Kinder jeden Tag, aber mir ist das nicht egal. Unser Wirkungskreis als Mensch ist klein. Und deiner ist sogar ein Licht in all der Dunkelheit. Geh zu ihr, kümmere dich um sie, sieh nach ihrem Bein. Wir haben sie verarztet, aber da war sie noch betäubt. Sie soll dir sagen, was sie braucht, sie bekommt alles, was sie will. Bis auf Kontakt zu ihren Eltern. Ihre Spur muss erst verwischt werden, bevor sie zurück kann.«

»Das klingt alles ... sehr nett.«

»Auch ich kenne meinen Wirkungskreis«, sagte er nur und stand auf. Bevor er sich zur Tür wandte, blieb er stehen. »Waren noch andere Kinder an dem Abend bei euch?«

»Ja.« Ich dachte nicht gerne daran zurück. »Sie wurden ... aussortiert.«

Wres nickte. »Ich habe dafür gesorgt.«

»Du?!«

»Warum ist Valentina bei dieser Kontrolle durchgerutscht?«

»Was soll das heißen, du hast dafür gesorgt?«, fragte ich panisch. »Was tust du mit diesen Kindern?«

»*Nichts*«, knurrte er.

»Nichts?« Ich versuchte, meinen Atem anzuhalten, um nicht zu hyperventilieren. Dieser totgeglaubte Sportsuperstar hatte mehrere Kinder für sich ... *beansprucht*? Um *was* mit ihnen zu tun? In welche Hölle bin ich hier geraten?

»Ich hätte es dir nicht sagen sollen«, brummte er unzufrieden. »C wird es euch bestimmt ermöglichen, unten zu shoppen, also mach dir wegen der Kleidung erst mal keine Sorgen. Das Mädchen ist wichtiger.« Er blieb vor der Tür stehen und hielt sie mir auf. »Komm.«

# C

## EIGENTLICH IST ES BESSER, DIE MEISTEN DINGE NICHT ZU WISSEN.

*A*mber betrat den Container der Kleinen und trug dabei noch immer nur ihr Kleid. Ihr verdammt kurzes Kleid, das ihr nach der Nacht umso mehr verrutscht war. Es passte zu ihrer Situation, dass sie sich vorerst keine Gedanken darum machte, wie sie aussah, aber mir passte es nicht in den Kram.

Denn ich stellte mir zunehmend drängend die Frage, wie es wohl wäre, den Stofffetzen in seiner Mitte zu zerreißen ...

Als sie sich vor das Bett der Kleinen setzte, drehte ich lauter. Via unser Überwachungssystem konnte ich sie tadellos hören und durch die Kamera einigermaßen gut sehen.

»Hey, Valentina, Valentina ...«

Das Mädchen schlug die Augen auf.

»Keine Angst, ich bin es.« Ambers Stimme klang sanft, weich, als käme sie direkt aus ihrem Herzen. Ich stellte mir vor, wie es wäre, nach einem Schusswechsel mit eben dieser Stimme in den Tod begleitet – oder davor gerettet – zu werden. Es war die weibliche Stimme, die ein Mann brauchte, wenn er Hoffnung schöpfen sollte. »Hast du Schmerzen?«

Die Zwölfjährige schüttelte den Kopf. »Wo sind wir?«, fragte sie verschüchtert.

»In Sicherheit.« Amber tat das einzig Richtige: das Kind beruhigen. Aber Sicherheit? Nicht, wenn sie sich nicht endlich etwas anzog.

Nervös drehte ich den Lautstärkeregler noch etwas auf. Besser für sie, ich beobachtete sie nur aus der Ferne. *Sehr viel besser.*

»Wie geht es deinem Bein?«, fragte Amber.

Die Kleine brauchte noch einen Moment, um sich in der neuen Umgebung zurechtzufinden. »Ganz gut ...«, nuschelte sie schließlich. »Wer hat meine Wunde verarztet? Sind wir in einem Krankenhaus?«

Amber schüttelte den Kopf. »So etwas Ähnliches. Aber die Ärzte sind wirklich nett und sie machen sich große Sorgen um dich. Deswegen habe ich den Auftrag, mich um dich zu kümmern. Als Erstes darfst du bestimmen, was du zum Frühstück essen möchtest.«

Die Kleine verzog das Gesicht. »Krankenhausessen schmeckt widerlich.«

Amber lachte leise. »Ich bin mir zwar nicht sicher, aber ich glaube, du kannst dir auch Pancakes wünschen. Oder Waffeln. Oder ein doppeltes Sandwich mit ganz viel Mayo?«

Die Kleine richtete sich ungläubig auf. »Geht auch alles davon?«

Amber lachte wieder. *Mir tut das Geräusch in den Ohren weh. Die Vorstellung, wie sich meine Hand um ihre Kehle legt und das glockenähnliche Lachen langsam erstickt, sodass es sich zu einem willenlosen Keuchen wandelt, wandert direkt in meinen zuckenden Schwanz ...*

Die Tür krachte hinter mir auf und ich riss die Kopfhörer von meinen Ohren.

»Was zur Hölle tust du hier?!« Ly starrte mich baff an.

Wres erschien hinter ihm, weniger baff, viel eher sauer.

»Ich beobachte unsere Gefangenen«, erklärte ich unbeeindruckt.

»Ja, klar«, spottete Ly, trat an mich heran, schubste mich zur Seite und griff nach dem Kopfhörer.

Meine Fäuste ballten sich, aber ich war nicht so dumm, ihn anzugreifen, nur weil er sich über mich lustig machte.

»Du hörst ihr wirklich zu.« Ly grinste fett, als er Ambers Stimme über den Kopfhörer wahrnahm. »Du bist ein kleiner Stalker, Crack.«

Ich zuckte die Achseln und drehte mich im Bürostuhl herum, weg von den Monitoren. »Der bin ich. Wolltet ihr etwas Bestimmtes von mir oder braucht ihr mich nur mal wieder als eure Mama, weil ihr nicht weiterwisst?«

Wres' Miene verdunkelte sich. Er mochte es nicht, wenn jemand irgendeine abgewandelte Form des Wortes ›Mutter‹ in seinem Beisein in den Mund nahm. Ly und Wres beobachteten vielleicht keine Frauen, aber im Gegensatz zu ihnen war ich wenigstens keine gefühlsduselige Pussy.

Ich wusste, was ich tat. Amber zu beobachten und zu belauschen, um mehr über sie herauszufinden, war unser gutes Recht. Immerhin hatten wir unser verschissenes

Leben riskiert, um sie zu retten, und das nicht nur einmal. Wir mussten in Erfahrung bringen, ob sie geeignet für das war, was wir mit ihr vorhatten – oder eben nicht. Sie zu belauschen, wenn sie sich vermeintlich sicher fühlte, war der erste Schritt, an sie heranzukommen. *Was machst du dir eigentlich vor?*

»Ja, wir brauchen dich tatsächlich, Mom«, säuselte Ly und nahm die Kopfhörer wieder herunter. »Wir haben Besuch bekommen. Vom Festland. Netten ... Besuch.«

»Wen?«

»Jemand ist uns gestern Abend gefolgt«, sagte Wres. »Das Boot, das uns übergesetzt hat, wurde am Hafen angegriffen. Unser Mann an Bord konnte sich retten und den Kerl überwältigen. Er rief uns an und brachte ihn hierher.«

»Es war nur einer?«

»Er fühlte sich safe«, sagte Ly schulterzuckend.

»Sicher, dass das keine Falle war?«, fragte ich. »Habt ihr überprüft, ob er nicht einen GPS-Peilsender an seinem Körper trägt?«

Ly und Wres warfen sich einen Blick zu.

»Ihr seid solche verschissenen Anfänger!«, fluchte ich und sprang auf. »Euretwegen werden wir noch unser aller Leben an eine Flachpfeife verlieren, die nur *etwas* schlauer ist als ihr gehirnamputierten Dumpfbacken!«

»Hey!«, sagte Ly und kam mir hinterher. »Dumpfbacke ist kein besonders nettes Wort für jemanden, der dir seit Jahren die Gelder wäscht!«

»Die Gelder sind mir scheißegal!«, rief ich ihm über die Schulter zu und nahm drei Stufen in unseren ›Keller‹ auf einmal. »Mein Leben ist mir wichtig. Räumt die

Insel auf! Bereitet euch auf eine Razzia vor! *Tut irgendetwas!*«

Ly und Wres blieben oben zurück und machten sich hoffentlich nützlich. Schlimm genug, dass wir wegen ihrer maßlosen Dämlichkeit möglicherweise kurz vor einem Angriff standen. Die mexikanische Polizei, die amerikanischen Experten der Drogenbekämpfungseinheit der CIA oder Camacho selbst. Sie alle warteten nur darauf, dass wir Spuren hinterließen.

Im untersten Stockwerk angekommen griff ich an mein Messer und rief gleichzeitig mit dem Funkgerät einen unserer Männer an, der mir einen Metalldetektor bringen sollte.

Wir hatten selbst die Mädchen auf mögliche Sender abgesucht.

Warum ließen Ly und Wres dann einfach ein x-beliebiges Arschloch durch?

# AMBER

## EGAL, WOHIN DU LÄUFST, ALLE RICHTUNGEN FÜHREN DICH ZURÜCK ZU MIR.

*N*ach gut einer halben Stunde, in der Wres nicht zurückgekommen war, überredete ich Valentina dazu, sich zu duschen. In ihrem Zimmer gab es eine behelfsmäßige Toilette und einen Duschkopf, der mitten aus der metallenen Wand herausragte. In mir entstand mehr und mehr die Ahnung, dass wir uns in einer Containerlandschaft befanden. Nachdem ich mit Valentina gemeinsam herausgefunden hatte, dass es warmes Wasser und in dem Schrank in ihrem Zimmer frische Handtücher gab, ließ ich sie allein, um das Frühstück bei Wres zu bestellen.

Falls er sein Versprechen halten wollte.

Im Flur lag billiger Teppich aus und nur zu einer Seite hin reichte ein Fenster nach draußen. Keine Türen, keine Treppen. Der Ausgang musste sich in einem der anderen Räume befinden. Ich ging zum Fenster und sah hinaus.

*Meer.*

*Nichts als weites, ruhiges Meer.*

Eine Steilklippe?

Ich probierte eine der Türen aus. Sie ließ sich öffnen und ich blickte ins Freie. Sofort umwehte frische Seeluft mein Gesicht.

Hinter der Tür ging es geradewegs nach unten. Fünf Meter freier Fall. Weit unten sorgten metallene Plattformen, Versorgungsrohre und eiserne Treppen für ein undurchschaubares Labyrinth aus Stahl.

*Was ist das hier?*

*Ein Fabrikgelände?*

*Ein Kraftwerk am Meer?*

Die Außenwände verrieten, dass es sich tatsächlich um eine Containerburg handelte, in der Valentina und ich untergebracht worden waren. Direkt vor mir begann allerdings ein massives Steinhaus mit zahlreichen Stockwerken. In meine Richtung waren sämtliche Fenster mit Milchglas ausgestattet, sodass ich nicht erkennen konnte, was sich dahinter befand. Nur eines stand offen. Etwas weiter unten, sodass sich mir ein guter Blick auf die edle Badewanne und das großräumige Bad dahinter bot.

Nach rechts versperrte mir die Hauswand des Wohngebäudes die Sicht, nach links sah ich nichts als offenes Meer.

Ich wollte zurückgehen und nach einem besseren Weg suchen, Wres zu erreichen – denn ich ging nicht davon aus, dass es besonders leicht sein würde, zu entkommen, und wollte es daher gar nicht erst versuchen, als plötzlich laute Schreie durch das offene Badezimmerfenster zu mir nach oben drangen.

Eine Frau tauchte auf, nackt, Ketten um Gelenke und Hals, und stürzte zur Badewanne. Sie jammerte und schrie in einer Sprache, die ich nicht verstand, und ein Mann verfolgte sie, trat ihr grob gegen die Schienbeine, sodass sie fiel, und drückte sie auf den Boden. Ohne Rücksicht hielt er sie nach unten gepresst, brüllte sie an und nahm sie ohne Umschweife von hinten.

Die Frau blutete am Rücken, rötliche Striemen zogen sich über ihre Haut und sie schrie bei jedem Stoß, den der Mann in sie trieb.

Mir wurde augenblicklich klar, dass ich mich hatte täuschen lassen.

Wres, Scrilla, Ly. Sie waren nicht besser und schon gar nicht harmloser als die Kerle gestern Nacht. Warum auch immer sie uns im falschen Glauben ließen, Valentina und mir würde dasselbe angetan werden wie dieser Frau dort unten.

Misshandelt und vergewaltigt, wie es dem Mann beliebte, der bei Scrilla und den anderen genug Geld dafür hinblätterte.

Ein gewaltiger Puff. Die Huren wie in Sklavenunterkünften gehalten, die Geldsäcke lebten in eleganten Wohnungen mit Blick aufs Meer.

Ich griff nach der Tür, zog sie zu und rannte zurück in Valentinas Zimmer.

»Zieh dich schnell an!«, sagte ich und reichte ihr ihre Kleidung. Sie hatte sich ein Handtuch um die nassen Haare, das andere um ihren zierlichen Körper gewickelt.

»Wir müssen weg von hier!«, flüsterte ich. »Schnell!«

Sie starrte mich voller Panik an, während ich ihr half, sich anzuziehen. Kaum hatte sie alles am Körper, griff ich nach ihrer Hand und zog sie mit mir.

Ich probierte alle anderen Türen aus. Nur eine einzige ließ sich öffnen.

Was ich dahinter sah, verwirrte mich für den ersten Moment. Es war dieselbe Art Container wie auch Valentinas und mein Zimmer, aber es befand sich ein kleiner Fernseher darin, Sandwiches lagen auf einem Teller auf dem Boden, zwei Colaflaschen standen daneben und zwei junge Frauen saßen auf dem Bett und schauten eine Soap.

Es waren die Frauen von gestern Nacht, die Wres betäubt und ins Auto verfrachtet hatte.

»Wir müssen hier weg!«, rief ich ihnen zu. *Wie konnten sie so seelenruhig dasitzen und fernsehen?*

Die beiden Mexikanerinnen sahen auf. Die eine war groß und schlank und hatte einen schwarzen Bob, die andere war kleiner, fülliger und hatte ein hübsches, weibliches Gesicht und volles Haar, das ihr bis zu den Schultern reichte.

»Wir müssen weg!«, wiederholte ich auf Spanisch. »Sie werden mit uns machen, was sie wollen, uns vergewaltigen, malträtieren, foltern ...!« Ich war mir ziemlich sicher, die richtigen Worte auf Spanisch zu verwenden, auch wenn ich diese nicht häufig brauchte.

»Und wo willst du hin?«, fragte die Schwarzhaarige.

»Fliehen!«

Sie schnaubte spöttisch. »Ohne Plan? Dann werden sie dich töten. Viel Glück.«

*Unfassbar.*

Ich zog die Tür wieder zu und überließ die zwei Frauen ihrem Schicksal. *Lieber sterbe ich, als dass ich mein Leben lang als Sexsklavin herhalten muss.* Wenn wir eine Chance haben sollten, zu entkommen, hatten wir nur eine Wahl. Valentina half mir, unsere Bettlaken aneinanderzubinden und an einem der Türknäufe zu befestigen. Ich öffnete die Tür, die ins Nichts führte, und half Valentina, sich abzuseilen. Dann folgte ich ihr und sprang auf die Plattform unter dem Containergebäude. Ich griff an ihre Hand und zog sie zu mir in den Schatten. Rohre und Treppen und Metallstreben und noch mehr Rohre breiteten sich rechts und links von uns aus und führten in Container und Betonwände, über deren Wirrwarr ich schnell den Überblick verlor.

Dann entdeckte ich eine Tür mit einem Fluchtwegsymbol. Sie schien seit Jahren nicht benutzt worden zu sein, denn zig Eimer, Werkzeuge und Gerätschaften stapelten sich davor.

Zusammen mit Valentina legte ich die Tür frei und huschte hindurch.

Als wir die Tür hinter uns schlossen, ging der Alarm los.

Valentina blickte mich angsterfüllt an. Vielleicht konnten wir schneller sein als unsere Verfolger. Vielleicht hatten wir dieses Mal Glück.

Ich nahm wieder ihre Hand und wir liefen los.

Es ging einige Gänge entlang und viele Treppen hinunter. Immer wieder blickte ich mich um, aber noch folgte uns niemand.

*Vielleicht warten sie an den Ausgängen ...*

Ich gab nicht auf und hoffte weiter.

»Amber!« Valentina zog mich zurück und deutete unter uns. Das Treppenhaus endete nicht einfach nur, es mündete in einer Luke. »Ein Tunnel?«, fragte sie mich.

»Keine Ahnung.« Aber vielleicht unsere Rettung. Wir kehrten um, nahmen die letzten Stufen des Treppenhauses und machten uns mit vereinten Kräften daran, die Luke aufzuziehen. Sie war schwer und aus massivem Metall. Ich zog sie zurück, holte tief Atem und blickte hindurch.

Was ich sah, sorgte für Schwindel vor meinen Augen.

Unter uns, weit, weit unter uns, lag das offene Meer.

»Wo sind wir?«, fragte Valentina mich erstaunt und starrte wie ich auf die rauschenden Wellen. Eine wackelige Stahlkonstruktion führte unter der Luke hindurch. Ich wollte nicht ausprobieren, ob sie uns halten würde.

»Ich habe eine Idee.« Schnell griff ich nach Valentinas Handtuch, das sie noch immer fest um ihr Haar gewickelt trug, und warf es über die offene Luke, sodass es leicht im Zug wehte, aber nicht nach unten fiel. »Sie werden denken, dass wir dort entlang geflohen sind«, erklärte ich ihr meinen Plan. »Aber wir gehen oben lang.«

Valentina nickte und folgte mir nach rechts, in den Gang, den wir ursprünglich hatten nehmen wollen.

Erst als ich die nächste Tür öffnete, hörte ich den Alarm wieder. Hinter der Tür lag ein schmaler Flur, von dem einige Räume abgingen. Zahlreiche Rohre, Messgeräte, Anzeigen an der einen Seite, Türen auf der anderen, die zu Räumen mit noch mehr Rohren und Anzeigen und ausgeschalteten Monitoren führten.

Wie passten dieser kraftwerkähnliche Aufbau, das rauschende Meer und das exklusive Wohngebäude weiter oben zusammen?

Als sich am Ende des Ganges plötzlich eine Tür öffnete, wich ich zurück. Aber der Flur bot keinerlei Schutz und ich blickte dem Mann, der erschienen war, mitten ins Gesicht.

Oder eher auf die blutverschmierten Hände, die Scrilla sich mit einem alten Lappen abtrocknete.

Er hielt inne, als er mich bemerkte.

Schützend wollte ich mich vor Valentina stellen, doch sie war verschwunden.

»Ich kann mich nicht daran erinnern, Drogen genommen zu haben, also bist wirklich du das, oder?« Scrilla klang nicht wütend, sondern verwundert. »Wolltest du mir unbedingt dabei zusehen, wie ich jemanden foltere?«

Er lächelte schief und ich drehte mich blitzschnell um, lief los.

»Amber, das ist doch sinnlos!«, rief er mir noch hinterher, aber dann knallte ich die Tür schon zu und lief weiter.

Vorbei an der Luke, zurück ins Treppenhaus. Wohin auch immer Valentina verschwunden war, sie war kleiner und wendiger, vielleicht war sie schon entkommen.

Statt zurück nach oben zu laufen, nahm ich die einzige andere Tür, die aus dem Keller hinausführte und fand mich im Freien wieder. Unter meinen Füßen ein festes Stahlgitter, darunter das Meer.

*Nein.*

Ich lief weiter, auf die gegenüberliegende Seite zu, beugte mich über die Brüstung und sah mich zu beiden Seiten um.

Meer, Meer, Meer, endlos viel Meer.

*Fuck!*

Ich lief in die andere Richtung, sprang über Rohre, Container, Mülltonnen, Kisten, tauchte unter Eisenstangen und Gittern hindurch und erreichte die andere Seite.

*Meer.*

Nein. Verzweifelte Tränen entstanden in meinen Augen, die ich, so schnell ich konnte, wegblinzelte.

Ich war gefangen.

Auf einer Stahlinsel.

Mitten im Meer.

»Fällt dir allmählich auf, dass man von einer Bohrinsel nicht fliehen kann?« Scrillas Stimme wurde vom Wind zu mir getragen. »Komm schon, Beauty. Du bist doch sonst nicht so begriffsstutzig.«

Ich fuhr zu ihm herum.

*Eine Bohrinsel. Das ist nicht möglich.*

Scrilla lehnte in einigem Abstand an einem Betonträger, an dessen Seite ein riesiges Rohr nach oben lief, und steckte sich eine Zigarette zwischen die Lippen.

*Wie kann ich entkommen?*

Ohne auf ihn zu achten, ging ich zur Brüstung zurück. Ich blieb ganz ruhig, als ich mich darüberbeugte. Es musste irgendwo Rettungsboote geben. In einem davon könnte ich entkommen.

Aber nur, wenn ich die Männer, die mich ansonsten verfolgen würden, vorher ohnmächtig schlagen würde.

Ich blickte mich um. Hier war zwar unendlich viel Metall verbaut, aber nichts schien sich bewegen zu lassen. Kein poröses Rohr, keine Stange, die mir als Waffe dienen konnte.

*Und wenn ich einfach springe?*

Der Aufprall würde mich sofort töten und ich würde mit einem Mal nichts mehr fühlen.

*Vor allem keine Angst.*

»Das lassen wir schön bleiben.« Eine Hand schloss sich von hinten um meinen Nacken und ich wurde herumgezogen.

*Du hast zu lange gezögert.*

»Ich brauche dich noch«, raunte Scrilla dicht vor

meinem Gesicht. »Und niemand sollte sich freiwillig in den Tod stürzen.«

»Warum nicht? Der Tod ist die einzige Freiheit, auf die ich jetzt noch hoffen kann.«

Scrilla lachte überrascht auf und in seinen grünen Augen schimmerte ein Licht, das ihn etwas menschlicher erschienen ließ. Ansonsten war er bei Tageslicht nicht minder bedrohlich als in der Nacht. Über seine Arme zogen sich längliche Tribals, seine Haut war braun gebrannt, seine dunklen Haare wild und durcheinander. Er trug wie gestern ein einfaches, sauberes schwarzes Shirt, die Ärmel hochgekrempelt. Noch einmal nahm ich die Armbänder und Lederschnüre an seinen Handgelenken wahr. Und wieder klebte an seinen Händen Blut.

»Das stimmt nicht«, sagte er leise. Er hatte die Zeit abgewartet, in der meine Augen über seinen Körper geflogen waren, bis sie wieder in seine gefunden hatten. »Die Freiheit ist auf vielfältige Art greifbar, aber nicht durch den Tod. Der Tod macht dich nicht frei, wer dir das erzählt, ist ein verblendeter Christ oder Schlimmeres.« Er ließ mich los und hielt die Zigarette vor mein Gesicht. »Rauchst du?«

Ich schüttelte den Kopf.

»Sicher? Sie ist nicht vergiftet, falls du das hoffst.«

Ich riss ihm die Zigarette aus der Hand. »Wo bin ich hier?«, fragte ich fordernd.

»Warum glaubst du, ich würde dir diese Frage beantworten, nur weil ich dir eine Kippe anbiete?« Scrilla holte eine zweite aus seiner Schachtel, schob sie sich zwischen die Lippen, benutzte das Feuerzeug, das ich ihm gestern gegeben hatte, um sie sich anzuzünden, und gab mir Feuer.

»Das war eine Leihgabe, kein Geschenk«, erinnerte ich ihn bissig.

Er sah auf das Feuerzeug, als würde er sich erst jetzt daran erinnern, dass es von mir stammte. »Hm, und wer bestimmt darüber?«

Ich verspürte einige Lust, ihm den Glimmstängel ins Auge zu drücken, aber stattdessen blieb ich ruhig, hielt die Zigarette in die Flamme, der er mit seiner Hand einen Windschutz bot, und atmete tief ein.

Sofort legte sich der parfümierte Geschmack der Zigarette ekelerregend auf meine Zunge, aber ich nahm ihn in Kauf. Wenn ich ihm schon nicht entkommen konnte, musste ich ihn mir eben zum Freund machen. Keine Ahnung, ob das bei diesem Arschloch jemals klappen würde.

Scrilla nahm seine Hände, die rau, aber auf eine seltsame Art auch männlich und sanft wirkten, zurück.

Ich wusste noch, wie es gewesen war, als er mich gestern im Auto festgehalten hatte. Seine Finger um meine Handgelenke zu spüren, war alles andere als bedrohlich gewesen.

Nein, es hatte ein verbotenes Prickeln erzeugt, das ich in seiner Gegenwart nicht haben durfte.

»Wolltest du ganz alleine fliehen?«, fragte er interessiert, als hielten wir einen Plausch in der Kaffeepause.

Ich nickte. Sollten sie doch noch eine Weile länger glauben, Valentina wäre nach wie vor in ihrem Zimmer.

»Du hast die Kleine zurückgelassen?«

Ich zuckte die Achseln.

»Warum, wenn du keinen Grund siehst, uns zu vertrauen?«

»Du bist so ein verlogener Arsch!«, zischte ich plötzlich, weil ich meine Wut nicht mehr zurückhalten konnte. »Wieso sollte ich euch *vertrauen*? Ihr seid die allerletzten Wichser und Nolan Seyward alias Wres ist es ebenfalls! Ihr wollt uns in Sicherheit wiegen, aber wir werden dasselbe Schicksal erleiden wie alle anderen Frauen, die gestern verkauft worden sind. Dazu gezwungen, unsere Beine für euch und eure ... Kunden breitzumachen, ob wir wollen oder nicht, und vor allem dann, *wenn wir nicht wollen!* Für ein paar Minuten habe ich wirklich glauben wollen, ihr seid keine frauenverachtenden Vergewaltiger, aber genau das seid ihr! Also sag mir, warum der Tod aus so einer Perspektive keine Befreiung wäre, denn mir fällt kein Grund ein, der mein Leben noch wertvoll macht, außer dass ihr meinen Körper noch für eure Perversitäten und gut zahlenden Kunden gebrauchen könnt!«

Scrilla wirkte, als hätten ihn meine Worte getroffen. Aber nicht, weil sie ihn störten, es geschah etwas anderes mit ihm.

Sein Körper spannte sich an, als würde er mich am liebsten packen und mir auf der Stelle zeigen, wie wenig Mitspracherecht ich bei allem haben würde.

Aber er blieb reglos vor mir stehen, nur die Luft zwischen uns verdichtete sich, die Angst kehrte zurück, und genau in dem Moment, als ich loslaufen wollte, schnellte seine Hand vor und hielt mich in einem eisernen Griff fest.

»Erspar uns das«, sagte er leise. »Du kannst nicht entkommen. Erzähl mir lieber, wie du darauf kommst.«

»Worauf?«

»Dass wir nicht die netten Jungs von nebenan sind, dürftest du spätestens in dem Moment mitbekommen haben, als ich auf einen korrupten Cop geschossen und einen unserer Widersacher gefoltert habe, aber wie zur Hölle kommst du auf den Feministinnen-Scheiß? Ist irgendjemand von uns deinem Höschen zu nahe gekommen oder hat irgendjemand in deiner Nähe eine Frau auch nur *schief angeguckt?*«

»Schief angucken?!«, wiederholte ich abfällig. »Ihr habt uns betäubt und –«

»Nein!«, knurrte er. »Dass wir euch nicht schon im Club erzählen konnten, wer wir sind, und unsere Spuren verwischen müssen, ist ja wohl naheliegend. Also was treibt deine Sorge an, wir wären frauenverachtende Superarschlöcher? Ist das ein Vorurteil? Du siehst uns und spielst verrückt?«

»Wenn irgendjemand Vorurteile verdient, dann ja wohl ihr«, spuckte ich.

Er ließ mich los. »Das will ich dir auch gar nicht absprechen, aber ich hatte mehr Intellekt von dir erwartet. Du bist schließlich auch aus deinem Zimmer entkommen, obwohl es so gut wie keine Möglichkeit gibt, die Container zu verlassen, geschweige denn bis in den Keller vorzudringen, wenn man sich nicht aus dem dritten Stock runterhangelt.«

»Das habe ich getan.« Keine Ahnung, warum ich überhaupt noch mit ihm sprach. Er hatte bewiesen, dass seine Realität mehr als verzerrt war, und mit einem Psychopathen war jedes Gespräch hoffnungslos. »Und durch diese Tür habe ich auch ins gegenüberliegende Gebäude sehen können. Dort, im Badezimmer, wurde eine Frau von einem alten, widerlichen Mann vergewaltigt. Ich habe ihre Schreie gehört, sie war gefesselt, sie wand sich, sie wollte nicht, sie litt. Durch ebendiese Tür bin ich dann auch geflohen. Befriedigt das deine Neugier?«

Ganz leicht hob er eine Braue. »Ich weiß, wen du meinen könntest. Wir werden ihn überprüfen lassen.«

Ich lachte abfällig auf.

»Kein Scherz. Gehen wir.«

»Als was willst du dich jetzt aufspielen?«, spottete ich. »Als den frauenrettenden Superhelden? Warum bringt ihr uns dann überhaupt auf eine *Bohrinsel*? Ihr hättet uns genauso gut auf dem Festland freilassen können.«

»Na klar, damit ihr gleich der nächsten Bande in die Arme rennt, oder schlimmer noch; uns verratet? Du kannst protestieren, sobald du mehr weißt, was aber nicht passieren wird, wenn du dich aufführst wie eine widerspenstige Zicke. Wenn du etwas weniger emotional wärst, würdest du zur Abwechslung abwarten, bis wir dich aufklären.«

»Wie bitte?!« *Weniger emotional?* Er hatte gut reden! Ihm drohte ja kein Leben mit jeder Menge Gewalt und aufgezwungenem Sex. Trotzig ging ich ihm hinterher und hielt Ausschau nach weiteren Fluchtmöglichkeiten. Es gab bestimmt nicht nur Rettungsboote, die mich sicher ans Festland bringen könnten, sondern auch Schnellboote. Wenn ich davon eins kaperte, würde ich es vielleicht schnell genug ans Festland schaffen, bevor sie mich einholten.

Aber was war mit Valentina?

*Wo ist sie?*

»Denkst du noch immer über eine Flucht nach?«,

fragte Scrilla mich grinsend und klappte das Ende einer Metallleiter nach unten, die im Freien, ähnlich wie eine Feuerleiter, zurück nach oben führte. »Du bist nicht die erste Frau, die wir kaufen, und bisher ist keine ›entkommen‹, falls dich das tröstet.«

Ich zuckte gespielt gleichgültig die Achseln, aber innerlich fing ich an zu kochen. Seinen Zynismus konnte er sich gerne sonst wohin stecken! Er streckte einen Arm aus, zum Zeichen, dass ich vorgehen sollte, und ich gehorchte, denn so konnte ich meine Augen ungesehen die Gegend absuchen lassen, und er bemerkte auch nicht, als mein Blick an einem länglichen lockeren Rohr über unseren Köpfen hängen blieb.

»Sag mal ...« Ich drehte mich auf der Treppenstufe um. »Wozu kauft ihr uns, wenn ihr angeblich gar nichts mit uns anfangen wollt?«

Scrilla hob fragend die dunklen, markanten Brauen. »Wer sagt, dass wir nichts mit euch anfangen werden?«

»Also wirst du mich vögeln?«

Für eine Sekunde brach der Mann in ihm durch. Ich frohlockte innerlich, als ich bemerkte, dass ihn diese Frage überraschte – und nicht kalt ließ.

Wenn mich nicht alles täuschte, hatte er schon über Sex mit mir nachgedacht und mit meiner Frage hatte ich ihn daran erinnert.

Und genau diesen Moment nutzte ich aus, griff nach rechts, umfasste die Eisenstange und schlug sie in seine Richtung.

Ich hätte seinen Kopf beinahe getroffen, aber er wich im letzten Moment aus. Seine Miene verzog sich zu einem finsteren Ausdruck und er umschloss die Eisenstange, mit der ich noch einmal nach ihm schlagen wollte.

Sein Griff war fest, aber auch ich ließ nicht los.

Mutig – und verzweifelt – kämpfte ich gegen ihn an, holte aus, trat nach ihm und fiel im nächsten Moment nach unten.

Er hatte an meinen Unterschenkel gegriffen, gleichzeitig die Stange losgelassen, mich aus dem Gleichgewicht gebracht und war schneller über mir, als ich zusehen konnte.

Sein mächtiger Körper presste mich herum, ich lag halb verdreht und schmerzhaft auf den metallenen Stufen und seine Hände und Beine sorgten dafür, dass mir alles wehtat und ich mich nicht einen Millimeter bewegen konnte.

Sein Atem drang von hinten an mein Ohr, er klang nicht angestrengt, sondern viel schlimmer; als wäre er voller Zorn.

»Ich hoffe, uns hat niemand bei dieser Aktion zugesehen, denn noch einmal lassen meine Freunde es nicht zu, dass eine kleine Schlampe wie du mich angreift.« Seine Stimme klang unglaublich gepresst, als würde er lieber brüllen, statt ruhig zu bleiben. Er drückte meine Hände auf dem Rücken zusammen, sodass ich aufschrie, gleichzeitig presste er meinen Kopf auf das harte Metall der Treppenstufe. Irgendwo unter mir rauschte das Meer und ich verurteilte mich dafür, dass ich nicht einfach gesprungen war.

Scrillas Atem an meinem Ohr erzeugte den tiefen Wunsch in mir, die Gitter mögen brechen und uns fallen lassen. »Du bist dumm genug, zu glauben, dass du eine

Chance gegen mich hast«, raunte er gefährlich, »und dumm genug, ausgerechnet mich herauszufordern. Ich habe dir im Club gesagt, wie du dich verhalten solltest. Hörig und angepasst, langweilig und zahm, und dir wäre nichts passiert. Du hättest vor allem nicht das Interesse eines Mannes wie mir geweckt. Aber das hast du jetzt geschafft. Dir scheint nicht klar zu sein, dass es mir leichtfallen würde, dich auf der Stelle zu ficken, und glaub mir, wenn wir keinen engen Zeitplan hätten, würde ich es tun. Und es liegt allein in meiner Hand, ob es erträglich oder schlimmer sein wird als das, was du heute beobachtet hast. Ich gehöre zu den Männern, die daran *Gefallen* finden, wenn Frauen beim Sex schreien. Das ist dir nicht klar, oder? Ich habe mein verschissenes Leben und das meiner Freunde riskiert, um dich mitzunehmen. Und auch wenn wir die anderen Frauen *gekauft* haben, ist mir kein Geld der Welt so viel wert wie ein Tag meines Lebens. *Du gehörst jetzt mir.* Du hast nicht nur deine Lebensschuld bei uns zu begleichen, du wirst es bei *mir* tun. *Du bist mein Besitz.* Solange ich das will und bis ich es nicht mehr will. Ich hoffe für dich, dass du schnell lernst, denn ich habe kein Problem damit, dir immer dann Schmerzen zuzufügen, wenn du nicht gehorchst. Hast du verstanden?«

Ich schluckte, Tränen entstanden in meinen Augen.

»Hast du das verstanden, Amber?«, knurrte er so dunkel, dass ich ängstlich zusammenzuckte.

Ich nickte in einem Radius, den seine Umklammerung zuließ.

»Das nächste Mal wirst du ein deutliches ›Ja‹ hervorbringen«, sagte er, bevor er mich losließ und aufstand.

Ich blieb einfach liegen.

»Steh auf!« Seine Stimme fühlte sich an wie ein Peitschenhieb.

Zitternd richtete ich mich auf. *Wieso habe ich ihn nicht getroffen? Wieso hat die dämliche Eisenstange sein Gehirn verfehlt?*

Kaum stand ich, schloss seine Hand sich erneut wie eine Zange um meinen Hals und er drückte meinen Kiefer zu sich in die Höhe. Er stand eine Stufe über mir und überragte mich wie ein drohender Schatten.

»Tu das nie wieder.«

*Was tun? Versuchen ihn umzubringen? Er kennt mich schlecht, wenn er glaubt, dass ich aufgebe. Und wenn es Jahre dauert, bis sich mir die Gelegenheit dazu bietet, ich werde sie nutzen.*

»Denk nie wieder über deinen Freitod nach.«

*Wie will er das verhindern, wenn er mich wie Dreck behandelt?*

»Ich werde dir beibringen, das Leben zu schätzen und deine Kraft richtig zu nutzen, damit du nicht ausgerechnet Leuten wie mir in die Hände fällst. Wenn ich dich dann freilasse, wirst du gewappnet sein. Willst du bis nach oben gehorchen oder muss ich dich tragen?«

»Tragen?«, würgte ich.

Er verdrehte die Augen, ließ meinen Hals los und griff kurzerhand an meine Hüfte. Er hob mich hoch, schulterte mich wie einen Sack und ging die Treppen hinauf.

»Du bist doch wahnsinnig!«, schrie ich. »Lass mich runter! Ich kann alleine gehen und will von jemandem wie dir schon gar nicht getragen werden!«

»Red nur weiter, Beauty, jedes Widerwort bedeutet einen weiteren Schlag auf deinen schönen Hintern, sobald wir dafür Zeit haben.«

»Dafür wird niemals Zeit sein!« Ich trommelte wütend auf seinen Rücken ein. »Du bist so krank und so ekelhaft, dass ich mich dreimal ins Meer werfen würde, um dir zu entkommen, und du schaffst es auch noch, dir einzureden, ausgerechnet *du*«, ich lachte kalt, »könntest mir beibringen, das Leben *zu schätzen*? Wie willst du das erreichen? Mit Gehirnwäsche?«

Er ging unbeirrt weiter.

»Wie kann jemand wie du überhaupt noch einen hochkriegen? Hast du überhaupt Eier? Warum suchst du dir nicht eine Frau, die dich aus freien Stücken will? Und schleppst *die* durch die Gegend?!«

Er antwortete nicht, bis wir am Ende der Treppe und vor einer meterhohen Betonwand angekommen waren. Als er mich absetzte, grinste er, als hätte ich ihm eine Reihe von Witzen erzählt.

»Keine Angst, du wirst mich noch anflehen, dir meinen Schwanz in jedes Loch zu schieben, darüber mache ich mir wirklich am wenigsten Sorgen.« Er öffnete mir die Tür, zog mich hindurch und damit in eine völlig andere Welt.

Mitten auf der Bohrinsel hatte jemand eine Stadt errichtet. Eben noch war alles voller Metall und Rohre gewesen, jetzt glänzten Marmor und Stein und ein von mehrstöckigen Gebäuden umsäumter Platz tat sich vor uns auf, in der Mitte ein üppiger Springbrunnen.

Kleine Restaurants, Essensstände und Geschäfte umgaben den Platz. Weiter oben führte eine ausladende Promenade über unsere Köpfe und die steinernen Gebäude entlang, die mit französischen Balkonen verziert waren.

Am Ende der U-förmigen Konstruktion strahlte ein

Infinity Pool im satten Blau und schien mit dem Horizont des Meeres zu verschmelzen.

Mein Mund stand offen und ich schloss ihn schnell, als Scrilla mein Erstaunen bemerkte.

Er lächelte noch eine Spur selbstgefälliger. »Wie gefällt dir unser Paradies?«

»Wissen die Leute, die hier Urlaub machen, dass Männer wie *ihr* das Hotel führen? Es ist doch ein Hotel, oder?«

»Schaffst du es auch, etwas zu sagen, ohne meine Wut zu schüren?«, fragte er gelassen und drückte mich in Richtung eines Dessousladens. »Das wäre doch mal eine neue Challenge für dich.«

»Ich glaube nicht, dass ich das schaffe, ohne zu lügen.«

Er hob eine Braue. »Nach wie vor völlig unbeeindruckt. Du glaubst wirklich, es könne sowieso nicht mehr schlimmer kommen.«

Scrilla ging mit mir über den Platz. Ein Pfauenpaar pickte nach einigen Körnern im Steinfußboden und Papageien flogen durch die künstlichen Bäume.

Alles hier war klein und exklusiv, aber man konnte sofort vergessen, dass man sich auf einer ehemaligen Bohrinsel auf offenem Meer befand. Wie ein Kreuzfahrtschiff, nur massiver.

»Die anderen sind schon drin.« Scrilla öffnete mir die Tür zum Dessousladen. »Es wird das letzte Mal für einige Tage sein, dass ihr euch Kleidung aussuchen könnt, also nutze die Gelegenheit. Versuch nicht schon wieder zu fliehen, sonst fessle und kneble ich dich und du läufst die nächsten Tage *nackt*. Glaubst du mir das oder soll ich es jetzt gleich demonstrieren?«

Er ließ mich los und erwartete, dass ich durch die Tür ins Innere des Ladens trat. Aber ich blieb stehen und drehte mich zu ihm um.

*Keine Angst, du wirst mich noch anflehen, darüber mache ich mir wirklich am wenigsten Sorgen.* Meinte er das ernst? Glaubte er, dass er mich durch Folter dazu bekommen würde, ihn um Sex anzubetteln, oder wurden meine dunkelsten Träume gerade wahr?

»Darf ich eine vollkommen dumme Frage stellen?« Ich zitterte innerlich, mein Puls beschleunigte. Die Vorstellung, mich jetzt mit der banalen Wahl irgendwelcher Klamotten zu beschäftigen, machte mich nervös. Viel lieber wäre ich meinen vielen Fragen auf den Grund gegangen.

Scrilla wirkte verdutzt. »Hast du mich gerade um Erlaubnis gebeten?«

»Ist das gut oder schlecht?«

»Etwas unerwartet. Stell sie. Keine Ahnung, ob ich sie dir auch beantworte.«

»Glaubst du, dass die Frau es wollte?«

Ich versuchte angestrengt herauszufinden, was er über meine Frage dachte, aber es rührte sich nicht der kleinste Muskel in seinem Gesicht. »Ich vertraue deinem Urteil. Du hast es gesehen und Angst bekommen. Da du offenbar total auf gewalttätigen Sex abfährst, hättest du den Unterschied zwischen BDSM und einer Vergewaltigung wohl erkannt, oder?«

Mein Mund öffnete sich.

»Du brauchst mir nicht zu widersprechen.«

Hitze stieg in meine Wangen und alles in mir schrie danach, ihm etwas vorzulügen. Wie viel wusste er bereits über mich? Fiel es ihm tatsächlich so leicht, in mir zu lesen? »Trotzdem hasse ich dich.«

»Damit kann ich arbeiten. Hass ist eine schöne, dunkle Energie.«

Er wusste auch auf jeden Scheiß eine kluge Antwort, oder? »Warum fühle ich mich bei dir trotz allem so sicher?«

In seinem Gesicht erkannte ich sofort, dass er auf alles vorbereitet gewesen war, aber nicht darauf. »Wie bitte?«, fragte er fassungslos.

»Ich weiß auch nicht«, sagte ich, zuckte die Schultern und trat durch die Tür. »Ich hätte mich bei keinem anderen Mann getraut, ihm erst eine Bierflasche und dann eine Eisenstange über den Schädel zu ziehen. Vielleicht bin ich deshalb unbeeindruckt. Du machst mir keine Angst.«

Er sah aus, als hätte ich ihn ein drittes Mal mit etwas angegriffen, und ich wandte mich schnell ab, bevor er auf die Idee kommen konnte, seine vielen Drohungen wahrzumachen.

Ich wusste nicht, ob es klug war, so mit ihm zu reden, aber es war die reinste Wahrheit. Was auch immer er versuchte oder sagte; seitdem er so eindringlich auf mich eingeredet hatte – oder vielleicht auch schon davor –, fühlte ich mich stärker und furchtlos. Eine Zuversicht beschlich mich, dass ich diesen Mist hier auf jeden Fall überleben würde, und zwar nicht als gebrochener Mensch, wie Scrilla es gerne hätte, sondern frei und unversehrt.

Dass zudem eine prickelnde Neugier meine Haut überzog, war besonders elektrisierend. Ich konnte mir zwar vorstellen, dass Scrilla keine Scherze machte. Aber

irgendwo in mir gab es einen dunklen Teil, der sich vorstellen konnte, dass es mir ebenfalls gefallen würde,
wenn er seine Drohungen wahrmachte.

Ich wusste nicht, wieso.

Ich ergründete dieses Gefühl nicht.

Ich fühlte mich einfach nur stark.

*Und begehrt.*

# C

## DIE SCHATTEN DER VERGANGENHEIT
## VERNEBELN UNS ZU HÄUFIG DIE SICHT.

*arum fühle ich mich bei dir sicher?*
»Und?« Ly setzte sich zu mir. Er hatte sich in unserem Hotelcafé einen doppelten Espresso bestellt. Wie ich. »Ist die Kacke am Dampfen oder nicht?«

»Falls du die Falle meinst, die uns gestellt wurde ...«

Ly grinste blöd. »Was sollte ich sonst meinen?«

»Sie wurde uns gestellt. Wir haben vier Stunden, um die Insel zu verlassen.«

Ly ließ Luft durch die Zähne gleiten. »Der Typ hatte also einen GPS-Sender im Körper?«

»Natürlich hatte er das!«, knurrte ich.

»Ist das unser einziges Problem?« Ly entging nicht, dass ich wie bescheuert auf den Dessousladen starrte. Die Geschäfte in unserer künstlichen Einkaufsstraße waren eigentlich nur Deko. Selten sah man einen Gast darin shoppen. Auch wenn wir dafür sorgten, dass immer die neueste Ware verfügbar war, verließ kaum jemand sein Zimmer.

Das Hotel auf einer ehemaligen Bohrinsel mitten im Meer, ohne Hafen und Landeszugehörigkeit, war nicht dafür gedacht, sich untereinander zu begegnen. Die meisten Zimmer verfügten über einen eigenen Flur, der bis hinauf aufs Dach und den Hubschrauberlandeplatz oder bis hinunter zum eigenen Schiff führte. Wer nicht von anderen gesehen werden wollte, wurde es auch nicht.

Umso eigentümlicher, dass ausgerechnet Amber keine Stunde gebraucht hatte, um jemanden zu beobachten.

An manchen Tagen waren Ly, Wres und ich die Einzigen, die sich außerhalb der Zimmer bewegten.

In den künstlichen Gebäudekomplexen verbargen sich nicht nur zahlreiche Suiten und Gästezimmer, sondern auch unsere Büros. Hier lagerten wir alles, was wir für ein offizielles Unternehmen brauchten. Ordner, Papiere, Dokumente, digitale Kopien. Ein Team aus zehn Sekretärinnen arbeitete ein paar Tage in der Woche auf der Insel, damit die Zahlen gesund aussahen und niemand Verdacht schöpfte. Der perfekte Ort, um zu verbergen, was wir wirklich taten.

Und eine der besten Festungen, die wir hätten errichten können.

Gegen offiziellen Besuch der amerikanischen Polizei konnten wir trotzdem wenig ausrichten, denn wenn wir nicht verdächtig wirken wollten, mussten wir sie freundlich begrüßen.

»Die Cops werden nach drei Männern suchen, die gestern Nacht auf die Bohrinsel gestoßen sind, eines unserer Schiffe gekapert und damit geflohen sind. Das verschafft uns Zeit, auch wenn die Spurensicherung bestimmt alles auf den Kopf stellen wird. Camacho weiß vielleicht noch nicht, dass wirklich *wir* diese drei Männer waren.«

»Also hast du mit den Bullen schon gesprochen?«

»Längst.«

»Und wer wird sie in Empfang nehmen?«

Ich zuckte die Achseln. »Ist das wichtig? Einer unserer Leute stellt sich als Hotelmanager vor, was auch immer.«

»Glaubst du nicht, dass sie schlau genug sind, eins und eins zusammenzuzählen?«

»Natürlich sind sie das. Aber glaubst du wirklich, dass sie Lust haben, sich mit uns anzulegen? Nein. Sie sind froh, wenn sie ihren Vorgesetzten am Festland eine plausibel klingende Geschichte auftischen können. Und Camacho ist gezwungen, zu raten, ob das alles ein Bluff ist oder wir ihm wirklich entkommen sind.«

Ly betrachtete mich durchdringend, bevor er seinen Espresso austrank. »Hoffen wir, dass er nicht selbst ein Bullenschwein ist und längst alles über uns weiß. Mir gefällt nicht, dass der Meeresboden unter uns schon mit Leichen übersät ist.«

»Seit wann hast du ein Problem mit unserem Meeresboden?«

Ly streckte sich auf seinem Stuhl aus. »Okay, anders. Mir gefällt es schon, aber mir gefällt es nicht, Unschuldige zu töten.«

»Wer für den Staat arbeitet, ist nicht unschuldig« war alles, was mir dazu einfiel. Zwanghaft konzentrierte ich mich auf die Espressotasse zwischen meinen Fingern. Ich wartete auf einen Rückruf der Polizei und meiner Kontakte auf dem Festland, aber ich hätte wohl kaum ungeduldiger darauf warten können, dass mich endlich jemand ablenkte.

*Vielleicht bin ich deshalb unbeeindruckt. Du machst mir keine Angst.*

»Was versuchst du da eigentlich?« Ly wedelte mit der Hand vor meinen Augen herum. »Hypnose? Oder Telekinese? Wenn sie dir so gut gefällt, geh rüber, vögel sie durch und scheiß auf Wres' Wehwehchen. Warum zögerst du noch?«

Ich ignorierte seine Worte.

»Du musst sie doch nicht gleich *totfoltern*. Kannst du nicht *einmal* normal Sex mit einer Frau haben? Glaub mir, das ist genauso befriedigend. Nicht jede steht auf alles, das herauszufinden, macht doch gerade den Reiz aus.«

Ich schluckte hart. *Kann Ly nicht endlich seine Klappe halten?!*

»C.« Er beugte sich so weit über den Tisch vor, dass seine Visage in meinem Blickfeld hing. »Nicht alle sind wie Salena. Wenn man's genau nimmt, wird keine jemals wieder so sein wie sie, denn alle Menschen sind unterschiedlich.«

Ich sprang auf und schloss im nächsten Moment meine Finger um Lys Kehle. Ein monströses Gefühl bahnte sich in mir den Weg nach oben und wollte unbedingt befreit werden. Es wäre mir nicht nur möglich, Ly langsam die Luft abzuschnüren, ich könnte seinen Kopf auch schnell und kräftig drehen, sodass sein Genick brach. Beides würde sich unfassbar gut und unfassbar beschämend anfühlen.

*Wer bist du, dass du nur beim Erwähnen ihres Namens die Kontrolle verlierst?*

*Wieso kannst du dich nicht beherrschen?*

Ich ließ Ly so abrupt los, wie ich ihn angegangen war. »Erwähn nie wieder ihren Namen«, spuckte ich auf den Boden aus, griff nach meinem Handy und den Kippen und ließ ihn zurück.

Er rieb sich den Hals.

Ich wusste, dass er mir einige Zeit nachsah und dabei sauer auf mich wurde, weil ich nicht zurückkam und mich entschuldigte. Er würde mir meinen Angriff heimzahlen. Wir waren keine Freunde aus dem Bilderbuch. Wenn jemand einen Ausraster hatte, so wie ich gerade eben, wurde ihm nicht einfach verziehen. Schon gar nicht, wenn er wie ich auf Dinge wie Entschuldigungen einen Scheiß gab.

Ly war ein Arsch. Wres war ein als Arsch getarnter Engel. Aber ich war ein Monster.

Ich zündete mir eine Kippe an und lehnte mich über die Reling. Dabei fiel mir der Balkon ins Auge, der zu Pickmans Suite gehörte. Meine Gedanken wanderten ab, froh über die Ablenkung. *Was genau hat Amber beobachtet? Kann es sein, dass sich jemand unseren Regeln widersetzt? Auf unserem Gebiet?*

# AMBER

*A*ls ich die Boutique betrat, versetzte mich der Anblick 100 Stunden zurück. Erst am Wochenende war ich mit Macy und Georgia an der 5th Avenue shoppen gewesen. Unser Lachen, unsere Scherze, unsere gemeinsame Zeit liefen wie in einem kitschigen Hollywoodstreifen vor meinem inneren Auge ab.

*Werde ich sie jemals wiedersehen?*

Macy und Georgia zählten vielleicht nicht zu meinen engsten Freundinnen, denn ich kannte sie noch nicht lange. Sie wussten nichts über mich, meine Wünsche, meine dunklen Fantasien, aber hätte ich die Möglichkeit, sie anzurufen, würde ich ihnen alles erzählen. Mit irgendjemandem über alles *reden* zu können, würde mir vermutlich schon helfen, wieder einen klaren Kopf zu bekommen.

Waren unsere Netflix-Marathons in unserer WG wirklich erst ein paar Tage her? Hatte ich erst letzte Woche vor dem Bildschirm gesessen und mich gefragt, wann einmal ein Mann solche Gefühle in mir wecken würde wie der Held bei seiner Heldin?

Und jetzt?

Ich wünschte, ich würde niemals wieder etwas fühlen.

*Da du offenbar total auf gewalttätigen Sex abfährst ...*

Ich hatte noch nie Probleme damit, auf Menschen zuzugehen oder neue Leute kennenzulernen, aber die zwei Mexikanerinnen, die von Scrilla und seinen Freunden gekauft worden waren, machten es mir schwer.

Sie schienen nicht zu begreifen, was hier vor sich ging, geschweige denn, dass sie eigentlich gegen ihren Willen hier waren.

Die beiden Frauen gluckten zusammen, als wären sie seit Jahren befreundet. Diese Oberflächlichkeit war nichts für mich, denn ich merkte ihnen an, dass ihr gegenseitiges Interesse eine Lüge war.

Die große Schlanke mit dem Bob hieß Regina. Sie probierte einen BH nach dem anderen an und war mit keinem zufrieden, als wäre es irgendwie wichtig, wie gut er ihr passte. Die andere hieß Maria. Sie beteuerte vor Regina seit geschlagenen zehn Minuten, wie schlank und perfekt Regina doch sei, und überredete sie dazu, einen schwarzen Spitzen-BH zu wählen. Die Frauen führten sich auf, als hätten sie schlicht und ergreifend keine anderen Sorgen.

Mit uns befand sich eine Verkäuferin im Raum, die sich im Hintergrund hielt.

*Ist sie freiwillig hier?*

*Weiß sie, was hier vor sich geht?*

Als ich die Umkleide verließ und gerade den Reißverschluss des Jogginganzugs hochzog, den ich mir aus der überschaubaren Sportabteilung herausgesucht hatte, drehten sich Regina und Maria in meine Richtung.

»Bist nicht weit gekommen, hm?«, fragte Regina mich und ließ kritisch ihren Blick an mir heruntergleiten. *Bin ich ihr nicht hübsch genug? Nicht hübsch genug für die Männer, die uns vergewaltigen werden?*

»Doch, eigentlich schon«, sagte ich schulterzuckend. »Habe viel von der Bohrinsel gesehen.«

»Eine Bohrinsel?«, fragte Maria erstaunt. »Wo hast du eine Bohrinsel gesehen?«

Ich zwang mich, nicht die Augen zu verdrehen. Andererseits hätte ich es vielleicht auch nicht geglaubt, dass wir uns auf einer Bohrinsel befinden, hätte ich es nicht selbst gesehen. *Wer kommt schon darauf?*

»Weißt du, wo es hiernach hingeht?«, fragte Maria mich. »Haben sie dir irgendetwas gesagt?«

*Bis auf ein paar Drohungen war nichts dabei.* »Euch?«

»Nur, dass wir uns Klamotten aussuchen sollen, weil wir ja keine haben und längere Zeit nicht wieder hierherkommen werden. Du siehst echt toll aus in dem Jogginganzug. Trägt man das momentan so in den Staaten?«

Ich warf ihr einen mitleidigen Blick zu. »Das ist mir echt total egal. Ich versuche hier gerade, nicht vergewaltigt zu werden.« *Mist, bin ich zu zickig?* Ich suchte mir noch ein paar andere Shirts, Sport-BHs und Jogginghosen in meiner Größe aus dem Regal und brachte sie der Verkäuferin.

Sie war eine braun gebrannte Schönheit, die mich lächelnd musterte, als würde sie meine Abneigung Maria und Regina gegenüber teilen.

»Du wirst dich nicht daran gewöhnen müssen«, sagte

sie mit starkem Akzent. »Wir alle dürfen uns entscheiden.« Sie zwinkerte und schrieb auf, was ich mir ausgesucht hatte.

»Was meinst du damit?«, hakte ich nach.

Sie tippte mit dem Kugelschreiber in Reginas und Marias Richtung. »Solche Frauen haben wir hier oft. Die Händler haben es ja auch leichter mit ihnen, weshalb sie sie in einer gewissen Überzahl ranschaffen. Ich bin jetzt wirklich fies, wenn ich das sage, aber ...«, sie senkte die Stimme, »eine wie sie lockst du doch mit Süßigkeiten ins Auto und machst sie mit ein paar *Gucci*-Taschen wieder glücklich. Die merken gar nicht, dass sie entführt werden. Ly Silver wählt, glaube ich, immer nur zufällig aus. So kommt das eben. Aber wie gesagt, du musst dich nicht daran gewöhnen. Nur ein paar Wochen und du bist an einem Platz, der dir zusagt.«

»Wovon sprichst du?«, flüsterte ich. »Was für ein Platz? Was ist in ein paar Wochen? Wir sind heute Morgen erst hier aufgewacht und wissen noch gar nichts. Du bist also auch gekauft? Und musst jetzt hier arbeiten? Wie lange schon? Und warum bist du dabei so gelassen?«

Sie packte seelenruhig meine neue Kleidung in zwei Tüten. »Du bekommst noch deine Antworten. Das wäre viel zu viel zu erklären. Geh schon mal nach nebenan, ich komme dann, sobald du fertig bist.«

Als ich nach den Tüten griff, umschloss ich ihr Handgelenk, damit sie nicht länger so tat, als wäre ich nur ganz zufällig hereingeschneit, um eine Jogginghose zu kaufen. »Willst du damit andeuten, du bist freiwillig hier?«, fragte ich leise.

Die Südamerikanerin runzelte die Stirn. »Nein, keine von uns ist das.«

»Und du musst nur verkaufen? Alles, was sie von dir erwarten, ist zu verkaufen?«

Sie lächelte breit. »Nein. Aber ich habe mich entschieden. Und das kannst du auch. Hab ein bisschen Vertrauen, dich hätte es kaum besser treffen können. Im Vergleich zu allen anderen, die weniger Glück haben. Ich werde mich um die Ladys kümmern, die jeden Zweihundert-Dollar-BH unpassend finden. Wenn ich Silver richtig verstanden habe, müsst ihr bald los. Nutz die Zeit und such dir drüben etwas Passendes raus. Sie mögen es, wenn man sich gut kleidet. Wenn du nach New York in die Bank willst, dann nimm etwas, das genau dazu passt.«

*Es hätte mich kaum besser treffen können?* »Wie heißt du?«

»Gabriela. Und du bist Amber, stimmt's?« Sie zwinkerte erneut, dann ging sie zu Regina und Maria.

*Nach New York in die Bank.*

Was sie sagte, ergab wenig Sinn, denn es klang danach, als hätten wir die Wahl, uns zwischen dem Leben einer Sexsklavin und einer Angestellten zu entscheiden. Konnte das sein?

Ich nahm mir Gabrielas Tipp zu Herzen, ging nach nebenan in ein zweites, hochexklusives und leeres Geschäft und suchte mir das Spießigste an Kleidung zusammen, das ich finden konnte.

Besonders leicht war das nicht. Keines der exklusiven Kleidungsstücke wirkte an mir unvorteilhaft oder hässlich. Nachdem ich mehrere Outfits durchprobiert hatte, entschied ich mich für eines, das am unschuldigsten wirkte.

Eine hochgeschlossene Bluse, ein Bleistiftrock, eine schwarze Strumpfhose, langweilige Pumps, dazu ein knapper Blazer. Ich wollte zurückgehen und etwas finden, womit ich meine Haare hochstecken konnte, und traf mitten in der Umkleide auf Ly.

Die Augen von Scrillas Freund weiteten sich, als er mein Outfit erfasste, aber ansonsten blieb er völlig entspannt auf dem Sofa vor den Garderoben sitzen. Den einen Fuß aufs Knie gestützt, die Hände in den Taschen seines Anzugs. Er sah gut aus. Die Kleidung täuschte genau wie bei meinem Outfit über das Innere hinweg. »Nice«, sagte er anerkennend, »ich mag Frauen in Kostümen.«

Ich lächelte knapp. »Müssen wir los? Ich bin fertig.«

»Nein, noch haben wir Zeit.«

»Oh. Gut.« Keine Ahnung, was ich jetzt tun sollte. »Ich warte draußen.«

»Hast du dir nur solche Bürotussenoutfits rausgesucht?« Er schielte am offenen Vorhang vorbei in meine Umkleide.

»Und?«

»Ich will nichts sagen, aber wir befinden uns in der Karibik. Es wird ... tendenziell etwas heiß.«

»Darunter trage ich Unterwäsche«, sagte ich übertrieben anzüglich, »das sollte gehen.«

»Hast du mich gerade angeflirtet?«, fragte er lachend.

Von ihm ging dieselbe Bedrohung aus wie von Scrilla. Ich sollte mir mit meinem flapsigen Mundwerk nicht noch mehr Ärger einhandeln.

»Nein, das war nur ein Scherz«, betonte ich möglichst flach. »Also darf ich mir noch mehr aussuchen?«

Er zeigte mit der offenen Hand zurück zum Laden. »Nur zu.«

Froh, ihn stehen lassen zu können, ging ich zurück

ins Geschäft und suchte die Kleiderstangen ein drittes Mal durch.

*Karibik.*

Da der Wind auf der Bohrinsel so stark war, hatte ich die Hitze bisher nicht gespürt. Ich suchte mir sicherheitshalber noch ein Top und ein lockeres T-Shirt raus. Hotpants fand ich zu gewagt, dafür, dass ich mich in nächster Nähe zu drei Supermachos befand, die Frauen gerne betäubten und auf Eisentreppen hinunterdrückten, um ihnen ins Ohr zu flüstern, dass sie sie nur des Zeitmangels wegen nicht vergewaltigten.

Ich versuchte Ly zu ignorieren, als ich zurück in die Umkleide ging. Mir war zwar nicht wichtig, ob die Kleidung gut an mir aussah, aber ich wollte auch nicht, dass sie mir nicht passte und zu knapp war.

Als ich alles anprobiert hatte, zog ich wieder den Jogginganzug an und verließ die Umkleide. Ly saß noch immer an derselben Stelle.

Das machte mich nervös, aber ich versuchte mir nichts anmerken zu lassen und ging an ihm vorbei.

»Warte mal, Süße.«

Ich hielt die Luft an und blieb stehen. *Halt dich zurück! Mach dir nicht noch einen Feind.*

»Dreh dich um.«

Ich gehorchte.

»Leg die Klamotten ab.«

*Was hat er vor? Noch eine Demonstration ihrer unüberwindbaren Macht?* Mir fiel es schwer, nicht genervt zu stöhnen, als ich die Kleidungsstücke auf die Sofalehne legte.

Ly betrachtete mich ungeniert von oben bis unten. Seinen Blick empfand ich als sehr viel unangenehmer als den von Scrilla. Ich wusste nicht wieso, denn beide Männer waren derselbe Typ von frauenverachtendem Macho.

»Zieh dich aus.«

»Bitte?«, fragte ich alarmiert. *Fuck!* »Ich dachte, wir hätten nicht viel Zeit ...«

»*Dafür* ist immer Zeit.« Er lächelte mich an, als hätte er mich gebeten, ihm eine Arie von Mozart vorzusingen.

Ich presste meinen Kiefer zusammen und griff an den Reißverschluss meiner Jacke. Er wollte mich vögeln? Ich hatte von Scrilla gelernt: Noch einmal würde ich einem Mann nicht die Genugtuung geben, ihm zu zeigen, dass ich es eigentlich nicht wollte. Genau das schien die Mistkerle ja noch anzuturnen.

»Um Gottes willen!« Ly sprang auf und ich schreckte zurück. »Lass das verdammte Ding an, was ist denn los mit dir?« Er kam auf mich zu, schlug meine Hände beiseite und zog den Reißverschluss zurück bis zu meinem Hals. »Erstens fällt es mir wirklich schwer, nacktem Fleisch zu widerstehen, und zweitens wollte ich nur wissen, wie weit Crack dich schon hat. Was hat er dir erzählt, dass du glaubst, du müsstest dich uns hingeben wie eine billige Hure? Er hat den Harten markiert, oder? Er konnte es mal wieder nicht lassen ...« Ly seufzte schwer, nahm die Kleidung vom Sofa und trug sie für mich zur Kasse. Im selben Moment kamen Regina, Maria und Gabriela herein. Ly lehnte sich in männlicher Pose an die Theke, musterte sie aus und zwinkerte ihnen zu.

Regina und Maria kicherten.

*Oh Mann.*

Sie bestellten Gabriela zu sich und forderten ihre Hilfe beim Finden der richtigen Kleidergrößen, als wären sie mehr als gekaufte Sklavinnen und als hätte Gabriela es nötig, ihnen ihre Wünsche zu erfüllen. Die Südamerikanerin blieb cool.

Ly beobachtete das Treiben und drehte sich dann zurück zu mir. »Nicht alle können so ein guter Fang sein wie du«, sagte er schulterzuckend. »Also Fang ... in dem Sinne ...«

*Fang. Ja, ich bin ein ›Fang‹.*

»Das war falsch ausgedrückt.« Ly lächelte schuldbewusst und entblößte eine Reihe perfekter weißer Zähne. Im Gegensatz zu seinen zwei Freunden wirkte er auch bei Tageslicht wie dreimal geleckt. Sein Anzug war garantiert maßgeschneidert, sein Hemd lupenrein gewaschen und mehrfach gebügelt, seine Uhr am Armband wirkte teuer. Trotzdem ließ ihn dieser Bonzen-Auftritt nicht unattraktiv wirken. Man kaufte ihm sofort ab, dass er ein mächtiger Mann war und gewohnt, zu bekommen, was er wollte. »C ist nicht gerade ein Ass im Umgang mit Menschen. Dass ich manchmal meine Witze mache oder eure Lage etwas zu leicht nehme, ist nichts gegen seinen Unwillen, irgendjemanden auf dieser Welt nett zu behandeln. Ich war zwar dagegen, dich mitzunehmen, nachdem du unser Auto klauen wolltest, aber ich war von Anfang an dafür, dich freizukaufen. Wenn es irgendjemand verdient, eine zweite Chance zu bekommen, dann du.«

»Du kennst mich überhaupt nicht«, murmelte ich mit gesenktem Blick. *Alles hohle Phrasen. Den guten Schwiegersohn darf er gerne jemand anderem vorspielen.*

»Nein. Niemand kennt den anderen hier, oder?«

Ich sah auf. Ly lächelte noch echter und sein Blick fand fest in meinen. Seine Augen funkelten in einem hellen, schimmernden Blau, während die von Scrilla dunkelgrün und brodelnd waren wie ein tiefer Dschungel.

»Dir ist bewusst, wie du auf Männer wirkst?«, fragte er interessiert.

Ich nahm automatisch die Arme vor meinem Körper zusammen, als könnte ich mich so vor seinen Blicken schützen.

»Jetzt quetsch nicht auch noch deine Brüste zusammen, ist dir denn gar nicht klar, was du bei einem Mann wie mir damit auslöst?«

»Was löse ich aus?«, fragte ich absichtlich naiv. *Warum versucht der Typ, mir etwas vorzuführen? War er der Good Cop? Scrilla hingegen der schlechte?*

Ly öffnete den Mund für eine Erwiderung, schloss ihn dann aber wieder und blickte grinsend zu Boden. »Wie wäre es mit einem Date? Sobald du mehr von uns erfahren hast und weißt, wer ich bin, sollten wir uns zu einem Date verabreden. Wir haben uns nicht unter den besten Umständen kennengelernt und ich war bisher sehr offen zu dir, was deine körperlichen Reize angeht, aber ich kann auch ein Gentleman sein und aufhören, dich wie ein Onkel zu bequatschen. Vor allem aber würde ich gerne das Bild, das Crack dir von uns vermittelt hat, revidieren. Also zumindest *mein* Bild.«

Ich sah ihn einfach nur an.

»Gibst du mir eine Chance?« Sein Lächeln war breit, einnehmend und wirkte täuschend echt. Aber wieso kam er auf die Idee, ich würde auch nur eine Sekunde glauben, er würde diese Masche nicht bei jeder bringen?

»Und dann?«, fragte ich hauchend und gab mich von

jetzt auf gleich verletzlich. »Kannst du mich beschützen?«

Er sprang sofort darauf an. »Ja. Das kann ich. Das können wir.«

»Ich habe Angst«, flüsterte ich und trat an ihn heran. »Riesige Angst.«

»Die brauchst du nicht mehr zu haben. Bei uns bist du sicher.«

Ich machte einen letzten Schritt und schmiegte mich an seine Brust. »Ich wünschte, ich könnte dir glauben«, sagte ich und schickte ein unechtes Beben durch meine Brust, als würde ich stumm weinen.

Ly zögerte, bevor er seine Arme um mich legte. »Mädchen, ich will nichts sagen, aber mein Gehirn ist nicht unbedingt darauf vorbereitet, eine attraktive Frau zu berühren und dabei nicht geil auf sie zu werden ...«

»Ist mir egal«, sagte ich noch eindringlicher. »Hauptsache, du kannst mich beschützen. Dann werde ich alles für dich tun.«

Er zog scharf die Luft ein, als ich meine Hände tiefer gleiten ließ, bis zu seiner Hüfte, an seinem Gürtel entlang, hin zu seinem Rücken ...

»SILVER!«

Mein Körper erstarrte, Ly umschloss mit unerwartet festem Griff meine Handgelenke, als ich schon mit den Fingerspitzen die Pistole an seinem Rücken berührt hatte, und eine Stimme hallte durch den Raum.

»GEH SOFORT WEG VON IHR!« Scrilla stand in der offenen Tür. Das Sonnenlicht beschien ihn von hinten und tauchte sein Gesicht in Schatten. Aber ich musste seine Miene nicht sehen, um zu wissen, wie unendlich wütend er war.

Die drei anderen Frauen waren ebenfalls erstarrt und sahen von Ly zu Scrilla, als fürchteten sie im nächsten Moment einen Schusswechsel.

Ly hielt mich weiterhin fest und blickte auf mich herab. Ein anerkennendes Lächeln huschte über seine Züge, aber auch Enttäuschung. »Schade, ich hätte dich wirklich gerne gefickt.«

»Ich zähle bis drei«, knurrte Scrilla dunkel und zog seine Waffe. »Ansonsten wirst du die nächsten Stunden in einem Krankenhaus verbringen, damit man dir die Kugel aus dem Arsch entfernt.«

Ly rührte sich nicht, noch immer lagen meine Hände in seinem Griff. »Du bist fast zu klug für ihn, findest du nicht?«, fragte er dunkel, dann ließ er mich im letzten Moment los.

Ich hatte im Kopf bis drei mitgezählt.

Sobald ich frei war, wich ich von ihm zurück und stellte mich hinter die Kassentheke, als könnte sie mich vor dem, was kommen würde, beschützen.

»Sie gehört mir«, knurrte Scrilla Ly an. Dieser wandte sich fast entschuldigend von mir ab. »Verschwinde.«

»Ist ja gut«, beschwichtigte Ly seinen Freund. »Die Kleine hat mich verführt, was hätte ich tun sollen?«

»Schade, dass sie nicht nach der Waffe greifen und dich ausschalten konnte«, kommentierte Scrilla grinsend, plötzlich wieder entspannt, und steckte die Pistole zurück in seine Jackeninnentasche. »Bereite die Yacht vor, ich komme gleich nach.«

»Die Yacht *ist* vorbereitet. Fällt dir nicht eine weniger sinnlose Aufgabe für mich ein?«, spottete Ly.

»Ja, du kannst draußen mit Pickman reden. Vielleicht sagt er dir mehr als mir.«

»Pickman?«, fragte Ly neugierig und verließ das Geschäft.

Scrilla blieb wie ein bedrohlicher Schatten neben der Tür stehen und beobachtete uns.

*Er beobachtet mich.*

»Was hast du getan?«, fragte mich Gabriela murmelnd, als sie zu mir kam und wie schon im Dessousgeschäft die Kleidungsstücke notierte, die ich mir genommen hatte. Wir bekamen alles geschenkt und ich hoffte, sie notierte die Artikelnummern nur, um sie nachbestellen zu können – nicht, weil wir den Wert der Kleidung wieder würden abarbeiten müssen.

*Wie auch immer diese Arbeit aussehen mag.*

Ich antwortete nicht. Was sollte ich auch sagen? Ich würde jede Gelegenheit nutzen, die Männer zu töten, die uns gefangen hielten, und abzuhauen. Und ich glaubte ihnen im Gegensatz zu den anderen Frauen kein einziges Wort.

»Warum sieht er dich so an?«

Ich warf einen Blick zu Scrilla, der sich nach draußen vor die gläserne Tür verzogen hatte und rauchte. Er ließ mich tatsächlich nicht aus den Augen. »Er ist krank, nichts weiter.«

»Nein. Er ist eigentlich ganz okay, dafür dass er wirklich speziell ist«, murmelte Gabriela. »Du bist Amerikanerin, oder?«

»Und du kommst aus Brasilien?«, tippte ich.

»Du sprichst ziemlich gut Spanisch.«

»Du auch.«

Sie lächelte in sich hinein. »Du willst mir nicht mehr über dich verraten, oder?«

Fast schon entschuldigend schüttelte ich den Kopf.

»Ich kenne Crack schon länger, aber so besitzergreifend hat er sich in meiner Anwesenheit noch nie verhalten.«

»Crack?«

»C Scrilla. Das C steht für seinen Spitznamen Crack. Wir Frauen nennen ihn meistens ebenfalls so.«

»Crack wie die Droge Kokain?«

Gabriela schmunzelte. »Ja, eine Art Droge ist er schon.«

»Inwiefern?«, hakte ich nach.

»Man denkt im ersten Moment, man hält es keine Sekunde länger mit ihm aus, aber dann ... wird man süchtig.«

»Nach was?«, fragte ich alarmiert. *Spricht sie von ...?*

»Sex.« Sie faltete meine Kleidung und tat so, als würden wir über etwas vollkommen Belangloses reden. Auch sie wusste, dass wir beobachtet wurden. »Wenn er mich fragen würde, würde ich nicht Nein sagen, auch wenn ich mich selbst dafür verabscheue.«

Ich schluckte hart. »Was meinst du damit? Du würdest freiwillig mit einem von ihnen ...?«

»Wir alle wollen das.« Sie biss sich auf die Unterlippe. »Du wirst noch verstehen, wovon ich rede. Vielleicht sehen wir uns ja auch noch einmal. Eigentlich kommen alle früher oder später noch mal hier vorbei.«

»Du hattest schon mal ... mit Scrilla Sex?« *Und sie lebt noch?*

Gabriela nickte. »Aber er schläft mit keiner Frau mehr als zweimal. Mit keiner einzigen. Fast alle wollen mindestens ein zweites Mal, das ist ziemlich verrückt.«

»Von was reden wir hier?!«, fragte ich sie fassungslos.

»Wir wurden gekidnappt, verkauft, sitzen auf einer Insel fest, diese Machos behandeln uns wie ihre leibeigenen Nutten und du sprichst davon, dass du *freiwillig* ein drittes Mal mit Scrilla schlafen wollen würdest?«

Gabriela seufzte tief, bevor sie ihren Kopf wieder hob und mich ansah. »Wir alle haben die Wahl. Entscheide du dich für etwas anderes. Das ist mein Rat. Lass dich nicht auf Crack ein, egal wie sehr er dich umgarnt. Er ist manipulativ, macht dich abhängig und gefügig. Gib dem nicht nach! Und trau auch nicht Silver! Er mag der Freundlichste von allen sein, aber er ist gerissen und herzlos. Du wirst immer nur … seinen Schwanz erreichen, aber nicht sein Herz.«

Meine Finger wurden schwitzig. »Das klingt, als würdest du aus Erfahrung sprechen.«

»Ich?« Sie lachte auf. »Nein, ich kann mit ihm nichts anfangen. Aber dir sehe ich an, dass du dich nach jemandem sehnst, der dein Herz beschützt. Du solltest verschwinden, solange du es noch kannst. Und damit meine ich keine *Flucht*. Warte einfach ab und alles wird sich für dich ergeben. Schreib mir gerne eine Karte, wie du dich entschieden hast.«

»An wen soll ich schreiben? Gabriela, gefangen und verschleppt, zur Prostitution gezwungen, die ihr Spaß macht, irgendwo auf einer Bohrinsel, Postleitzahl weiß ich nicht?«

Sie hob eine Braue. »Mach dich nur lustig über mich. Bis eben habe ich dich gemocht.«

»Sorry«, murmelte ich.

»Kein Problem. Du stehst noch unter Schock. Ich hätte vor dir nicht so offen sein sollen. Willst du dir sonst noch etwas aussuchen?«

# C

DU SUCHST DIE NÄHE, ICH SÄHE DEN TOD.

*W*eil ich es nicht mehr ertragen konnte, Gabriela dabei zuzusehen, wie sie Amber von mir erzählte, verließ ich den Laden. Das Bild, das sie von mir vermittelte, war genau das Falsche. Wenn ich Sex mit Frauen hatte, benutzte ich sie wie Puppen. Das Problem daran war, dass ich genau diese Handhabe verabscheute, es aber für die Welt immer noch besser war, wenn ich für eine absehbare Zeit mit irgendeiner Frau schlief, die ich dafür bezahlte und mich dabei an Regeln hielt, als wenn ich in einer Frau mehr sah als ein Objekt zum Befriedigen biologischer Prozesse.

In Amber sah ich mehr. Und auch wenn der winzige gute Teil in mir sie am liebsten vor mir selbst beschützt hätte, wollte ich zu keiner Zeit, dass sie glaubte, sie hätte in meinen Augen den Stellenwert einer Nutte. Dass sie mich *nicht* wollte, es zumindest nicht zugeben wollte, machte erst den Reiz aus. Kaufen konnte ich mir jedes Mädchen dieser Welt, aber mir ging es bei Amber um *mehr*.

»Hey.« Ly tauchte vor mir auf und riss mich aus den

Gedanken. »Ich habe mit Joanne gesprochen. Das ist die Frau, die heute mit Pickman in seinem Zimmer war.«

Sofort war unser Streit von zuvor vergessen. Ly sprach leise, ernst. Ich ahnte nichts Gutes.

»Sie hat behauptet, sie hätte mehrmals ihr Safeword gesagt. Irgendwann sei sie nur noch vor ihm geflohen und habe ihn angefleht, aufzuhören.«

»Also hatte Amber mit ihrer Beobachtung recht. Pickman hingegen leugnet alles.«

»Amber?«

»Sie hat eine Szene beobachtet, in der Pickman seine Hure vergewaltigt hat.« Die verschiedenen Emotionen, die meinen Körper durchrauschten, fanden plötzlich ein Ventil. Ich ballte die Fäuste. »Gib Wres Bescheid, dass wir noch eine Weile brauchen.«

»Was hast du denn ausgerechnet jetzt vor?«, fragte Ly verdattert, aber ich war schon losgegangen. Pickman saß an dem Ort, zu dem ich ihn bestellt hatte, mitten auf unserer Plaza und genoss einen unserer Rum-Cocktails. Als ich auf ihn zuging, richtete er sich blasiert lächelnd auf.

»Was ist denn jetzt schon wieder?«, fragte er mich, als wäre ich tatsächlich nur der Manager eines Hotels, jemand, der die Regel ›Der Kunde ist König‹ befolgte. Pickman hatte keine Ahnung. »Hey, langsam …!«, rief er, als ich ungebremst auf ihn zuging. Anstatt mit ihm zusammenzustoßen, griff ich im letzten Moment an sein Hemd, manövrierte ihn von seinem Stuhl und schob ihn gegen die Steinwand, mit der die Plaza endete. »Was soll denn das!«, beschwerte er sich lautstark.

Er nervte mich ungemein, also schlug ich ihm ins Gesicht. Nach der Folter heute Mittag war das Gefühl von Knöchel auf Knochen fast Balsam für meine Sinneszellen. Nur weil ich *gut* in diesen Dingen war, bedeutete das nicht, dass ich darauf stand. Aber als Kanal für die Wut über meine eigenen Schwächen eignete sich Pickman gerade gut.

»Joanne ist sich verdammt sicher, ihr Safeword gesagt zu haben, und zwar mehrmals. Kannst du mir erklären, wie es dazu kam, dass du nicht aufgehört hast?«

»Gosh, es geht um diese Schlampe?«, fragte Pickman. »Du hast mich gerade geschlagen wegen irgendeiner *Nutte*?«

»Er hat dich geschlagen, weil du unsere Regeln missachtet hast.« Ly stieß zu uns. »Was ist so schwer daran, diese zu verstehen?«

Pickman schaute zu Ly hoch. Er war ein hohes Tier in Washington und glaubte wohl, in der Machtposition zu sein, sich nicht entschuldigen zu müssen. »Ich glaube, ihr habt gerade einen gewaltigen Fehler gemacht. Diese kleine Hure hat sich sonst was ausgedacht und ihr bezeugt ausgerechnet mir gegenüber, dass ihr keinen Respekt besitzt? Das war das letzte Mal, dass ich hier war.«

»Nicht wir haben den Fehler gemacht«, sagte Ly.

»Wir besitzen Respekt«, ergänzte ich.

»Und ja, das war das letzte Mal auf dieser Insel, mein Freund«, schloss Ly.

»Ihr seid doch wahnsinnig!«, brüllte Pickman wütend. »Wenn Washington davon erfährt ...!«

Ruckartig zog ich mein Messer und presste es ihm unter die Kehle. »Nur zu, Pickman«, raunte ich dicht vor seinem Gesicht. »Wir sind nicht auf eure Besuche angewiesen, Washington ist viel mehr auf *uns* angewiesen. An keinem anderen Ort in der Karibik lassen sich so gut seine schmutzigen Geschäfte verbergen wie hier. Aber wir erwarten, dass unsere Gäste – wie in jedem anderen Hotel auch – die Hausregeln beachten. Wir stellen euch Frauen zur Verfügung, Substanzen und jede Menge Spaß und Spiel. Aber Leute, die glauben, zu weit gehen zu können, kommen meistens nicht nur mit einem Faustschlag davon. Also *wer* von uns Anwesenden sollte sich besser *jetzt* entschuldigen und damit retten, was noch zu retten ist?«

Pickman starrte für einen Moment auf das Messer, dann verzog er die dicken Lippen zu einer Flunsch. »Ihr könnt mir gar nichts.«

»Das war die falsche Antwort«, kommentierte Ly und ich schlug zu.

Wer Wres als Freund hatte, konnte automatisch sehr gut mit seiner Faust umgehen. Er hätte es nicht ertragen, uns die richtigen Tricks *nicht* beizubringen. Als ich von Pickman abließ, war er an der Wand hinuntergerutscht und nur noch ein Häufchen Elend. Ich richtete mich auf. Praktischerweise hatte ich darauf geachtet, ihn nicht blutig zu schlagen, weshalb ich nicht darauf angewiesen war, meine Hände zu säubern.

»Bravo«, lobte Ly mich und trat an meine Seite. »Er bekommt Hausverbot und wird mit irgendeiner schäbigen Schaluppe zurück zum Festland gebracht, nehme ich an?«

*Mir doch egal.* Als ich mich umdrehte, bemerkte ich, dass wir die gesamte Zeit über Publikum gehabt hatten. Die drei neuen Frauen standen vor dem Geschäft und blickten entgeistert in unsere Richtung. Wenigstens Maria und die andere sahen so aus, als würden sie sich

fürchten. Ambers Miene war wie immer undurch-
schaubar für mich.

Ich wollte gerade auf sie zugehen, um dafür zu sorgen, dass Amber ohne Komplikationen – zum Beispiel
einen weiteren Selbstmordversuch – die Yacht erreichte,
als Ly mich am Oberarm zurückhielt.

»Weißt du«, sagte er leise. »Das Problem ist doch,
dass er es immer wieder tun wird. Joanne kennt solche
Typen wie ihn, aber er wird sich andere suchen, mit
denen er dasselbe abziehen kann. Wenn nicht bei uns,
dann in den Staaten oder wo auch immer.«

»Wir haben keine Zeit für so was«, erinnerte ich ihn.

»Du weißt, dass ich normalerweise überlegen an die
Dinge herangehe.«

»Was willst du tun?«, fragte ich genervt.

»Na ja, *das hier* ist gerade meine Überlegung.«

Ich seufzte auf, zog meinen Revolver und drehte
mich im Gehen um. Die Kugel schlug mitten in Pickmans Stirn ein und schallte über den ganzen Platz. Ein
deutlicher Hinweis für die anderen Gäste, sich verdammt noch mal am Riemen zu reißen. »Zufrieden?«,
fragte ich Ly und steckte die Waffe wieder an meinen
Rücken. Die mittlerweile vier Frauen hatten aufge-
schrien – jedenfalls ein paar von ihnen. Gabriela war
dazugestoßen. Keine Ahnung, ob sie bisher mitbekommen hatte, wie weit wir gingen.

»Können wir dann?«, fragte ich.

Wres war der Letzte, der die Yacht bestieg. »Ich hoffe, ihr habt an alles gedacht«, fuhr er uns schroff an und ging sofort unter Deck.

»Ja, haben wir!«, rief ihm Ly fröhlich hinterher. »Er ist zickig wegen dem Toten, oder? Weil er nicht mitentscheiden durfte?«

»Möglich«, sagte ich achselzuckend. Er sprach sich mit dem Skipper ab. Wir würden eine andere Route nehmen als sonst. Spuren verwischen, sichergehen und nebenbei eine Lieferung abholen. Dass wir die Bohrinsel nach nur 16 Stunden wieder verlassen mussten, spielte meinen Geschäften eher in die Hand, als ihnen zu schaden.

Ich wartete, bis das Schiff von seinem Ankerplatz an der Bohrinsel abgelegt hatte und ging ebenfalls unter Deck.

»Wir haben die Frauen auf die jeweiligen Zimmer verteilt, Boss.« Zwei unserer Männer kamen mir entgegen. »Die eine ist in deiner Suite, wie verlangt.«

»Wir haben sie gefesselt«, ergänzte der andere. »Damit sie dein Zimmer nicht zerlegt. Das hätte sie ansonsten nämlich getan.«

Ich nickte nur. »Ihr habt frei, bis wir anlegen.«

Sie ließen sich nichts anmerken und verzogen sich in ihre Räume unter Deck. *Normalerweise fesselten wir Frauen nicht. Normalerweise ließ ich keine in mein Zimmer bringen. Schon gar keine, die nicht dort sein wollte.*

Ich ging zu meiner Suite im Bug des Schiffes.

Amber saß wie ein geschnürtes Geschenk auf dem Boden und ihre Augen blitzten wütend auf, als ich eintrat.

Der Anblick gefiel mir außerordentlich.

*Sie gehört mir.*

Ich war wütend gewesen, als ich ihr diese Worte ins Ohr geflüstert hatte, und eifersüchtig, als Ly sich an sie ranmachen wollte, aber mir war klar, dass ich dieses Besitzverhältnis wohl kaum über ihren Kopf hinweg würde entscheiden können. Auch wenn es durchaus verlockend war ...

*Sei vorsichtig. Der Grad, auf dem du dich bewegst, ist schmal.*

Ich ging vor ihr in die Hocke und sah sie lange an.

Amber stöhnte wütend in den Knebel, als es ihr zu lange dauerte. Was konnte ich dafür, dass mir der Anblick so gut gefiel?

Zuerst löste ich die Fesseln um ihre Handgelenke. Ich nahm mir dafür Zeit, achtete darauf, ihre Haut an den Gelenken und Fingern zu erkunden. Dabei stellte ich mir vor, wozu diese Finger gut sein konnten, wie sie sich in mein Haar wühlten, wie sie Kratzspuren auf meinem Rücken hinterließen. Und irgendwann später, an einem lauen Sommerabend am Strand, würden sie auch einen Handjob außerordentlich gut erledigen können.

*Denkst du schon an die Zukunft, hm?*

Ich sperrte die flüsternde Stimme weit hinten in meinen Kopf weg und widmete mich Ambers Füßen. Das war natürlich riskant, denn sie hatte mittlerweile ihre Hände frei und könnte versuchen, mich anzugreifen. Aber aus irgendeinem Grund stand ich darauf, zu erfahren, was sie sich als Nächstes ausdachte. Entgegen meiner Erwartung tat sie nichts, behielt ihre Hände auf dem Boden, stützte sie links und rechts von ihrem Oberkörper auf, und sah mir dabei zu, wie ich auch ihren Füßen besonders viel Zeit widmete.

»Du hattest recht«, informierte ich sie. Etwas, das sie sich natürlich schon denken konnte, aber da sie davon ausging, dass wir nicht besser als Pickman waren – und wirklich, meine Ehre verlangte, dass sie erkannte, dass wir zumindest *besser als Pickman* waren – klärte ich sie lieber deutlich darüber auf. »Er hat Joannes Safeword missachtet. Ohne dich hätten wir das nicht mitbekommen. Die Frauen kommen selten von sich aus auf uns zu.«

Sie murmelte etwas, das stark nach »Kein Wunder« klang.

Ich schmunzelte, warf die Fußfesseln fort und widmete mich ihrem Knebel. Zärtlich fuhr ich mit den Fingern über die weiche Haut ihrer Wangen. Unsere Männer hatten sie natürlich nur grob gefesselt, gerade so, dass sie für eine Weile gehandicapt sein würde. Sie hatten sicherlich nicht auf das kleine Muttermal oberhalb ihrer Augenbraue geachtet, nicht auf die Form ihrer Ohrläppchen oder den spitzbübischen Schwung ihrer Nase. Geschweige denn auf die satte Farbe ihrer Augen, die Amber zu einer Frau machte, deren Blick man gerne und lange erwiderte.

Noch länger als bei Händen und Füßen ließ ich mir Zeit, den Knebel zu lösen, bis ich spüren konnte, wie sie unter meinen Berührungen entspannte. Ich zog den Lappen aus ihrem Mund und fuhr mit einem Daumen über ihre Lippen. Ich erwischte sie dabei, wie sie auf meine Lippen starrte, und ich fragte mich sofort, wie es wäre, sie erneut zu küssen. Ohne Käfig zwischen uns.

Ohne Camachos Verkäufer und Kunden in meinem Rücken, sondern hier.

*Für uns.*

Ich legte eine Hand an ihre Wange und den Daumen auf ihre Unterlippe. Mittlerweile war sie so entspannt, dass ihre Lippe dem Druck meines Daumens nachgab. Sie wusste vermutlich nicht, wie erotisch das auf mich wirkte.

»Bitte mich, dich zu ficken«, verlangte ich rau und manövrierte sie blitzschnell unter mich. Gekonnt ließ ich ihr genügend Freiraum, sodass sie sich nicht übermannt fühlen musste, drückte aber gleichzeitig meine Dominanz aus. »Wenn du mich nicht bittest, werde ich es nicht tun.«

Das Zucken ihres Kehlkopfes verriet, dass sie schluckte. Sie war unter mir gefangen und geradezu erstarrt. Die Hitze, die von ihrem Körper zu mir aufstieg, war der deutliche Vorbote von Lust und Sex.

»Bitte mich darum«, wiederholte ich noch einmal. *Tu uns beiden den Gefallen, Beauty.*

Ihr Mund öffnete sich und im ersten Moment ließ ich mich von dem lustvollen Glanz in ihren Augen täuschen, dann spuckte sie mir mitten ins Gesicht. »Genau so sehe ich aus, oder?!«

Okay. Damit hatte ich nicht gerechnet. Absolut nicht. Das wütende Feuer, das sie in mir entfachte, war kaum zu ertragen, und doch ekelte mich diese Aktion nicht so sehr, wie es bei einer anderen Frau gewesen wäre. Kontrolliert einatmend wischte ich mir ihren Speichel aus dem Gesicht. Die Lust, sie wieder zu fesseln und auszupeitschen – dabei stand ich nicht mal auf diesen Scheiß –

pulsierte durch meinen Körper wie Dynamit. Wir lagen auf dem Teppich und ich war kurz davor gewesen, sie noch hier und gleich zu vögeln, aber offenbar hatte sie sich diese *Hinwendung* meinerseits noch lange nicht verdient.

»Warum fragst du überhaupt, wenn dir mein Wille egal ist?«, zischte sie.

Die gesamte Kontrolle über meinen Körper abverlangend, griff ich an Ambers Kinn. Das ließ sie erneut erschaudern. Nicht vor Angst. Das wusste *ich* im Gegensatz zu ihr längst. Genüsslich nahm ich ihre körperlichen Reaktionen wahr. Schneller Atem, rote Flecken auf der Haut, das unbewusste Offenhalten ihrer Beine, sie *lud* mich ein, sie mir zu nehmen. »Glaubst du wirklich noch, dein Wille wäre mir egal? Das ist enttäuschend. Ich sagte dir, dass ich dich zum Schreien bringen würde, aber nicht, dass es dir *nicht gefallen wird*, wenn ich das tue. Es liegt ganz an dir, ob du schon so weit bist. Ich werde jetzt eine Weile arbeiten und du kannst dich dort in die Ecke setzen und dich melden, wenn du es dir überlegt hast.«

»Ich nehme die Ecke, danke«, sagte sie bebend.

Ich verdrehte innerlich die Augen. *Sollte sie noch eine Weile länger gegen ihre Lust ankämpfen, das quälte sie mehr als mich.*

Ich ließ Amber frei, sie stand sofort auf und setzte sich, die Beine angezogen, neben die Tür zum Bad auf den Boden.

*Atme. Wenn du einmal ihre Einwilligung hast, wird sie sich noch wünschen, dass sie dich niemals angespuckt hätte.* Nachdem ich mir das Gesicht gewaschen hatte, verbrachte ich die nächste Viertelstunde damit, meine Mails zu lesen und zu beantworten. Ich nutzte meinen

Laptop nicht häufig, denn ich hasste Büroarbeit, aber dies war eine gute Gelegenheit.

Auch wenn Amber versuchte, ihre Neugierde und die Nervosität zu verbergen, schlug sie mir wie unsichtbare Energie wellenförmig entgegen. Für sie war dieses gegenseitige Ignorieren derselbe Horrortrip wie für mich – nur dass ich jederzeit die Möglichkeit hätte, ihn zu beenden.

Ein Kräftemessen, dem sie nicht gewachsen war.

»Warum holst du dir nicht einfach Gabriela für Sex?«, fragte sie schließlich. Sie hatte keine zwanzig Minuten Stille ausgehalten. »Die würde sich sofort von dir vögeln lassen. Weil sie es *will*.«

Meine Hände hielten über der Tastatur inne.

»Warum muss es unbedingt ich sein?«

Sie überschätzte meine Beherrschung völlig. Wenn sie mich noch länger herausforderte, konnte ich für nichts garantieren. »Vielleicht genieße ich es ja, wenn Frauen *nicht* wollen, hm?«, fragte ich an den Computer gerichtet.

»Dann hättest du mich schon längst vergewaltigt.«

Ich antwortete nicht. *Ist ihr noch immer nicht klar, wie leicht mir das fallen würde?! Sie sollte es nicht darauf anlegen.*

»So wie du es schon angedroht hast. Und jetzt? Spielen wir wieder den Good Cop? Weil Ly oder Wres sich sonst bei dir beschweren würden? Die sind im Gegensatz zu dir nämlich nett.«

Ich stand blitzschnell auf. *Fuck. Beruhige dich!* »Nett?«, fragte ich mit trockenem Mund, um Beherrschung ringend. *Es wäre so leicht, sie gegen ihre Einwilligung zu vögeln. So leicht – so gut.*

»Nett«, wiederholte Amber ungerührt.

»Du bist Wres und Ly das erste Mal in dem Keller eines Clubs begegnet, in dem Frauen verkauft wurden, oder täusche ich mich da? Denn dann passt deine Definition von ›nett‹ nicht zu meiner.«

Sie setzte zum Sprechen an, aber ich kam ihr zuvor.

»Und jetzt halt die Klappe oder ich kneble dich wieder. Was ich liebend gerne tun würde.«

In ihrem Blick stand ein großes ›Aber? Warum tust du es dann nicht?‹. Trotzdem blieb sie still und ich konnte mich wieder einigermaßen entspannen. Sie jetzt berühren zu müssen, hätte mich die Beherrschung endgültig verlieren lassen.

Es gab einen kleinen Teil in mir, der nicht stark genug war, um den viel größeren daran zu hindern, sie hier im Zimmer mit mir einzusperren, aber doch groß genug, um die Seele dieser Frau nicht zu brechen und gegen ihren Willen sonst etwas mit ihr zu tun.

Verdammt, nicht nur sie spielte mit dem Feuer. Wann würde ich mich selbst verbrennen?

Ich legte mich aufs Bett, griff nach einer Orange aus der dekorativen Obstschale und warf sie nach oben. *Auf und ab. Auf und ab. Hypnotisch, klärend, eine Ablenkung.*

Mehr und mehr konnte ich mich wieder entspannen und driftete mit den Gedanken an die Arbeit ab. Ich dachte über meine nächsten Schritte nach, den Deal, der heute noch stattfinden würde, und über den armen Kerl, der von Camacho hinter uns hergeschickt worden war, um unseren Standort herauszufinden. Ein unbedeutender Handlanger, der engagiert worden war, um zu sterben, und leider für die falschen Typen gearbeitet hatte.

Ich hoffte für seine Kinder, dass er nie welche hatte.

Dabei fiel mir auf, dass ich Amber noch gar nicht dahingehend überprüft hatte. »Hast du Kinder?«, fragte ich sie. Es würde mich noch neugieriger machen, wenn sie welche hätte, aber es würde auch schlagartig alles zwischen uns verändern. Wir brachten Frauen, die Kinder hatten, immer wieder mit ihnen zusammen. *Immer.* Wres würde mich töten, wenn Amber eine Ausnahme bliebe.

Als sie nicht antwortete, wurde ich leicht nervös und blickte auf.

Allein an ihrem Gesichtsausdruck ließ sich ablesen, dass sie keine Mutter war. Ich legte mich beruhigt zurück.

»Ist das alles?«, fragte sie im fortwährend abfälligen Ton. »Ich muss hier in meiner Ecke sitzen, bis ich dehydriere, das gefällt dir?«

Ich fing die Orange auf und behielt sie für einen Moment in der Hand. »Tatsächlich gefällt mir das. Und wenn du mich noch eine Runde länger nervst, darfst du auch in dieser Ecke sitzen, bis du an *Dehydration* stirbst.«

»Natürlich. Das würdest du ja auch zulassen.«

»Nicht, wenn du mich auf Knien anflehst, dich am Leben zu lassen, und wir wissen beide, dass dein Überlebensinstinkt dich zwingen wird, das zu tun.«

»Mein Überlebensinstinkt ist nicht mehr ausreichend vorhanden, wie du weißt.«

»Fällt deine Wahl doch auf den Knebel?«

»Wie soll ich dich mit einem Knebel im Mund im Notfall anflehen, mein Leben zu retten?«

Ich schmunzelte in mich hinein, blieb aber entspannt liegen. Ihre Schlagfertigkeit gefiel mir. Es wäre einerseits schade, sie zum Verstummen zu bringen, andererseits hatte ich auch keine Lust darauf, meine Zeit mit sinnlosen Gesprächen zu vertrödeln.

Keine fünf Minuten später bewegte sie sich. Ich blickte zu ihr. Sie hatte sich an die Wand zum Badezimmer angelehnt und malte die Maserung der Holzvertäfelung mit ihren Fingern nach.

In diesem Moment wurde mir bewusst, dass sie aus Trotz – oder aus Angst vor dem Unbekannten – tatsächlich die gesamte Fahrt über in ihrer Ecke hocken und sich selbst bemitleiden würde. Wenn ich wollte, dass sie über ihren Schatten sprang, musste ich wohl oder übel auf sie zugehen, sie aus der Kälte locken, in die sie sich hüllte.

Denn auch wenn ich bereits wusste, dass ihr Körper in meiner Hand aufwachen würde, als hätte er noch nie zuvor gelebt, hatte sie keine Ahnung davon, was sie erwartete – und vor allem, dass ich ebenfalls ... ›nett‹ sein konnte.

Wenn es sein musste.

Ich legte die Orange ab, knöpfte mein Hemd auf, das ich für unseren Deal in ein paar Stunden trug, warf es auf den Schreibtischstuhl und ging zu ihr.

Amber beobachtete mich aus den Augenwinkeln, zog ihre Beine an sich heran, als ich nur noch einen Schritt von ihr entfernt war, und legte schützend die Arme um ihre Brust, dann griff ich an ihren Nacken und zog sie wie eine Puppe zu mir hoch.

Ihr Atem beschleunigte, als ich ihr fest in die Augen blickte und ihren Duft inhalierte. Ich konnte erneut sehen, wie sie sich bereitwillig für mich öffnete, die Arme sinken ließ, die Beine entspannte, als würde sie nur darauf warten, dass ich in ihren Schritt fasste und überprüfte, wie feucht sie war.

»Ich würde dir sehr gerne geben, wonach du dich sehnst«, sagte ich ruhig, strich mit meinen Fingern durch ihr Haar. »Aber dafür müsstest du diese Ecke verlassen.«

Ich lächelte und ließ sie abrupt los, sodass sie zurücksank. In ihrem Blick sah ich dasselbe Feuer brennen wie schon im Club, nachdem ich sie geküsst hatte. Dieses Feuer hatte ich wecken wollen – *und da war es.*

Ich hatte mich kaum umgedreht, da stand sie schon auf und trat vor mich.

»Ich weiß, dass dir egal ist, wie ich mich fühle oder was ich denke.« Ihre Stimme bebte.

Ich hob fragend eine Braue. »Wärst du dann hier in meinem Zimmer und noch immer nicht mit meinem Schwanz vertraut, wenn mir deine Gefühle tatsächlich *egal* wären?«

»Das verstehe ich nicht.«

»Ich habe auch kein Interesse daran, dass du *verstehst.* Das, was du erfahren willst, kannst du nur fühlen. Zieh dich aus.«

Amber schluckte hart. Sie gehorchte noch immer nicht, verdammt!

»Warum bist du in der Bar auf mich zugekommen?«, fragte ich sie raunend. »Du wusstest, dass ich nichts als Gefahr bin. Und genau diese Gefahr *willst* du. Zufällig hast du Glück und ich will dich auch. Du musst es jetzt nur noch zugeben und wir übertreten die unmännliche Linie einer sexuellen Nötigung.«

»Mir wäre es lieber, wenn ich nicht einwilligen müsste«, erwiderte sie leise. »Dann würde ich mich selbst nicht verraten.«

Fuck. Ich hatte mit meiner Vermutung richtig gelegen. Schon in der Bar war sie mir grüner als ein Palmenblatt vorgekommen. Amber hatte keine Ahnung, was sie *wirklich brauchte,* und traute sich nicht, dazu zu stehen, dass sie es in Erfahrung bringen *wollte.*

»Dann vergiss das mit der Wahl.« Sie lud mich ein zu einem Spiel. Zu einem gefährlichen Spiel ohne Grenzen, ohne Limit. Ihr gesamtes Wohlergehen lag vollständig in meiner Hand. »Du hattest sowieso nie eine. Zieh dich aus.«

*Sie gehört mir.*

Mit zitternden Fingern griff sie an den Reißverschluss ihres Jogginganzugs. Wenn sie sich in dem Ding ficken ließe, würde ich es tun. *Wie kann dieses Mädchen selbst in einem Jogging-Outfit wie eine Sexbombe aussehen?*

Amber zog den Reißverschluss bis kurz vor ihre Brust, dann schloss sie ihn wieder und damit verschloss sich auch ihre Miene. Sie öffnete den Mund, aber ich unterbrach sie.

»Nein«, brummte ich. Schnell zog ich mein Messer. »Öffne ihn wieder oder ich zerschneide deine Jacke.«

Sie starrte wie gebannt auf die Klinge. »Nur …«

»*Öffne* ihn wieder.«

»Ich will eine Frage stellen«, sagte sie zitternd, als sie gehorchte.

»Nein.«

»Mein Plan war es, dich dazu zu bringen, mir meine Frage zu beantworten.« Sie entblößte ihre Brust und meine Konzentration schwand dahin.

»Indem du dich ausziehst?«, fragte ich abgelenkt. Die Ansätze ihrer Brüste lockten voll und weich.

»Nein, während und kurz vor deinem Orgasmus.«

Ich lachte auf.

Amber schluckte wieder. »Aber ich kann das nicht.«

»Natürlich kannst du mir keine Fragen stellen, während ich dich ficke. Was glaubst du, was ich mit dir vorhabe? Eine Rein-raus-Nummer? Glaub mir, du wirst dich nicht mal an deine Fragen *erinnern*, sobald ich in dir bin. Aber es ist ein niedlicher Gedanke und es überrascht mich, dass du mir deinen Plan vorher verrätst. Warum plötzlich so vertrauensselig?«

Glühend rote Hitze kroch ihren Nacken hinauf. »Ich möchte die Frage vorher stellen.«

Mein Lachen starb. »*Nein.*«

»Du bist so ekelhaft!«, spie sie mir entgegen und zog ihren Jogginganzug wieder zu. Sie wich zurück in ihre Ecke.

»Fuck!«, rief ich ihr genervt hinterher und folgte. »Was willst du wissen? Ob ich das mit jeder Frau mache? Ob ich es auf diese Tour mit Gabriela getan habe? Wer wir sind? Warum du einen guten Grund hast, uns zu hassen, den Ly und Wres aber leugnen, oder warum ich dich nicht längst gefickt habe? *Was?* Nichts davon werde ich dir heute und schon gar nicht jetzt beantworten.«

Kurz bevor ich sie erreichte und endlich anfassen konnte, wie ich es *brauchte*, entstand ein wissendes Lächeln auf ihren Lippen und stach damit direkt in meine Brust. Es war dasselbe Lächeln, das sie heute für Valentina aufgebracht hatte. Dieses Lächeln, das mich erst dazu trieb, all das hier zu tun.

Ich hielt inne, als wäre ich gebannt. Obwohl wir

nicht einmal ansatzweise weiter gegangen waren als bis zu einem dämlichen Kuss, wusste ich plötzlich, dass es hierbei um mehr ging. Bei jeder anderen hätte ich längst die Geduld verloren. Keine andere hatte jemals meinen Schwanz nur wegen eines Lächelns zucken lassen.

»Das sind interessante Fragen und ihre Antwort interessiert mich brennend, aber das wollte ich nicht wissen«, sagte sie verspielt, die Augenlider kokett gesenkt.

»Sondern?«

»Ist da jemand neugierig?«

»Glaubst du, du wärest in diesem Zimmer und ich hätte Ly mit einer Waffe bedroht, wenn ich es nicht wäre? Das war die Frage?«, setzte ich grinsend nach, im Versuch, die Kontrolle zurückzuerlangen.

Auch sie lächelte noch breiter. »Gut, ich werde sie dir doch nicht stellen.«

*Das ist nicht ihr Ernst!* »Jetzt frag es einfach«, verlangte ich knurrend.

Amber kam zurück. »Ich habe Hunger. Können wir diese Sache schnell hinter uns bringen?« Sie griff wieder an ihren Reißverschluss, aber ich achtete gar nicht mehr auf die Haut, die sie dadurch enthüllte.

»Frag.«

Ihr Lächeln fiel für eine Sekunde in sich zusammen. Vollständig konnte sie ihre Angst vor mir nicht überspielen, aber ihre verdammten Lippen blieben verschlossen.

Sie traute sich tatsächlich, die Klappe zu halten, als wäre ich ein x-beliebiger Straßenpenner, der sie um ein paar Groschen bat.

Ich gab ihr noch ein paar Sekunden, aber ich wusste, dass sie nichts mehr sagen würde. »Wie du meinst. Heb die Arme.«

Amber bedachte mich mit einem spöttischen Blick und gehorchte.

Ich schob ihre Hände grob zusammen, griff nach den Fesseln, die sie zuvor getragen hatte, und kettete ihre Handgelenke aneinander. »Schau mich noch einmal spöttisch an, und ich werde mir das mit dem Essen überlegen.«

»Ja, Sir«, sagte sie mit vor Ironie triefender Stimme, klärte aber ihre Miene zu einem Unschuldsblick.

Ich spürte die Ungeduld in mir wachsen, sie mir einfach sofort und hart zu nehmen, aber ich wusste, dass ich damit nicht nur ihr keinen Gefallen tun würde. Sondern auch mir. Ich wollte sie auskosten, so sehr, dass mir ihre flapsigen Sprüche egal wurden. Langsam zog ich ihren Reißverschluss tiefer und entblößte ihre samtweiche, anziehende Haut. Ich glitt mit einem Finger von ihrem BH bis zu ihrem Bauchnabel und fuhr die Konturen ihrer sanft ausgeprägten Bauchmuskeln nach. Noch nie hatte mich das Verlangen so sehr gepackt, eine Frau *kosten* zu wollen, wie bei Amber. Und ich würde nicht bei ihren Lippen anfangen, nicht bei ihrer Pussy, sondern bei ihrer straffen Haut, die sich über ihren gesamten Körper zog.

Ihr Atem hatte sich unter meinen Berührungen beschleunigt, aber ich achtete nicht auf sie. Interessiert schob ich Ambers Joggingjacke beiseite und fuhr mit den Fingern über ihre Taille und Hüfte.

Ich würde niemals zulassen, dass jemand die Perfektion ihres Oberkörpers verletzte. *Nicht einmal ich selbst.*

Als ich wieder aufsah, standen ihre Lippen offen. Sie blickte mich fordernd an und ließ die Arme langsam sinken.

»Was soll ich jetzt tun?«, fragte sie devot.

»Aufhören zu spielen«, sagte ich abgelenkt und blätterte die Jacke auch über ihren Brüsten zur Seite, sodass der schwarze BH darunter frei lag. »Du bist nicht devot und du brauchst auch nicht so zu tun.«

»Ich spiele nicht«, log sie noch verruchter. »Was muss ich tun, damit ich dir gefalle?«

Ich hob eine Braue und blickte zurück in ihr Gesicht. Etwas an ihr hatte sich verändert. Sie schaute mich an, wie eine Nutte mich ansehen würde. Billig und falsch. »Spielen wir das kurz gedanklich durch. Du machst alles mit, was ich von dir verlange, und versuchst mich im Gegenzug wie einen zurückgebliebenen Freier zu manipulieren, damit du bekommst, was du dir erhoffst. Allerdings hätte ich dasselbe mit jeder Frau haben können und keine hätte auch nur einen Scheiß von mir bekommen. Also wenn du glaubst, mich anlügen und mir etwas vorspielen zu müssen, geh zurück in die Ecke, setz dich hin und freu dich darüber, dass mein Interesse vorerst erloschen ist.«

Ihr Mund öffnete sich noch etwas weiter. Dieses Mal vor Erstaunen – und Angst. »Ich weiß einfach nicht, was ich tun soll!«, zischte sie plötzlich und ich atmete dankbar durch.

Sie wusste nicht, dass der einzige Weg, mir zu entkommen, der der Lüge und der Täuschung gewesen wäre. Ich konnte es nicht ausstehen, wenn Frauen so taten, als gefiele es ihnen mit mir. Das machten alle am Anfang, weil sie so wie Amber hofften, dadurch Vorteile zu erhalten, und jede lechzte am Ende nach mehr, aber ich war es satt.

Wenn ausgerechnet Amber versucht hätte, mir wie

eine Hure etwas vorzuspielen, hätte ich ihre Fesseln gelöst und sie zurück zu den anderen Frauen geschickt.

Aber sie war eben doch nicht wie andere.

Und den dunklen Teil in mir befriedigte das sehr.

»Du zwingst mich zu Dingen, die ich nicht will«, lamentierte sie weiter, »flößt mir eine Menge Angst ein, und dann bin ich devot und unterwürfig und es passt dir auch nicht! Am Ende kann ich alles nur falsch machen und ich habe wirklich keine Lust auf den Psycho-Scheiß, mit dem du mir gedroht hast. Ich will wirklich nicht *gebrochen* werden.«

Eine völlig verquere Idee kam mir und ich musste sie unterbrechen. »Wie umfangreich ist dein Erfahrungsschatz, was Männer angeht?«

Sie zuckte zusammen, als hätte ich sie bei etwas Verbotenem erwischt. »Wieso?«, fragte sie unschuldig.

»Du solltest weniger reden«, beschwor ich sie und legte ihr einen Finger auf die Lippen. »Weniger kämpfen. Weniger darüber nachdenken, dass diese Situation nicht zu deiner Moral passt. Gib dich einfach hin«, sagte ich sanft.

Sie zitterte kurz. »Ich habe Angst«, gestand sie mir.

»Endlich.« Das hatte ich nicht zurückhalten können.

»Es ist nicht gerade so, dass ich das öfter mache, weißt du? Entführt werden, entkommen können, von dem Mann gerettet werden, dem ich zuvor in einer Bar begegnet bin und der ziemlich kriminell zu sein scheint, an einem völlig anderen Ende der Stadt und –«

»Stell deine Frage«, unterbrach ich sie. »Stell sie jetzt.«

Ambers Miene verschloss sich und sie presste die Lippen zusammen.

Ich verdrehte die Augen und verlor endgültig die Geduld. Sie keuchte auf, als ich an ihre Brust griff, gegen ihre Beine drückte und sie aufs Bett warf. Amber schrie erschrocken und wimmerte, als ich an ihrem Fuß zog und ihn mit der zweiten Fessel am Bettrahmen fixierte. Nicht ohne Grund waren überall Haken und Ösen angebracht.

»Du lernst verdammt langsam«, raunte ich an ihrem Ohr und griff grob in ihr Haar. Ich zog ihren Kopf zurück, sodass sie schmerzhaft überdehnt wurde, steckte einen Finger in ihren Mund, um ihn zu öffnen und stopfte den Knebel zurück hinein. »Du solltest jemanden wie mich doch nicht dazu bringen, die Geduld zu verlieren, hast du das vergessen?«

Sie stöhnte wütend, was ein klares Eingeständnis war. Sie wollte unbedingt, dass ich all meine Vorsicht vergaß und sie härter dominierte als alle anderen Frauen, die ich zum ersten Mal fickte.

»Ich hoffe, du behältst deine Frage im Kopf, denn du wirst sie noch brauchen, um dich wieder zu befreien.«

Ich ging um sie herum und genoss ihr wütendes Stöhnen und den Anblick ihres zappelnden Körpers. Mit einer Schnur verband ich ihre Handschellen mit einem weiteren Haken auf der anderen Seite des Bettes, sodass sie einigermaßen fest fixiert war.

In aller Seelenruhe – während sie mich undeutlich durch den Knebel beschimpfte – suchte ich das Gleitgel und Kondome. Ich setzte mich zwischen ihre Beine und gab ihr einen Schlag auf den Hintern, der sie zusammenzucken ließ.

»Halt still«, verlangte ich und zog ihre Hose herunter. Als ich ihren Arsch immer mehr und mehr entblößte und mir die nackte Haut darunter entgegenstrahlte, richtete sich mein Schwanz zu voller Größe auf.

*Verflucht, diese Frau ist perfekt.*

Ich musste meinen Gürtel und die Hose öffnen, weil es verdammt eng darin wurde. Und die Vorstellung dessen, was ich mit ihr vorhatte, machte es nicht besser.

Ich befreite ihr linkes Bein vom Hosenbein und schob die andere Seite bis hinunter zu ihrem gefesselten Fuß.

Sie war vollkommen ruhig geworden, angespannt darauf wartend, was ich tun würde.

»Und, Beauty?« Ich strich über ihren nackten, runden Knackarsch und ließ zwei meiner Finger durch ihre Kimme gleiten. »Wurdest du schon mal in den Arsch gefickt?«

# AMBER

## DAS GEFÄNGNIS IST IN DEINEM KOPF.

*A*uch wenn ich mich nach außen hin wand und mich ihm widersetzte, war ich so neugierig wie noch nie in meinem Leben auf das, was passieren würde. Mein Stolz erlaubte es mir nicht, ihm zu zeigen, dass mir gefiel, was er tat, dass *er* mir gefiel, und schon gar nicht das, was er mir androhte, aber wenn ich ehrlich zu mir war – und zum Glück konnte ich das unbemerkt in meinen Gedanken – wollte ich schon seit unserem Kuss im Club, dass er mir näherkam.

Dass er mir zeigte, was seine Worte zu bedeuten hatten.

Ich hatte mich über Gabriela lustig gemacht, aber ein sehr, sehr dunkler Teil in mir gestand sich ein, dass ich eifersüchtig gewesen war.

Auf Gabriela und ihren Sex mit Crack.

*Kann ich wirklich so verrückt sein?*

Die Vorstellung, dass ich so austauschbar wie Gabriela war, schmerzte, denn nur um der Erfahrung willen wollte ich nicht mit Crack schlafen – oder? Was, wenn ich niemand Besonderes war und er diese Show mit jeder

Frau abzog, die er aus einem Menschenhändlerring rettete?

Was, wenn ich mir einbildete, ihm vertrauen zu können?

*Warum tue ich es überhaupt?*

Ich wollte zu keiner Sekunde von ihm zu einer billigen Sexpuppe degradiert werden. Wenn er das wirklich vorhatte – würde ich ihm die Eier ausreißen.

Dazu war ich nicht hier und das war nicht der Grund, warum ich es zuließ.

Die Neugierde hatte andere Gründe.

Diese bezogen sich nicht auf den Sex – auch wenn ich vermutlich niemals wieder jemanden Vergleichbares treffen würde – sie gingen meilenweit tiefer.

Als würde Crack meine innere Unruhe bemerken, schnalzte der nächste Befehl durch den Raum.

»Halt still.« Seine tiefe, brodelnde Stimme sorgte dafür, dass ich augenblicklich gehorchte.

Angespannt wartete ich darauf, was geschehen würde.

Nur weil er mich gefesselt und geknebelt hatte, weil es mir unmöglich war, zu fliehen oder ihn mit Worten zu reizen, tat ich es nicht. Ich hätte es nicht ertragen, ihm offen zu zeigen, dass ich es eigentlich wollte.

Die Erinnerung an seinen Blick, als ich versucht hatte, ihn auf billige Art anzumachen, saß noch immer irritierend beschämend in meiner Brust. Er schaffte es, mich zu durchschauen, als könne er durch meine Augen direkt auf meine Seele blicken.

Und die war offenbar sehr viel dunkler, als ich jemals geahnt hatte.

*Dunkel und verdorben.*

*Still halten.*

*Wehre dich nicht.*

*Beauty.*

Noch vor 48 Stunden hätte ich jeden ausgelacht, der mir vorausgesagt hätte, dass ich es einmal genießen würde, gefangen und jeglicher Kontrolle beraubt zu sein.

*Aber ich genieße es.*

War es nicht sogar das, wonach ich an dem Abend vor zwei Tagen gesucht hatte? Nach einem Unbekannten, der mir keine Wahl lassen würde?

Crack legte seine beiden Hände fest auf meine Pobacken und drückte zu. Seine Finger gruben sich in mein Fleisch und er massierte meine Pohälften auf eine Art, die mich entspannen lassen *musste.*

*Jesus ...*

Ich stöhnte in den Knebel, als sich seine Finger immer tiefer und gezielter in meine Pohälften bohrten. Dominant, aber auch unglaublich feinfühlig sorgte er dafür, dass nicht nur mein Becken entspannte. Ich sank in dem Bett zusammen, konzentrierte mich auf seine Finger, auf die raue Haut seiner Hände und ließ mich fallen.

Seine Hände waren stark, die Armbänder an seinen Gelenken streiften meine Haut, seine Handflächen; warm und beschützend.

Ich atmete zunehmend schwerer, denn allein dadurch, dass er nichts weiter tat, als mich zu massieren, trieb er die Spannung in mir ins Unermessliche.

*Was hat er vor?*

*Was wird passieren?*

Er nahm seine Hände zurück, was mich zusammenzucken ließ. Ich fürchtete mich davor, was als Nächstes geschehen würde.

Crack lachte. »Angst?«

Ich konnte ihm keine Antwort geben.

»Oder Vorfreude?« Als seine Finger erneut auf meine Haut trafen, fühlten sie sich anders an. Er hatte sie mit einer Fettcreme eingerieben. Als er damit zwischen meine Pobacken glitt, verspannte ich total.

Einerseits war ein großer Teil meines Körpers bereit, mich ihm zu öffnen, andererseits wollte ein anderer stur sein und sich ihm verschließen.

Als er mit einem Finger in mein Loch eindrang, verloren beide. Ich war wie gelähmt. *Ich kenne diesen Mann überhaupt nicht. Was tut er da? Will ich das? Würde ich Ja sagen, wenn er mir die Möglichkeit ließe, zu sprechen?*

Nein, ich würde mich zieren, mich verschließen, ich hätte Angst vor ihm und davor, ihm nicht zu gefallen, weil er Zonen von mir berührte, die nichts mehr mit Reinheit und Schönheit zu tun hatten.

*Aber ich kann ihn nicht aufhalten.*

*Und genau das macht es so unendlich erregend.*

Selbst ohne Knebel hätte ich ab diesem Moment kein Wort mehr hervorgebracht. Sanft massierte er meinen Anus, ein Gefühl, das so unbekannt wie irritierend war, sich aber auch ... selbstverständlich anfühlte.

Ich lag auf dem Bauch unter ihm.

Meine Hände an den Bettrahmen gebunden, mein Fuß am anderen Ende befestigt.

Gefesselt, schwach, unfähig, mich zu äußern.

Aber das, was er tat, gefiel mir, und bei jedem anderen Mann hätte ich mich gefragt, warum zur Hölle er etwas so Verbotenes von mir berührte, bei Crack hingegen konnte ich darauf vertrauen, dass er es nicht tun würde, sollte es ihn ekeln oder stören.

Auch wenn ich mir verbot, ihn unterwürfig anzuhimmeln, konnte ich das Gefühl in meinem Bauch nicht leugnen, das sich wie Feuer ausbreitete und jeden Teil meines Körpers in Brand steckte.

Es fiel mir unglaublich schwer, vor mir selbst zuzugeben, dass ich es *wollte*. *Dass ich so unter ihm daliegen will, ausgeliefert, machtlos.*

Crack hingegen wusste das längst.

Er hätte sonst aufgehört.

*Das hingegen ist mir bereits klar.*

»Wie schnell du es schaffst, zu entspannen«, sagte er und ich hörte ein Schmunzeln aus seiner Stimme heraus. »Ich mag deinen Arsch. Habe ich dir das schon gesagt? Er ist noch schöner und wirkt noch unschuldiger, als ich ihn mir vorgestellt habe.«

Ich stöhnte, als er seinen Finger tiefer in mich hineinschob. Es war so eigentümlich, ihn ausgerechnet dort zu fühlen, aber auch so verdammt aufregend.

»Und plötzlich wird aus der Löwin ein schnurrendes Kätzchen.«

Ich drehte meinen Kopf zu ihm nach hinten und blickte ihn spöttisch an, aber er grinste nur und schob einen zweiten Finger in meinen Po.

Meine Lider schlossen sich ohne mein Zutun, meine Gelenke entspannten.

*Gott, ich will mehr.*

»Mach die Augen auf.« Sein Befehl kam hart und ich gehorchte sofort.

Crack hatte seinen Gürtel geöffnet, zog seinen Reißverschluss und drückte im nächsten Moment seine Shorts nach unten. Ich erschauderte, als sein Schwanz zum Vorschein kam. Er war riesig und ich konnte mir nicht vorstellen, dass er auch nur zur Hälfte Platz in mir fand.

Crack zog sich ein Kondom über und allein der Anblick seiner Hände auf dem harten Schaft erzeugten ein wehleidiges Ziehen in meinem Schritt.

*Wie wird es sich anfühlen, wenn er in mir ist? Noch nie habe ich mir diese Frage gestellt und bin dermaßen auf ihre Antwort gespannt gewesen.*

»Sieh wieder nach vorn.« Seine Stimme glich einem dunklen Brodeln und ich gehorchte, ohne darüber nachzudenken.

Als sich im nächsten Moment wieder seine raue, schöne Hand auf meine Pobacke legte und ich seine mächtige Lust an meinem Hintern spürte, stöhnte ich allein deswegen. Dann schob er sich tiefer, glitt zwischen meinen Backen entlang, bahnte sich vor und stieß gegen meinen Anus, den er bereits mit den Fingern geweitet hatte.

Ich konnte die Angst gar nicht erfassen, die meinen Puls in die Höhe schnellen ließ. Die Furcht, er würde im nächsten Moment brutal in mich eindringen und mir unermessliche Schmerzen bereiten, blieb unbegründet.

Denn als er sich langsam, unendlich vorsichtig in mich schob, war daran nichts schmerzhaft. Es war neuartig und befremdlich, aber auch auf merkwürdige Weise schön. *Ich kann ihm vertrauen. Er wird mir nicht wehtun. Nicht jetzt.*

Das Verlangen danach, er würde mich an meiner Perle stimulieren, wurde unermesslich.

Ich reckte mich ihm entgegen, damit er mich nicht nur tiefer nahm, ich wollte auch, dass er endlich seine Hand erlösend auf meine Klit zubewegte.

»Willst du das, hm?«, fragte er und glitt mit seiner freien Hand nach vorn. Ich zuckte unter ihm vor schubartiger Lust zusammen, als er zwei Finger durch meine feuchten Wände gleiten ließ. »Wie schade, dass ich dein Flehen nach mehr unterbunden habe. Aber so bringe ich dich wenigstens nicht in Verlegenheit.«

Sanft streichelte er meine Klit, umkreiste sie und drückte sich währenddessen tiefer in mich vor. Ich presste die Augen zusammen, biss vor unkontrollierter Lust in den Knebel und versuchte mich auf all die Empfindungen zu konzentrieren, die mich überrollten.

Crack begann mich mit kleinen Stößen zu ficken, aber es war nicht genug. Ich wollte mehr. Aber je mehr ich mich ihm entgegenreckte, desto sanfter wurden seine Finger und ich konnte den erlösenden Orgasmus nicht erreichen.

Das Verlangen brannte stärker in mir, mischte sich mit dem süßen Schmerz an meinem Hintern, als er sich tiefer und tiefer schob.

Ich hörte ihn laut stöhnen, als er sich halb in mir versenkte, und spürte nichts als noch tiefer gehende Sehnsucht. Er bewegte sich eine ganze Weile ruhig in mir, dehnte mich, ließ es zu, dass ich mich an das Gefühl seines mächtigen Schwanzes in mir gewöhnte, aber dann steigerte er das Tempo und versenkte sich mit einem einzigen Schub.

Ich schrie. Schmerz vernebelte mir den Verstand, ich glaubte, zerteilt und doch zusammengesetzt worden zu sein, mein Kopf klagte, mein Körper genoss. Jeder Teil von ihm, der meine Haut berührte, hinterließ einen brennenden Abdruck. Ich war entflammt, ohne eine Vorstellung davon zu haben, wie ich das Feuer in mir löschen sollte.

Hilflos stöhnte ich in meinen Knebel. Wie konnte Lust und Hingabe einen so hilflos werden lassen?

»Willst du kommen?«, fragte er dominant hinter mir.

Ich nickte.

»Dann erlaube mir, dich noch tiefer zu ficken. Entspanne!«

Diese Forderung war unmöglich zu erfüllen.

»Amber.« Ein ungeduldiges Knurren, seine Hand auf meinem sich windenden Rücken. »Lass es einfach zu. Genieße es. Hör auf *zu denken*.«

Aufhören zu denken? Während sich ein Mann wie er in meinem Hintern befand?

»*Du gehörst mir*«, raunte er, beugte sich dafür an mein Ohr. »Dein Körper weiß das längst. Bereit, von der Klippe zu springen?«

Ich stöhnte ein ›Ja‹ in den Knebel, weil ich es schlichtweg nicht mehr ertrug, auf der Schwelle zu stehen.

Dann geschahen mehrere Dinge gleichzeitig. Er stimulierte mich mit seiner Hand, kurz und punktiert, sodass eine gewaltige Welle der Lust über meinen Körper rauschte und sich in einer ekstatischen Explosion durch meinen Körper ausbreitete, während er gleichzeitig seinen Schwanz in mich trieb, sodass ich nicht wusste, wie viel von meinen Gefühlen wirklich Schmerz und wie viel Glück war.

Mein leichter Körper flog ausgehend von seinen Stößen über das Bett, ich fühlte mich schwerelos, alles war nur noch Sehnsucht und Gefühl.

*Mehr, mehr, mehr, mehr!*

Seine harte Lust in mir sprengte Grenzen, die ich zuvor nicht gekannt hatte, und der Sex war auf merkwürdige Weise so verdammt schön, dass ich gar nicht anders konnte, als es zu genießen.

Ich wusste nicht, ob ich gekommen war, denn dieses Gefühl hatte sich anders als alle anderen Orgasmen angefühlt, die ich jemals gehabt hatte. Mein Körper bewegte sich kontrolliert in seinen Griffen und ich genoss es, von ihm gehalten zu werden.

Obwohl Crack verlangt hatte, dass ich nach vorne sehe, schaute ich zu ihm zurück. Seine schweißüberzogenen Arme zu sehen, die Bauchmuskeln unter dem Shirt, das er leicht nach oben geschoben hatte, und sein lustvoller Blick ließen meinen Mund trocken werden.

Er bemerkte meinen Blick, lächelte plötzlich, stieß sich ein letztes Mal in mich und hielt inne.

Die Augen geschlossen, pumpte er seinen Samen in mich hinein. Ich spürte, wie sein Schwanz in mir zuckte. Sterne entstanden vor meinen Augen, mein Po war wund, aber auf eine angenehme Weise ausgefüllt und gereizt, und ehe ich etwas sagen oder tun konnte, war er plötzlich fort und ich fühlte mich auf einen Schlag leer und verlassen.

*Nein. War es das? Ist es vorbei? Ich will nicht, dass es endet!*

Eine Hand an meinem Fuß, die Fessel wurde gelöst, Crack warf mich herum, sodass meine Arme sich ausgehend von den Fesseln verdrehten. Seine Stirn war mit Schweißperlen übersät. Er legte sich über mich, zog den Knebel aus meinem Mund und blickte mir tief in die Augen.

»Stell die Frage.«

Die Vernarrtheit hatte mich längst befallen. Ich

würde alles für ihn tun, wenn er mir bloß versprach, noch weiterzumachen. Weiter zu gehen. Mir noch mehr dieser Gefühle zu geben. »Wie heißt du wirklich?«, fragte ich.

Crack weitete ganz leicht die Augen, dann grinste er noch breiter. »Braves Mädchen. Hättest du das doch einfach früher gefragt.« Er beugte sich über mich – ich sehnte mich mit jeder Faser meines Körpers nach einem Kuss –, löste meine Handschellen und richtete sich auf.

Ich sah gerade noch, wie er das Kondom abzog, bevor er sich abwandte und seine Hose wieder schloss.

*Er will mich doch jetzt nicht einfach hier liegen lassen!*

»Geh duschen«, sagte er rau, warf das benutzte Kondom, eingewickelt in ein Taschentuch, in die Toilette, die an das Schlafzimmer angrenzte, wusch gründlich seine Hände und kam zurück. »Was?«, fragte er noch immer feixend. »Machst du dir Sorgen um meine Hygiene?«

Ich schüttelte den Kopf. Mein Körper war wie in eine Ekstase geraten. Ich konnte nicht begreifen, was geschehen war, und die Erinnerung an den Sex löste noch heftigere Reaktionen in mir aus als der Sex selbst.

»Geh. Duschen«, wiederholte er mit deutlichem Nachdruck und sein Lächeln schwand.

»Ich kann mich nicht bewegen«, brachte ich hervor, denn ich war wie erstarrt. Sämtliche meiner Muskeln hatten noch nicht begriffen, was geschehen war, und weigerten sich zu gehorchen.

Ein Schmunzeln entstand auf seinen Zügen, als er vor mir stehen blieb und auf mich hinabblickte. »Ganz sicher?«

Unwillkürlich wusste ich, dass sein Kopf sich bereits

ausmalte, wie er mich in die Dusche prügelte, und ich sprang auf. Unglaublich leichtfüßig, als würde mein Körper nichts mehr wiegen, ging ich an ihm vorbei und stellte mich unter die Dusche.

Mein Schritt stand in Flammen. Nicht wie mein Po vor Schmerz, sondern vor unbefriedigter Lust. *Dabei bin ich doch gekommen, oder nicht?*

Vielleicht wusste ich selbst nicht mehr, was geschehen war. Was war echt, was war Schmerz, was war Lust und das Wichtigste: Was davon hatte ich *wirklich* gewollt?

Ich wusch mich schnell und grob, säuberte meine Backen und Schenkel, dann glitt ich mit einer Hand zwischen meine Schamlippen und berührte mich selbst.

Das Gefühl war einmalig, brachte mich zurück zu mir, ließ mich klarer werden. Noch einmal lief der gesamte Sex vor meinem inneren Auge ab und ich stellte mir vor, wie wir wohl ausgesehen haben mochten, stellte mir vor, dass er mich noch einmal ... Die Augen geschlossen, die Lippen zusammengepresst gab ich mich dem einzig erlösenden Gefühl hin, das sich in mir anbahnte ... und kreischte auf.

»Fuck!«, schrie ich und sprang unter der plötzlich kalt gewordenen Dusche hervor.

Crack stand direkt neben mir. »Habe ich dir erlaubt, dich zu befriedigen?«, fragte er.

»Habe ich dir erlaubt, das Wasser auf eiskalt zu drehen?!«, fuhr ich ihn an. Ich fror, die Lust pochte in meinem Schritt, mein Körper brannte und ich hasste es, nackt vor ihm zu stehen, obwohl er komplett bekleidet war.

Scrilla riss die Augen auf. »Was hast du gerade

gefragt?«

Ich wusste, dass er nicht einverstanden war, wenn ich so frech wurde, aber er verdiente nichts anderes. »Was denn?«, sagte ich schnippisch. »Bist du es nicht gewöhnt, dass sich die Frauen von dir ficken lassen und trotzdem noch den Mut haben, dir zu sagen, was sie denken?«

Das Grün in seinen Augen blitzte gefährlich. »Warum war ich eigentlich nett zu dir?«

»Nett?!«, spottete ich.

»Zärtlich ... vorsichtig ... nicht brutal ...«

»Ich weiß nicht, ob du es mitbekommen hast, aber ich lag die ganze Zeit über gefesselt vor dir und konnte mich nicht bewegen.« Ich wurde sauer, weil er mich trotz allem quälte. Nicht nur das kalte Wasser, sondern auch die Tatsache, dass ich mich nicht einmal dann selbst befriedigen durfte, wenn ich es wollte. »Nett wäre es gewesen, mich gar nicht zu fesseln und schon gar nicht gegen meinen Willen zu vögeln.«

»Gegen deinen Willen?«, wiederholte er erstaunt.

Ich behielt die Lippen aufeinandergepresst.

Als ich nicht antwortete, griff er blitzschnell an meinen Oberarm und drückte mich herum. Ich keuchte erstickt, stieß mit dem Körper gegen die Fliesenimitate der Dusche. Seine Hand schloss sich um meinen Nacken, drückte zu und presste damit meine Wange gegen die Wand. Ich hörte seinen Gürtel, den Reißverschluss, spürte seinen Schwanz an meinem Po, dann war er in mir.

Der Schmerz durchzuckte meinen gesamten Oberkörper. Viel gröber und härter hatte er sich in mich geschoben, füllte mich aus, glitt hinaus und stieß wieder zu.

Obwohl ich nicht fixiert war, konnte ich mich noch weniger bewegen als auf dem Bett. Er hielt mich in einer Starre, mir entwich kein Wort. Sein Rhythmus war schmerzhaft, sein Schwanz wie unnachgiebiger Stahl.

Alles in mir brannte, nichts davon war schön und doch entwich mir nicht ein Wort des Widerstands. Seine Hand um meinen Nacken schloss sich noch etwas fester und seine Stöße rieben mich vollends wund.

Ich litt, ohne wirklich zu leiden.

Ich ertrug, ohne es ertragen zu können.

Ich blieb stehen, weil ich es genoss.

Weil ich es auf kranke Art genoss, und ich stöhnte laut, als ich spürte, wie er noch schneller, noch härter wurde und schließlich in mir kam.

Die Vorstellung, wie er sein Sperma ohne Schutz in mich pumpte, erregte mich noch mehr.

Er blieb eine ganze Weile hinter mir stehen, lockerte nicht seine Griffe, zog sich nicht zurück, dann beugte er sich an mein Ohr.

»Besser?«, fragte er düster und fuhr mit seinen Lippen über meine Ohrmuschel. »Jetzt weißt du, wie es ist, wenn ich dich *gegen deinen Willen* ficke.«

»Mir tut alles weh«, gestand ich ihm. *Ein süßer, masochistischer Schmerz, den ich durch und durch genieße.*

»Das war der Plan dahinter. Wirst du jetzt gehorchen?« Seine Hand lockerte sich langsam und er glitt aus mir heraus.

Ich keuchte auf, als sein Schwanz an den wunden Stellen entlangglitt, und krümmte mich zusammen. Für einige Sekunden kompensierte ich den Schmerz mit meinem Atem, Sternchen tanzten vor meinen Augen, ein kurzer Anfall von Schwindel überkam mich, aber ich fasste mich. Ich blieb stark und drehte mich zu ihm um. Ich genoss es, zu sehen, wie er mich überrascht musterte.

Das Lächeln auf meinen Zügen war echt.

Langsam, ganz sachte, weitete ich meine Lippen, dann schüttelte ich den Kopf.

# C

WEGLAUFEN IST WIE GRENZEN SUCHEN.
IRGENDWANN WIRD MAN IMMER
EINGEHOLT.

Sie stand vor mir und lächelte wie eine Königin vor einem Kampf, den sie zu gewinnen glaubte. Fassungslos nahm ich wahr, dass sie den Kopf schüttelte, dass sie meine Frage verneinte.

*Sie wird nicht gehorchen. Sie will mehr.*

Ich hatte sie gerade grob in den Arsch gefickt, ein zweites Mal, noch heftiger als zuvor, aber sie stand vor mir und hatte noch immer nicht genug.

Und ich wusste, dass sie nicht spielte. Amber stand dermaßen unter Strom, dass sie den Bezug zu ihrem Körper, zu den Schmerzen, die ich erzeugte, verloren hatte. Ihre Neugierde überstieg ihren Instinkt; statt sich von mir abzuwenden, mich als das Monster wahrzunehmen, das ich war, blieb sie stehen.

Ich hatte nicht um ihre Erlaubnis gebeten, sie ficken zu dürfen.

Erst recht nicht beim zweiten Mal.

Ich hatte sie dabei so fest gewürgt, dass die Haut an ihrem Hals noch immer rot glühte, aber sie hatte es nicht einmal bemerkt. Es stand außer Frage, dass ich nichts mehr tun würde, das sie weiter verletzte. Selbst wenn sie sich danach sehnen mochte, dass ich noch sadistischere Züge zeigte, ich würde damit körperliche Grenzen übertreten, die sie glaubte, nicht mehr zu besitzen.

»Arme nach oben.« Meine Stimme ließ sich nur schwer kontrollieren. Nicht mehr vor angehaltener Lust – die hatte ich befriedigt – sondern weil Gefühle in mir entstanden, die ich für immer gehofft hatte zurückhalten zu können.

Dieses Gefühl, jemand sei wichtiger als man selbst. Eine Frau. Nicht jemand so Beklopptes wie Ly oder Wres.

Ich ließ mir nichts anmerken, als ich nach dem Duschkopf griff, das Wasser einschaltete und wartete, bis es die richtige Temperatur hatte, aber innerlich brodelte ich.

*Normalerweise schickst du die Frauen aus guten Gründen nach dem Sex weg.*

*Warum tust du es nicht endlich?*

Amber hatte ihre Arme halbherzig gehoben, aber es reichte für meine Zwecke. Ich würde sie nicht weiter herausfordern. Nicht heute. Das Risiko bestand, dass sie sich selbst dabei verlor und die nächsten Tage in ein psychisches Dilemma hinabstürzen würde.

Denn auch wenn ich sie nicht gefragt hatte, *wusste* ich, dass ich bei Weitem der Erste gewesen war, der sie dominiert hatte. Vor mir hatte sie nichts Vergleichbares erlebt. Dieses Wissen beschlich mich instinktiv und ich durfte ihre masochistische Ader nicht ausreizen.

»Dreh dich um«, verlangte ich und spülte das warme Wasser über ihre Hüfte.

Sie lächelte fragend, fast spöttisch, gehorchte aber,

als würde sie erwarten, dass ich mich zu der nächsten sadistischen Handlung herablassen würde.

Nur mit meiner Hand, ohne Seife, wusch ich ihren Hintern und dann mit der anderen Hand ihren Schritt. Sie zuckte heftig zusammen, als ich über ihre Klit glitt, sagte aber keinen Ton.

Ich stellte das Wasser ab, holte aus meinem Badezimmerschrank eine Wundheilsalbe und rieb sie damit ein. Die zärtlichen Berührungen ließen sie dabei ebenso erstarren wie mein harter Fick zuvor. Die Massage vorhin auf dem Bett hatte sie vollkommen weich werden lassen. Gut zu wissen, dass ich nun ein Mittel kannte, ihren Körper gefügig zu machen.

»Stell dich mit dem Rücken an die Wand«, sagte ich leise und strich ihr nasses Haar über die Schulter, damit es nach hinten und nicht über ihren Bauch nach vorne tropfte. Als ich ihre samtweiche Haut an ihrer Schulter berührte, atmete sie scharf ein.

Ich beugte mich vor und legte meine Lippen auf ihr Schlüsselbein.

Sie wimmerte.

Dann wanderte ich höher und biss fest in das zarte Fleisch an ihrer Schulter.

Ihr Stöhnen wanderte direkt in meinen Schwanz.

*Wie oft ich wohl für sie kommen könnte, wenn ich meiner Lust freien Lauf ließe? Wann hatte ich mich überhaupt das letzte Mal zweimal hintereinander in einer Frau ergossen?*

»Winkel dein Bein an.«

Ambers grünbraune Augen vergrößerten sich, als ich vor ihr auf die Knie sank.

»Amber«, sagte ich drohend, damit sie gehorchte.

Sie winkelte ihr Bein an, sodass ich zwischen ihre Schenkel sinken konnte, und öffnete mir den Weg zu ihrer Pussy.

Schon als mein Atem über ihre Scham streifte, verlor sie beinahe den Halt, so sehr nahm sie die Lust gefangen, die ich erzeugte.

»Halt dich an mir fest«, verlangte ich rau, dann drang ich mit der Zunge zwischen ihre süßen Lippen und umkreiste ihren Kitzler.

Amber wusste nicht, dass ich so etwas bei keiner anderen Frau getan hätte. Jede andere hätte ich nicht einmal in meinem Zimmer duschen lassen. Aber bis auf eine hatte auch noch nie eine Frau das Verlangen in mir ausgelöst, sie besitzen zu wollen.

*Und meinen Besitz behandle ich gut.*

Es war leicht, Amber zu reizen. Sie griff fast schmerzhaft in mein Haar, krallte sich an mir fest und kam nach nur wenigen Sekunden unter dem Einfluss meiner Zunge.

Sie schrie das Badezimmer zusammen, zuckte unkontrolliert und fand nur schwer wieder zu Atem.

Ich ließ ihr die Ruhe nach dem Sturm.

Für ein paar Sekunden.

Dann machte ich weiter.

Ich glitt mit meiner Zunge tief durch ihren Spalt und fand zurück zu ihrer Perle. Nagend stimulierte ich ihren Kitzler, schmeckte dabei die Säfte, die ihre Pussy ausströmte, und brachte sie zum zweiten Orgasmus.

Sie stöhnte noch lauter, dann packte ich ihre Beine, lud ihre Oberschenkel auf meine Schultern, sodass sich ihre Pussy weiterhin vor meinem Gesicht befand, und trug sie zum Bett.

Dort warf ich sie nieder, spreizte ihre Beine fast bis zum Spagat und versank erneut zwischen ihren erotischen Lippen. Ich leckte sie, bis ihr Körper sich nicht mehr natürlich verhielt, sondern aus einem einzigen elektrisierten Etwas zu bestehen schien.

»Hör auf!«, flehte sie. So sehr kostete die Stimulation sie ihre Kraft. »Bitte hör auf!«

Ich hörte nicht auf und leckte sie weiter, bis ihr Stöhnen erneut in ein lautes Schreien überging und durch ihre Gelenke wilde Wellen der Erregung liefen.

Sie hatte sich hilflos ins Bettlaken gekrallt, die Augen ekstatisch verschlossen, und zuckte wild, bis ich Abstand nahm und sie sich langsam, sehr langsam, beruhigte.

Ich streichelte über ihre Oberschenkel und ihren Bauch, während sie damit beschäftigt war, wieder zu einer normalen Atmung zurückzufinden. Der Wunsch, sie überall kosten zu können, erfüllte mich erneut, aber ich wusste, dass ich mich nicht wie ein gefühlsgebeutelter Teenie benehmen durfte, denn es war wichtig, dass sie verstand, wer ich war.

Auch wenn ich sie all meinen Vorsätzen zum Trotz öfter kommen ließ, als ich selbst in den Genuss gekommen war, sollte sie nicht glauben, dass ich ihren verdammten Ungehorsam noch einmal belohnen würde.

Ich wusste, dass sie heute mehr zugelassen hatte, als sie jemals gewollt hätte, hätte sie sich bewusst dazu entschieden, und ich wusste, dass sie diesen Zustand genoss. Aber ich musste sie auch vor sich selbst beschützen.

Und vor mir.

# AMBER

*A*ls ich aufwachte, hatte ich das Bett durchwühlt und mich unbewusst in das Bettlaken gewickelt. Meine Hand lag nur einen Zentimeter von dem Tablett entfernt, das auf dem weißen Laken abgestellt worden war. Ich versuchte in den Raum hineinzuhorchen, ob ich alleine war, dann horchte ich in mich selbst hinein.

Ein Gedanke an den Sex und ich spürte die Erregung erneut in mir zurückkommen. Die Lust überstrahlte alles. Auch wenn ich spürte, dass ich es nicht würde ertragen können, sollte jemand in nächster Zeit meinem Hintern zu nahe kommen.

Ich war wund, aber es fühlte sich gut an.

Ich war diesem Mistkerl verfallen und ich ließ es zu.

Schlaftrunken richtete ich mich auf und betrachtete die Speisen, die auf dem Bett angerichtet waren. Ein französisches Frühstück. Croissants, Marmelade, Kakao und eine Schale mit Obst. Nicht besonders viel, dafür dass ich einen Bärenhunger hatte.

Eine kleine Karte lag zwischen der Serviette und dem Besteck auf dem Teller.

*Bleib im Zimmer, bis ich zurück bin.*
*Tu nichts, was ich dir nicht erlauben würde.*

Ich nahm sie in die Hand und drehte sie um.

*Bisher war ich nett. ;-)*

Ich schmunzelte. *Nett.* Der Typ hatte einen Vogel. Ich verschlang das Croissant, löffelte die Schale Obst leer und stand auf. Nachdem ich eine Weile nackt durch das Zimmer gestreift war und nichts gefunden hatte, das meine Neugierde befriedigt hätte, zog ich mich an und sah aus einem der drei Bullaugen. Das Schiff fuhr nicht mehr. Ich blickte zur Tür, die verschlossen blieb, und näherte mich dem Laptop, der mich wie magisch anzog.

Ihn zu benutzen, würde bei Crack vermutlich Hämorriden auslösen. Etwas Verboteneres konnte ich mir gar nicht erlauben.

*Bist du diesem Spiel gewachsen?*

Ich setzte mich auf den Stuhl, öffnete den Laptop und wartete, bis die Passwortabfrage erschien.

Es war unmöglich für mich, sein Passwort zu knacken, aber er hatte einen Gastaccount eingerichtet, auf den ich zugreifen konnte. Der Bildschirm blieb leer, nur die Programme tauchten unten in einer Leiste auf.

Ich klickte auf den Browser und scrollte mich durch den Verlauf. Ohne Internet konnte ich keine der Seiten aufrufen, aber ich entdeckte den Verweis auf den letzten Download.

Ich sah im Download-Ordner nach. Jemand war so dumm gewesen, Spuren zu hinterlassen, denn dort befand sich ein PDF-File.

Ich öffnete es.

Eine Überweisung.

## Dean West Investment Banking
120,000,000 *Dollar an*
### Crasc S.L. Kuba

Ich starrte die Zahl an. 120 Millionen Dollar ... Es war nicht schwer, eins und eins zusammenzuzählen. Cra Sc könnte für Crack Scrilla stehen. Auch wenn das ein schräger Name war, wäre der Zufall wirklich groß, wenn die Abkürzung nicht für ihn stünde. Das S.L. stand vermutlich für: Sociedad Limitada, eine kubanische Unternehmensform.

Die Überweisung war vor zwei Jahren getätigt worden. Wunderte mich diese Summe wirklich? Das Umbauen der Ölplattform musste ein Vermögen gekostet haben, die Yacht, auf der ich mich befand, ebenfalls.

Ich wollte dringend erfahren, *womit* die Männer so viel Geld verdienten. Es war ziemlich sicher illegal. Aber wer musste darunter leiden?

Ich suchte den Computer weiter ab und fand ein Foto im Papierkorb. Es zeigte Wres und Ly, wie sie Arm in Arm dastanden und ein Fuck-You mit der Hand formten. Sie grinsten und sahen dabei so unterschiedlich aus wie Tag und Nacht. Nolan Seyward alias Wres war breitschultrig und massiv gebaut. Das weiße Hemd sah an ihm deplatziert aus, als würde es im nächsten Moment in Flammen aufgehen. Ly hingegen wirkte natürlicher, seine Formen waren glatter, das Hemd stand ihm gut. Aber zum ersten Mal sah ich, dass sich auch auf seinen Armen Tattoos abzeichneten, die sonst unter dem geschlossenen Hemd verborgen blieben.

Um das Foto herum war ein bunter Rahmen gelegt worden, ganz so, als hätte jemand eine billige Foto-App benutzt. In hässlich gelber Schrift stand dort:

*Jemand wie du sollte sich zwar nicht fortpflanzen, aber Herzlichen Glückwunsch, du Penner*

Scrilla hatte ein Kind ...?

Ich schaute mir den Hintergrund des Fotos genauer an und zoomte hinein. An der Wand hingen Bilder und dort in der Ecke ... Halb abgeschnitten und verpixelt: das lachende Gesicht einer Frau.

Ich löschte meine Spuren, meldete mich ab und schlug den Laptop zu.

*Scrilla ist Vater. Er hat mich in den Arsch gefickt und mir sonst was angedroht und ist Vater.*

Ein eigentümliches Band der Furcht schloss sich um meine Brust. Ich hatte ihn vollkommen falsch eingeschätzt. Warum auch immer unterlag ich der pseudo-romantischen Vorstellung, er wäre zwar ein dominantes Arschloch im Bett, aber kein Arschloch im Real Life – und single.

*Wie verblendet bin ich eigentlich?*

Ich suchte das Zimmer nach weiteren Hinweisen ab, ohne etwas zu finden. Dann ging ich zur Tür. Ganz vorsichtig, damit man die Bewegung auf der anderen Seite weder hörte noch sah, drehte ich am Knauf.

Die Tür ließ sich öffnen.

*Ist das ein Test? Hätte Scrilla mich nicht eingeschlossen, wenn er gewollt hätte, dass ich im Zimmer bleibe?*

Ich schlich unter Deck entlang und horchte auf Geräusche. Mehrere Türen gingen von dem Flur ab, nichts war zu hören. Ich nahm mehrere Treppenstufen und konnte mich gerade noch rechtzeitig bücken, bevor mich ein schwarz gekleideter Mann ganz in der Nähe bemerkt hätte. Er trug ein Maschinengewehr im Anschlag. Auf der anderen Seite des Decks, hinter der ausladenden Bartheke, entdeckte ich zwei weitere.

Sie umstellten die großzügige Sitzgarnitur, die sich zwischen dem Salon und dem Bug befand.

Dort saßen Ly, Crack und zwei fremde Männer. Ein Koffer lag auf dem Tisch, daneben ein paar weiße Barren. In Plastik eingehüllt, im Sonnenlicht glänzend.

*Drogen.*

Crack unterhielt sich auf Spanisch mit den zwei anderen. Vor jedem Mann stand ein Glas Rum. Schwer vorstellbar, dass diese Hände noch vor einigen Stunden meinen Körper beherrscht hatten. Dass dieser Körper es tadellos schaffte, mich zu übermannen ...

»Schsch.« Eine Hand schloss sich um meinen Mund und ich wurde grob, aber lautlos die Treppen zurück nach unten gezogen.

Der bewaffnete Mann über mir bewegte sich, zielte auf die Stelle, an der sich zuvor mein Kopf befunden hatte. Er machte ein paar Schritte, doch in dem Moment wurde ich schon um den Treppenaufgang herum gezogen.

Wres drückte eine Hand auf meinen Mund, die andere auf meine Kehle. Spielend leicht hielt er mich fest, sodass ich mich nicht mehr bewegen konnte.

»Wo ist sie?«, brummte er.

Er löste ein paar Finger, sodass ich sprechen konnte.

»Wer?«, fragte ich atemlos.

»Valentina. Wo ist sie?«

»Ich habe keine Ahnung!« Vor ihm fühlte ich mich zerbrechlich und schwach, so mächtig wirkte sein Körper auf mich.

»Sie war nicht in ihrem Zimmer. Ich dachte, sie wäre bei dir.« Seine Stimme ein dunkles Knurren. »Wann hast du sie zuletzt gesehen?«

»Auf der Bohrinsel!«

Wres' Augen weiteten sich. »Sie ist nicht hier auf dem Schiff?«

»Ich weiß es nicht!«

»In ihrem Zimmer war sie aber auch nicht, als ich sie holen wollte.« Er kam mir so nah, dass sein Gesicht vor meinen Augen verschwamm. »Ich dachte, sie wäre bei dir.«

Ich schüttelte den Kopf. *Ist es nun gut oder schlecht, dass Valentina entkommen ist?* »Sorgst du dich um sie?«, fragte ich mit fester Stimme.

»Ja«, knurrte er.

»Warum habt ihr sie dann überhaupt mitgenommen?!« Plötzlich wurde ich wütend. »Sie ist keine dreizehn und traumatisiert! Und ihr schleppt sie auf eine Insel, sperrt sie in ein Zimmer und ich muss vor ihr so tun, als ergäbe das alles einen Sinn!«

Er sah mich ausdruckslos an. »Hätten wir sie dalassen sollen?«, fragte er mit einer Ruhe, die mir Angst einjagte. »Wenn sie nicht bei dir war, muss sie entwischt sein, als Ly euch zum Shoppen abgeholt hat.«

Ich biss mir auf die Unterlippe.

Wres hob eine Braue.

»Ich wollte mit ihr fliehen«, murmelte ich. »Wir sind nach unten geklettert und in den ›Keller‹ gelaufen, weil wir nicht verstanden haben, wo wir uns befinden.«

»Und dann?«, fragte er gepresst.

»Dann kam Scrilla und sie hat sich vor ihm versteckt.«

Wres presste den Kiefer zusammen und schlug urplötzlich mit der Faust gegen das Holz der Wandvertäfelung. Seine unmittelbare Wut schwappte mir entgegen, dann packte er mich und zog mich mit sich, als wäre ich ein Sack.

»Fuck, was soll das?!« Ich konnte kaum laufen, meine Füße schliffen mehr oder weniger über den Boden.

»Du bringst nur Ärger. Du hättest Valentina im Club nicht befreien sollen, dann hätten wir es getan und sie wäre jetzt noch bei uns.« Er bugsierte mich die Treppe hoch, ich wand mich und fluchte, bis er mich oben angekommen auf den Boden stieß, sodass ich auf allen vieren landete.

Meine langen Haare fielen mir ins Gesicht, aber ich erkannte durch die Strähnen, dass Ly und Scrilla aufgesprungen waren und zu uns starrten. Die zwei fremden Männer drehten sich verwundert in unsere Richtung.

»Was ist passiert?«, fragte Ly.

Cracks Miene formte sich zu Stahl.

»Sie hat Valentina befreit und sie dann sich selbst überlassen«, erklärte Wres. »Das Mädchen ist jetzt irgendwo auf der Bohrinsel, wo jede Minute die verdammte Polizei eintrudeln wird. Und vermutlich rennt sie ihr dann direkt in die Arme.«

Ich betete für Valentina, dass es stimmte – und die ankommenden Polizisten nicht korrupt waren.

Die Polizei würde sie an einen besseren Ort bringen – hoffentlich.

»Amber hat sie sich selbst überlassen?«, fragte Ly verwundert.

Scrilla wandte sich in leisem Tonfall an seine Gäste, Ly kam auf uns zu.

»Die Polizei wird nicht die gesamte Bohrinsel nach ihr absuchen, oder?«, fragte Ly unbekümmert. »Das Mädchen wird sich schon zeigen, sobald es Hunger bekommt.«

Wres schnaubte. »Die Kleine hat wegen unserer aufmüpfigen Prinzessin hier genug Angst vor uns. Also wird sie entweder den Bullen in den Arsch kriechen oder verhungern, sollte sie die Cops verpassen.«

Ly fuhr sich nachdenklich über den Mund. »Verstehe.«

Scrilla stieß zu uns, nachdem die zwei anderen Männer das Deck verlassen hatten. Sein Blick, der über mich schweifte, hätte kaum gleichgültiger sein können.

Ich saß noch immer am Boden und richtete mich auf.

»Bleib sitzen!« Drei Männer, sechs Worte, von allen kamen sie gleichzeitig und ich verharrte mitten in der Bewegung.

»Wir müssen eine Suchaktion starten«, sagte Ly daraufhin, als wäre ich nicht mehr anwesend. »Unsere Männer werden sie finden und Gabriela kann sich um sie kümmern.«

»Darum geht es nicht«, knurrte Wres. »Noch nie hat uns eine Frau so viel Ärger gebracht. Es war ein Fehler, sie mitzunehmen und vor den Bullen zu retten. Überhaupt war alles an diesem Abend ein verdammter Fehler!«

»*Sie* hat einen Namen und heißt Amber«, verteidigte Ly mich. »Und *du* wolltest sie unbedingt mitnehmen, falls ich dich daran erinnern darf, Sawbuck.«

Wres verschränkte die Arme vor der Brust. »Ich habe mich umentschieden. Geben wir sie einfach Jones und seinen Leuten mit. Sie sollen sie irgendwo in Kuba rauslassen.«

Scrilla lächelte schmal. Ich sah zu ihm auf, aber er ignorierte mich glatt, auch wenn ich ahnte, dass etwas in ihm nur darauf wartete, mir zu zeigen, was er von der Situation hielt. »Nein.«

Ly und Wres sahen zu ihm.

»Nein, das ist zu riskant«, ergänzte Crack und zündete sich eine Zigarette an. Er reichte Ly die Schachtel, der sich ebenfalls eine nahm. Im Gegensatz zu Crack blickte er auf mich hinunter und runzelte die Stirn. Worüber auch immer Ly nachdachte, ich konnte es nicht aus seiner Miene herauslesen. »Sie wird zur Polizei gehen und uns verraten, das ist aussichtslos.«

»Aber besonders gut im Griff hast du sie scheinbar auch noch nicht.« Ly grinste schief und ich ertrug es nicht länger, unter ihm zu kauern, als wäre ich ein Kind.

Ich drückte mich mit den Händen hoch, als ein Schuss mich zusammenschrecken ließ und etwas Kleines direkt an meinem Gesicht entlangflog.

»Du bleibst sitzen.«

Fassungslos sah ich zu Scrilla auf, der seine Waffe in der Hand hielt, den Lauf der Pistole auf meinen Kopf gerichtet.

Ich war kurz davor, schnippisch zu antworten, aber ich wollte nicht darauf vertrauen, dass er das nächste Mal auch danebenzielte.

Ly presste pfeifend Luft durch die Zähne. »Das wird sich offenbar noch ändern. Dabei weiß dieses arme Mädchen nicht einmal, wer wir sind. Wollen wir uns vorstellen, bevor wir sie erschießen?«

Wres und Crack schwiegen.

»Mein Name ist Ly Silver, ich bin sehr reich und offenbar der Einzige, der dich nicht schlecht behandeln wird. Vielleicht solltest du dir das mit unserem Date noch mal überlegen. Mein Freund hier ist Wres Sawbuck. Du kennst ihn vermutlich unter einem anderen Namen. Boxchampion, Weltmeister, er konnte sich eine Zeit lang seine Wohnung mit feuchten Höschen dekorieren. Und er hier ...« Ly streckte den Arm nach rechts aus und drückte Cracks Hand nach unten, sodass ich mich gefahrlos hätte aufrichten können. Jetzt blieb ich allerdings lieber am Boden sitzen. »... hat sein Imperium geerbt. Mehr wissen wir auch nicht. C Scrilla. Toller Name, oder?« Er tätschelte Cracks Hand, dessen Gesicht zunehmend versteinerte. Ich fragte mich, warum Ly keine Angst vor ihm bekam. »Wobei C für Crack steht«, ergänzte Ly. »Kokain war schon in seiner Muttermilch enthalten.«

»Danke, Ly«, sagte Crack trocken, »für diese aufregende Zusammenfassung.«

»Das sind allesamt erfundene Namen, oder?«, fragte ich sie, weil ich das System ihrer Decknamen zu verstehen glaubte. »Scrilla, Silver, Sawbuck sind jeweils Slang-Ausdrücke für Geld. Und Ly steht für Lüge, Wres fürs Wrestling und Crack für Kokain.«

»So ein schlaues Mädchen«, lobte Ly mich.

»Aber warum Wrestling? Es war doch Boxen, oder ...?«

Wres' dunkles Gesicht wirkte nicht danach, als hätte er Lust, mir das zu erklären.

»Das hat alles seine wunderbaren Gründe.« Ly nickte mir zu. »Sind wir fertig? Nach dieser Einlage von Höflichkeit habe ich irgendwie Lust bekommen, mich die restliche Fahrt davon abzulenken, dass unsere Probleme sich auf zwei Frauen reduziert zu haben scheinen. Die eine, weil sie da ist, obwohl sie es nicht sollte, die andere, weil sie nicht mehr da ist. Ihr entschuldigt mich.« Er nahm eine der Rumflaschen von der Bar und ging pfeifend die Treppen hinunter.

Wres beugte sich über mich und griff grob in mein Haar. »Wo hast du die Kleine zum letzten Mal gesehen?«

*Sollte ich lügen, um sie zu beschützen?*

»In der Nähe unserer Folterkammer«, antwortete Crack an meiner Statt und steckte die Waffe zurück. »Unsere Leute sollen auf der untersten Ebene alles nach Valentina absuchen.«

Wres ließ mich los, richtete sich auf und blickte Crack ins Gesicht. Dann lächelte er überraschend. »Noch eine solche Aktion und die nächste Kugel feuerst nicht du ab.« Er ging in die entgegengesetzte Richtung davon und ein Stockwerk höher. Vermutlich zur Brücke.

»Ich wusste nicht, dass Valentina —«

»Schweig.« Scrilla rauchte in aller Seelenruhe seine Zigarette, während ich bescheuert am Boden hockte. »Mir war so, als hätte ich dir eine kleine, aber simple Notiz hinterlassen, auf der schlicht und ergreifend ein einziger Befehl stand.«

»Es waren zwei«, murmelte ich und winkelte die Beine an, damit ich mich etwas weniger dämlich fühlte. Es funktionierte nicht.

»Du hast sie also gelesen.«

Ich blieb stumm.

»Der Widerspruch, der sich durch deinen Kopf kämpft, kann wohl kaum größer sein, oder? Einerseits tust du nichts, um dich selbst zu beschützen, aber andererseits alles, um das kleine Mädchen zu retten.«

Ich zuckte die Achseln.

»Steh auf.« Der Befehl kam unmittelbar und drohend.

Ich gehorchte.

»Geh vor.« Er drückte die Zigarette aus und trank sein Glas leer.

Ich fühlte mich unmündig, als ich vor ihm die Treppe hinuntertrottete. Er zeigte mit seiner Hand nach links und bedeutete mir damit, dass ich tiefer gehen sollte, an dem Flur, der zurück zu seinem Zimmer führte, vorbei, auf eine Treppe zu.

Plötzlich griff er an meinen Arm.

Crack zog mich an sich und presste mich im nächsten Moment an die holzvertäfelte Wand. Seine Hand legte sich um meinen Kiefer, seine Lippen landeten auf meinen und er schob seine Zunge in mich vor. Kaum hatte meine Zunge begonnen, seinen Kuss zu erwidern, zog er seine zurück und biss in meine hinein.

Ich heulte auf vor Schmerz, presste die Zähne zusammen, aber er drückte meinen Kiefer nach unten und küsste mich weiter. Seine Zähne nagten an meinen Lippen, seine Zunge bohrte sich in mich. Hart und unnachgiebig, als würde er mich damit vögeln wollen. Er durchforstete meinen Mund und der Schmerz war ebenso schnell vergessen, wie er gekommen war.

Mein Körper reagierte auf seinen Kuss, als hätte er

einen geheimen Knopf bedient, der mich in eine andere Sphäre versetzte. Hoffnung, Sehnsucht, Lust, drei starke Gefühle paarten sich zu einem gefährlichen Cocktail und schalteten mein Denken aus.

Statt Abneigung empfand ich Glück. Statt Wut entstand Hingabe. Statt Angst war da nur Neugier.

Als seine Bewegungen jede Härte verloren hatten und sanft und zärtlich wurden, ich nicht anders konnte, als ergeben zu seufzen, löste er sich.

Cracks Miene war überzogen mit Schatten. »Willst du wirklich, dass ich dir zeige, wie weit ich gehen würde, um dich gefügig zu machen?«

Ein großer Teil in mir wollte ›Ja!‹ schreien, aber ich brachte das Wort nicht über die Lippen.

»Sag nein«, verlangte er, die Lippen dicht vor meinen. »Sag nein!«

Ich konnte nicht. Das wäre gelogen gewesen.

»Du willst es also?«

»Das habe ich nicht gesagt«, keuchte ich.

»Du widersetzt dich, als wäre das hier alles ein Spiel. Du hörst nicht auf, obwohl dein Körper nicht mehr kann. Du belauschst uns, als hätten wir keine Geschäfte am Laufen, von denen eine Fremde nichts wissen darf, und dann schafft es dein Stolz nicht einmal, ›Nein‹ zu sagen? Dann werde ich dir beibringen müssen, wie das geht. Dass auch du Grenzen besitzt, die du nicht übertreten solltest. Schon gar nicht, weil du glaubst, mir dadurch ›eines auswischen zu können‹.«

Ich wusste nicht, was ich sagen sollte.

Er küsste mich noch einmal, kurz und hart. »Nur für den Fall, dass du mich danach für eine ganze Weile hassen wirst«, sagte er und schloss seine Hand um meinen Oberarm.

»Wonach?«, fragte ich naiv, als er eine Tür rechts von uns öffnete und mich eine weitere Treppe hinuntermanövrierte.

Hier drin war es stickig und laut.

Der Maschinenraum.

»Los, auf die Knie.«

»Wie bitte?!« Ich drehte meinen Kopf zu ihm herum, aber er flog sofort zurück nach vorn. Meine Wange entflammte.

Er hatte mich mit der flachen Hand geschlagen.

»*Auf die Knie.*«

All die positiven Gefühle, die der Kuss ausgelöst hatte, schwanden dahin. Die Zähne zusammenbeißend, damit mir keines der Wörter entkam, die ich für ihn in meinem Kopf formulierte, sank ich zwischen den Motoren und Geräten auf den metallenen Boden. *Sag Nein. Du musst jetzt unbedingt Nein sagen.*

»Hände nach vorn.«

Kein Wort kam über meine Lippen. Ja, gerade hatte er die Macht über mich. Ja, er konnte bestimmen, wie es ihm beliebte, aber ich wusste auch, dass ich es jederzeit beenden konnte.

*Warum tust du es dann nicht?*

»Und? Wie viele Schläge hältst du für angemessen?« Crack schob meine Jogginghose und den Slip bis über meine Pobacken hinunter.

»Nur weil ich nicht Nein sage«, wisperte ich mit bebender Stimme, »heißt das nicht, dass du mich nach Belieben erniedrigen kannst.«

»Ich erniedrige dich nicht.« Er fuhr mit seiner

rechten Hand fest über meinen Hintern. »Ich mache dich stärker.«

*Das glaubt er zu tun?* Bevor ich einen zynischen Kommentar erwidern konnte, traf mich der erste Schlag.

Und, Gott, es war so ganz anders, als ich es mir vorgestellt hatte. Es prickelte angenehm, ohne wehzutun, und ich spürte unvermittelt, wie ich nass wurde, als er ein zweites Mal zuschlug.

Ich stöhnte.

»Das soll dir keine Lust bereiten«, kam prompt und er schlug ein drittes Mal, dieses Mal viel härter, zu. Die Wucht warf mich nach vorn, ich keuchte, zog scharf die Luft ein.

»Beauty?«, fragte er knurrend. Wartete er auf das Nein? Das würde er nicht bekommen, das wäre ja viel zu einfach. Als er begriff, dass ich nicht antworten würde, folgte der nächste Schlag.

Ich biss die Zähne zusammen und tat so, als würde ich nichts spüren.

»Du willst das durchziehen, oder?« Seine Finger streichelten über die Stellen, die er zuvor getroffen hatte. Der Nachhall des Schmerzes paarte sich mit trügerischer Zärtlichkeit. »Du könntest mich bitten, aufzuhören. Oder mich anflehen, dich zu den anderen Frauen zu schicken, du hättest auch einfach Ly fragen können, ob er dich vor mir in Schutz nimmt. Aber stattdessen hockst du vor mir, als wäre es dein dunkelster Traum, in einem Maschinenraum gespankt zu werden.«

»Das ist nicht wahr«, zischte ich und drehte meinen Kopf zu ihm herum. *Es ist nicht wahr! Das darf nicht wahr sein!*

»Sieh nach vorn«, verlangte er rau und schlug mich ein fünftes Mal.

Ich krümmte mich zusammen.

»Es ist nicht wahr?«, fragte er freundlich. »Wie ist es dann?«

Wieder verschloss ich meinen Kiefer so fest, dass mir ja keine Antwort entkam.

*»Wie ist es dann, Amber?«*

Ich sagte nichts, also schlug er wieder zu. Meine Hände gaben nach und ich sank nach vorn. Er griff rechtzeitig unter meinen Bauch, um mich zu halten. Mein Hintern ragte noch nach oben, mein Oberkörper lag nach vorne gekippt. Wieder ließ er eine Pause, ließ mir Zeit, zu antworten, doch ich sagte nichts, und er schlug erneut zu.

Und wieder.

Nicht nur mein Po glühte mittlerweile vor Schmerz. Mein gesamter Körper schien in Brand zu stehen. Ich spürte Tränen auf meinen Wangen, Salz, das auf meine Zunge lief, aber ich hielt durch.

Jedes Mal, wenn seine Hand auf meine Haut schlug, verlor ich einen Teil meiner Kraft, die ich selbstbewusst zusammenhielt.

Ich erwartete, dass er irgendwann müde wurde, mich zu verletzen, dass er aufgab, weil er glaubte, dass ich nicht nachgeben würde, aber dieser Punkt kam nicht.

Er schlug mich weiter, bis der Schmerz mir beinahe die Sinne raubte.

Ich war einer Ohnmacht nahe, als ich mir eingestand, dass ich nicht mehr konnte. »Hör auf«, brachte ich über die Lippen. Mein gesamtes Gesicht wurde mit Tränen überspült.

»Wie war das?«, fragte er mit derselben Stimme wie

zuvor. Im Gegensatz zu mir hatte sich nichts an ihm verändert.

»Hör auf!«

»Hör auf?!«, wiederholte er voller Spott und ließ ein weiteres Mal seine Hand auf meinen Hintern niederschnellen. Ich spürte gar nicht mehr, welche Stelle genau er traf. Ein Schlag löste mittlerweile mehr als nur einen punktuellen Schmerz aus. Es war vielmehr ein Kanister aus Benzin, der sich über die Flammen an meinem Po ergoss. »Haben wir uns auf die Wörter ›Hör auf‹ geeinigt? Du scheinst es noch immer nicht begriffen zu haben.«

*Was zur Hölle meint er?*

Als er ein weiteres Mal ausholte, sackte ich endgültig zusammen. »Es tut mir leid«, wimmerte ich. Tränen strömten über mein Gesicht, meine Kehle war wie zugeschnürt. »Es tut mir leid. Bitte, hör auf.«

Er hielt in der Bewegung inne. »Was tut dir leid?«

»Ich hätte auf dich hören sollen«, weinte ich. »Und dir die Fragen beantworten sollen und ... im Zimmer bleiben sollen.«

Er nahm seine Hand zurück und ich sank der vollen Länge nach aufs Metall. Erschöpft blieb ich liegen. Mein Herz raste, mein Kreislauf kollabierte, die Schmerzen überwältigten mich.

Ich spürte seine Hand, wie sie sich in mein Haar grub und meinen Kopf leicht zu sich anhob.

Meine Lider flackerten und sein Gesicht verschwamm vor meinen Augen.

»Warum hast du nicht einfach Nein gesagt? Was ist daran so schwer?«

Ich sah ihn direkt vor mir und doch konnte ich keine

klare Linie erkennen. »Ich weiß nicht. Nein ist einfach nicht das richtige Wort.« Erstaunt darüber, dass meine Lippen sich zu Wörtern formten, empfand ich zusätzlich so etwas wie Stolz. Ich hatte es ausgehalten. Ich hatte meine Grenze nicht gekannt und sie war weiter als gedacht.

»Nein ist nicht das richtige Wort?«, wiederholte er erstaunt.

»Mhm«, murmelte ich erschöpft und schloss die Augen.

»Ich will das nie wieder tun müssen«, raunte er direkt vor meinen Lippen, während mein Bewusstsein kurz davor war, zu kapitulieren. »Amber?«

Ich brachte einen zustimmenden Laut hervor. *Als hätte ich ihn dazu gezwungen.*

»Nie wieder.« Er streichelte über mein Gesicht, dann sackte ich endgültig zusammen. »Ich könnte jetzt hierbleiben und mich um dich kümmern, dich zurück in mein Bett holen und dir zeigen, dass es nicht in meinem Interesse liegt, dich auf diese Art zu verletzen. Du müsstest mich nur darum bitten.«

Als würde er wissen, wie schwer mir das fiel, brachte ich genau diese Worte nicht über die Lippen. Ich konnte noch nicht akzeptieren, dass ich so war. Dass ich *ihn* akzeptierte. Ich wollte ihn dafür hassen, was er mir angetan hatte, aber eigentlich hasste ich mich. Für meinen irrsinnigen Zwiespalt, dem ich partout nicht nachgeben wollte. Mir erschien es einfacher, alleine zu sein, mich *alleine* wieder zusammenzubauen. Wie groß war der Teil in mir, der Crack nach wie vor von sich abstoßen wollte? War dieser überhaupt noch vorhanden? Musste ich nicht alles dafür tun, ihn zu bewahren, nachdem er mir gezeigt hatte, wozu er *wirklich* fähig war?

»Also nicht ...« Klang er etwa eine Spur enttäuscht? »Ich schätze deinen Stolz, aber ich werde nicht länger gegen diesen ankämpfen.«

Damit ließ er mich zurück.

# C

FREUNDSCHAFT IST EIN TEURES GUT. MAN
KANN SIE NICHT KAUFEN UND MUSS AUF
ANDERE WEISE DAFÜR BEZAHLEN.

*A*ls ich die Treppen zurück zum Oberdeck ging, waren die Palmen in der Ferne bereits zu sehen. *Mein Zuhause.*

Immer wieder war es eines der besseren Gefühle, auf unsere Zuflucht in der karibischen See zuzusteuern.

»Du lebst noch.« Ly saß an der Bar und spielte mit seinem Smartphone. Ich wusste nicht, wie er es fertigbrachte, seine Zeit damit zu vergeuden, Spiele zu spielen, aber er tat es häufig und exzessiv. »Ich dachte irgendwie, ihr würdet euch gegenseitig umbringen. Nachdem ihr es schon versucht habt und es nicht geklappt hat.«

Ich antwortete nicht und lehnte mich an die Reling. Die Palmen nahmen mehr und mehr an Form an.

»Man hat ihre Schreie bis hier oben hin gehört.«

Ich fuhr zu ihm herum.

»Die Orgasmen.« Ly grinste vielsagend. Ihm würde ich es zutrauen, dass er ein Ohr an meine Schlafzimmertür gehalten und gelauscht hatte. Er konnte ein richtiger Spanner sein. »Du knebelst alle deine Frauen.

Warum zur Hölle mussten wir ausgerechnet Amber dabei zuhören, wie du sie in den Himmel fickst?«

Froh, dass er nicht von den Vorkommnissen im Maschinenraum sprach, entspannte ich. »Hast du irgendein Problem?«, fragte ich interessiert. Ly hatte Amber auf der Bohrinsel angemacht. Aber ob es deswegen war, um mir eines auszuwischen, oder ob er sie genauso attraktiv fand wie ich, würde vorerst sein Geheimnis bleiben.

»Ja, ich bin eifersüchtig.«

*Oder auch nicht.* »Worauf?« Ich konnte das Knurren in meiner Stimme nicht verbergen.

»Du schießt auf Frauen, aber sie würden trotzdem alles für dich tun. Und gerade Amber ist ...« Er ließ Luft durch seine Zähne gleiten.

Ich ging langsam auf ihn zu. »Sie gehört mir. Ende der netten Diskussion. Hast du deinen Spaß gehabt und dich ablenken können? Schön. Interessiert mich nicht. Hast du mit Bangkok wegen deines neuesten Deals telefoniert? Interessiert mich noch weniger. Hast du dich um deinen eigenen Scheiß gekümmert? Hervorragend. Und seit wann reden wir darüber, was wir mit Frauen machen? Habe ich mich jemals bei dir beschwert? War es mir jemals wichtig, wie oft und mit welchen Geräuschen du eine Fotze zum Schreien bringst? Nein? Unfassbar, oder? *Weil es mir egal ist.* Mir ist dein fucking Gefühlsleben so scheißegal wie die Anzahl deiner Haare am Sack. Und ich würde es sehr begrüßen, wenn auch deine Neugierde sich auf die Zahlen auf meinem Konto beschränken würde.«

Lys Grinsen war verschwunden, dafür leuchteten seine blauen Iriden kühl. »Wichser.«

Ich lachte auf.

»Du bist ein kleiner Scheißer, der mit Emotionen und Mitgefühl so viel anfangen kann wie die Haie im Wasser unter uns. Keine Ahnung, wie man dich erreichen soll, echt. Seit Salenas Tod bist du ein Knochen, auf dem Wres und ich herumkauen, ohne auch nur irgendetwas zu erreichen. Ey Mann, mir kann es ja egal sein, wenn du Amber fast erschießt oder was auch immer im Maschinenraum mit ihr tust. Ist mir echt eigentlich voll egal, wenn ich mir nicht *Sorgen* um *dich* machen würde.«

Ich verdrehte innerlich die Augen. Ly würde erst aufhören, wenn ich ihn ausreden ließe. »Was ist also dein Rat?«

»Rede mit ihr.« Die Worte, die Ly gerade sagen wollte, kamen nicht aus seinem Mund, sondern von Wres, der von der Brücke zurück zu uns kam. »Das ist die goldene Disziplin von Ly Silver. Reden. Du könntest damit anfangen, *uns* zu erklären, was der ganze Scheiß soll.«

»Welcher Scheiß genau?«, fragte ich gelangweilt.

»Warum hast du sie unbedingt mitnehmen wollen und sie zu einem Paket zusammengeschnürt in dein Zimmer bringen lassen?«, fragte Wres.

Ich dachte an Amber, die ich im Maschinenraum zurückgelassen hatte, auch wenn ich sie viel lieber mit hochgenommen und in meinem Bett gefickt hätte. Aber sie hatte mich nicht gebeten, hatte weiterhin daran festgehalten, ›es nicht zu wollen‹, und ich bewies meine masochistische Ader, indem ich mich ihrem verqueren Willen fügte und sie zurückließ – auch wenn ich dadurch selbst zurückstecken musste. Lange würde ich diesen Tanz nicht aushalten. Ich plante maximal mit fünf Stunden, bis ich sie mir wieder nahm. Und dieses

Mal würde ich mich ihrer Pussy widmen, bis sie von meinem Samen überquoll.

*Was war noch mal Wres' Frage gewesen? Ach ja.*

»Weil ich es kann«, antwortete ich schulterzuckend und lehnte die Ellenbogen aufs Geländer.

Ly lachte schallend und ich grinste ihm zu. In diesem Punkt verstanden wir uns. Wir nahmen uns, was wir wollten, und bekamen es – immer. Wres hingegen war ein Holzkopf, was seine Gelüste anging. Als er offiziell als Nolan Seyward gestorben war, hatte er auch seine Familie zurückgelassen, und er wollte nichts dringlicher als zurück zu ihr. Er schaffte es nicht, sich abzulenken, geschweige denn, damit zurechtzukommen, dass wir es konnten. Für ihn stand im Vordergrund, sein Leben nicht zu vergeuden – er kapierte nicht, dass er es damit tat.

»Sehr witzig«, kommentierte er unser albernes Gegrinse. »Dann lasst es mich anders ausdrücken. Amber ist nicht mitgekommen, um Crack als Spielzeug zu dienen. Ich habe in den Plan eingewilligt, den C uns an der Tankstelle vorgeschlagen hat, und bisher haben wir uns nicht darauf geeinigt, ihn zu ändern. Das heißt, sie ist ein normales Mädchen und wird wie die anderen behandelt.« Er grinste nun ebenfalls, vielleicht, weil er wusste, dass mich seine Worte unendlich nervten. »Sperr deinen Mund auf, Scrilla, und rede mit ihr, damit sie weiß, was sie erwartet und dass du sie nicht heiraten wirst.«

»Er hat recht«, stimmte Ly ihm zu. »Wir haben unser *aller* Leben für sie riskiert. Warum hast du das Vorrecht auf sie?«

Die beiden blickten mich an, als hielten sie ihre Rede für gottähnlich und sich selbst für Zeus und Hera.

»Weil ich es mir genommen habe«, erinnerte ich sie

knurrend. »Ich werde eure Hände abhacken, solltet ihr sie anrühren.«

»Du hast auf sie geschossen«, brummte Wres, als hätte er Bedenken, dass ich das nächste Mal treffen würde. *Was ist los mit ihm?* »Valentina ist tot. Soll Amber auch sterben?«

»Valentina ist was?!«, fragte Ly fassungslos.

»Sie ist durch die Bodenluke raus und ins Meer gestürzt. Teile ihrer Klamotten wurden unten gegen die Pfeiler angespült.« Wres ließ sich nicht anmerken, was er von dieser Information hielt. Ich hingegen dachte sofort daran, dass ganz besonders eine Person darunter leiden würde, wenn sie sich die Schuld an Valentinas Tod gab. Ich erzählte Amber davon besser vorerst nicht.

»Wer hat ihr den Weg zu dieser verfluchten Luke überhaupt gezeigt?«, fragte Ly.

Wres warf mir einen Blick zu. In seinen Augen stand nicht ein Hauch von Mitgefühl. »Sie.«

# AMBER

## ICH WEISS, DASS DU JEDERZEIT ENTKOMMEN KANNST. IN DEINEM KOPF.

$\mathcal{A}$ ls sich die Tür öffnete, setzte ich meinen hasserfülltesten Blick auf und verschränkte die Arme vor der Brust, um sie nicht dafür zu verwenden, auf ihn zuzustürmen und ihn umzubringen.

Aber es war nicht Crack, der hereinkam, sondern Ly.

Seine Augen huschten über mich und ich glaubte zu sehen, dass er mich interessiert, aber möglichst verborgen musterte. Als er näher trat, verwandelte sich seine Miene allerdings zu einer undurchdringbaren Maske aus Freundlichkeit.

»Er hat dich hier zurückgelassen, ohne dich zu fesseln?« Ly sah sich um, als würde es ihn wundern, dass die Maschinen noch liefen.

Ich zog wortlos meine Jogginghose an den Fußgelenken hoch. Die Kabelbinder, mit denen mein rechter Fuß an eine Öse im Boden gebunden war, wurden sichtbar.

»Ah, doch nicht.« Ly bückte sich vor mich auf den Boden, zückte ein Taschenmesser und schnitt die Fesseln durch. »So zahm und still, wie du gerade bist, hat er dich bestimmt noch nicht erleben dürfen, oder?«

»Fick dich.« Ich ließ mir nicht anmerken, dass ich froh war, endlich aus meinem Gefängnis herausgeholt zu werden. Die letzten Stunden – es könnten auch Tage gewesen sein – waren für mich hundertmal quälender als Cracks Schläge oder die Schmerzen an meinem glühenden Po. Allein zu sein, mich langweilen zu müssen, nicht zu wissen, wie viel Zeit verging; das war die Hölle pur gewesen. Hätte Crack mich vorgewarnt, ich hätte ihn *wirklich* auf Knien angefleht, mich nicht zurückzulassen. Aber ich hatte ja unbedingt sein Angebot ausschlagen müssen. Ich wollte ja unbedingt allein sein. Jetzt war ich so viele Stunden alleine gewesen, dass ich mich selbst nicht mehr ertrug.

Ly lachte kühl. »Ich schätze es nicht besonders, wenn man mich beleidigt. Soll ich dir raushelfen oder willst du noch eine Weile länger hier unten verbringen?«

Ich hielt meine Lippen fest verschlossen. Ein Sorry brachte ich allerdings nicht hervor.

»Alles klar. Komm mit, versuch keine albernen Tricks, tu nichts, was das zarte Herz von Scrilla brechen könnte, denn ich habe kein Problem damit, dich wirklich zu *verletzen*, solltest du nicht hören.«

»Er hat mich *wirklich* verletzt«, entgegnete ich kalt, eigentlich nur, um Ly zu triezen. Sein Ego schien noch größer zu sein als das von Scrilla.

»Er hat dir den Popo getätschelt«, sagte Ly und zeigte damit, dass er über Cracks Vorgehen besser informiert war, als ich gedacht hatte. Vermutlich gehörte ein ordentliches Spanking für die drei Männer zum guten Ton dazu, wenn sie eine Frau bei sich aufnahmen. »Echte

Verletzungen hinterlassen Wunden. Echte Wunden Narben. Du möchtest nicht, dass ich dir welche zufüge. Und *wir beide* wollen nicht, dass C weint, wenn seine Sex-Doll nicht mehr ganz so hübsch aussieht wie das letzte Mal, als er sie gesehen hat, oder?«

»Was ist aus dem Date geworden?«, fragte ich spöttisch und schüttelte mein rechtes Bein aus. Ich hatte mich wegen der Schmerzen an meinem Hintern nicht hinsetzen können, also war ich gezwungen gewesen, zu liegen oder zu stehen. Ein wenig fürchtete ich mich davor, meinen Po im Spiegel zu betrachten. Andererseits waren es Male, die Crack mir zugefügt hatte und die bewiesen, wie viel ich aushielt …

*Hör auf!*

Kaum stand ich wieder gerade vor ihm, trat Ly an mich heran. Sein Atem traf die Haut in meinem Gesicht, sein Körper berührte meinen. »Wir können sehr gerne darauf zurückkommen«, sagte er, aber es klang nicht mehr halb so freundlich wie noch auf der Bohrinsel. »Zum Beispiel, nachdem du mir einen geblasen hast. Irgendetwas sagt mir, du kannst das gut.«

Ich schluckte all meinen Zorn hinunter. Aus ihm sprach sein angeschlagenes Ego, weil ich mich Scrilla und nicht ihm … unterworfen hatte. Aber das war nicht freiwillig geschehen – ich war in Cracks Zimmer gebracht und gefesselt worden – also sollte er sich seinen Neid sonst wohin stecken. »Gleich hier?«, fragte ich kühl.

»Warum nicht?« Er griff sich an seinen Gürtel.

Ich überlegte tatsächlich, vor ihm in die Knie zu gehen und ihm so kräftig in den Schwanz zu beißen, dass er es für Tage nicht wagen würde, eine Frau nach einem

Blowjob zu fragen. Aber er war genauso ein aufgeblasener Macho wie Crack und er würde mich vermutlich auf der Stelle töten, sobald ich etwas in diese Richtung versuchte.

Ich ließ es lieber bleiben.

»Nein, danke. Cracks Samen reicht mir vollkommen.«

Ly lachte, aber er klang nicht amüsiert. »Ich kann mir nicht vorstellen, dass er außerordentlich viel davon mit dir geteilt hat, aber klar, es ist witzig, wenn du so was sagst. Geh vor.«

Zig Fragen schossen mir auf die Zunge, aber ich blieb still, als ich den Maschinenraum verließ. Was meinte er damit, er könne es sich nicht vorstellen? Warum sollte Crack nicht in mir gekommen sein? Ging es dabei um Verhütung? Dachten die Männer überhaupt an so etwas? Warum kam Ly hierher und holte mich? Wo war Crack? Nicht, dass es einen großen Unterschied machte, wer von den dreien mich endlich aus diesem Maschinenraum holte, aber es machte mich wütend, dass Crack nicht zur Verfügung stand, damit ich ihm sagen konnte, wie unerträglich die letzten *Stunden* für mich gewesen waren.

Auch wenn ich es vielleicht nicht tun würde. Denn schließlich war ich selbst schuld.

Oder vielleicht doch. Denn schließlich hatte er mich auf dem Boden gefesselt, als würde er mir zutrauen, dass ich das Schiff versenkte.

Ly dirigierte mich durch die Yacht zurück an Deck und schickte mich die Treppe hinunter auf einen Steg.

Erst als wir die Yacht umrundet hatten, konnte ich sehen, wo wir angelegt hatten. Vor uns erstreckte sich eine kleine, paradiesische Insel.

Weißer Sandstrand, hohe Palmen, Wasser so klar wie die Luft. In dieser idyllischen Umgebung war es mir gar nicht anders möglich, als tief durchzuatmen und zu entspannen.

Wieso brachten uns die drei Männer ausgerechnet an so einen schönen Ort?

Am Ende des Steges warteten Maria und Regina, flankiert von den zwei Männern, die vorhin das Schiff gesichert hatten, als Crack und Ly ihren undurchsichtigen Besuch empfangen hatten.

Die Maschinengewehre in ihren Händen wollten nicht so ganz zu der traumhaften Umgebung passen.

»Wir bringen die Ladys zu ihrer Unterkunft«, sagte Ly zu ihnen auf Spanisch. »Einer von euch sollte uns begleiten, denn ganz besonders unsere Brünette hier kommt vielleicht sonst auf dumme Ideen.«

»Was soll ich tun?«, fragte ich auf Englisch, sodass nur Ly mich verstand. »Euch alle niederschießen und die Yacht zurück nach Amerika steuern, obwohl ich nicht weiß, wie das geht?«

Er warf mir einen Blick zu, bevor er sich nach rechts wandte und einem schmalen Weg folgte. »Du würdet das hinkriegen, da bin ich sicher.«

Ich verdrehte die Augen und erwiderte nichts. Nach dem Steg folgte ein paradiesischer Weg an großen blütenbesetzten Pflanzen und tropischen Regenwaldbäumen entlang. Das Holz wippte unter unseren Füßen. Der Steg führte direkt auf ein großes Steinhaus zu, das hinter Palmen zum größten Teil verborgen blieb. Es sah aus wie der Eingangsbereich eines Hotels.

»Unser Gästehaus«, erklärte Ly beiläufig. »Nicht besonders groß, aber ausreichend. Bevor wir die Bohrinsel fertigestellt haben, waren hier ständig Leute zu Besuch.«

Wir verließen den Steg und folgten einem Steinweg, der durch ein kleines Dschungelstück und eine angrenzende Wiese führte.

Hier standen mehrere Bungalows, die so klein waren wie Ferienunterkünfte. Wieder ging es durch eine Baumgruppe und ein wesentlich größerer Gebäudekomplex ragte über uns empor. Drei Stockwerke warfen einen beachtlichen Schatten und ließen einen fühlen wie in einer unwirklichen Version von ›Wie vom Winde verweht‹. Die Parallelen im Gebäudestil dieser Steinvilla zu den Gebäuden auf der Bohrinsel waren deutlich erkennbar. Beide trugen die gleiche architektonische Handschrift.

»Ihr wohnt dort hinten.« Ly zeigte auf eine Gruppe aus Palmen, hinter denen das Dach eines einzelnen Häuschens im Sonnenlicht glänzte.

Wir trotteten ihm hinterher. Das Meer lockte mich, auch wenn ich ahnte, dass wir nicht hier waren, um unser Leben am Strand zu genießen.

Fünf Gehminuten später hielten wir vor einem niedrigen Zaun und einer Hütte. Sie war ebenso malerisch wie alles andere auf der Insel, aber sie strahlte auch etwas Beklemmendes aus. Vielleicht waren es die dünnen, aber sichtbaren Gitter vor den Fenstern.

»Ihr werdet hier bleiben, bis ihr euch akklimatisiert habt und wir genug über euch wissen, um eine Entscheidung zu treffen, was wir mit euch tun sollen.« Ly ging auf die kleine Holztür zu, die von Blumen umrankt wurde. Er öffnete sie uns und wir traten nacheinander ein. Mir entging die High-Tech-Alarmanlage im Eingangsbereich nicht, die er mit einem Code deaktivierte – oder aktivierte.

Der Kerl mit dem Maschinengewehr blieb draußen.

Ly führte uns durch das Haus, das von innen viel größer war, als es von außen schien. Der Boden war hell gefliest, der Flur öffnete sich in eine gemütliche Wohnküche, die Terrassentüren waren vollständig verglast und zeigten auf einen paradiesischen Garten hinaus. Drei Türen gingen vom Flur ab.

Ly griff nach ein paar apfelgroßen Ringen, die auf dem Küchentresen lagen. »Wenn ich euch bitten dürfte ...«

Maria und Regina streckten wie selbstverständlich ihre Arme aus und Ly schloss die elektronischen Fesseln um ihre Handgelenke.

»Wir werden erfahren, wenn ihr das Grundstück verlasst. Das ist eine reine Vorsichtsmaßnahme. Wir haben hier keine Telefone. Im Notfall kann eine von euch so auch Hilfe rufen und es ist sofort jemand da. Auch du, Amber.« Ly wartete, bis ich ihm widerwillig meine Hand reichte.

»Kriegen wir Stromschläge, wenn wir die Grundstücksgrenze übertreten?«

Ly legte das metallische Armband um mein linkes Handgelenk und berührte meine Hand dafür etwas zu lange. »Nein«, antwortete er gedehnt. »Aber wenn du drauf stehst, können wir so etwas Ähnliches einrichten.«

»Nein, danke.«

»Schön.« Ly machte eine ausladende Bewegung zur Sofaecke. »Setzt euch, dann kläre ich euch auf. Was möchtet ihr trinken?«

Maria und Regina blieben genauso stumm wie ich.

Während sie sich setzten, blieb ich stehen. Ich wusste, wie es sich anfühlen würde, und verzichtete lieber auf den Schmerz.

Ly öffnete die Kühlschranktür und offenbarte, dass sich darin eine Menge Essen befand. Er holte eine Flasche Champagner hervor, vier Gläser aus dem Küchenschrank und schenkte uns ein. Fröhlich, als hätten wir einen Urlaubstrip in die Karibik gewonnen und einen unterhaltsamen Mädelsabend vor uns, drückte er uns die Gläser jeweils in die Hand. »Auf eure zweite Chance.«

Regina und Maria nippten verschüchtert am Glas, ich trank es mit zwei Zügen leer.

»Gut ...« Ich spürte Lys Blick auf mir, bevor er sich vor uns in den Drehsessel setzte und die Beine überschlug. »Ich habe alle paar Wochen die Ehre, Frauen wie euch in diesem Bungalow begrüßen zu dürfen. Ihr habt vielleicht schon geahnt, dass ihr nicht die ersten seid, die wir freigekauft haben.«

Niemand sagte ein Wort.

»Wir haben Kontakte zu verschiedenen Menschenhändlerringen dieser Welt und versuchen vor allem in Mexiko, Süd- und Nordamerika immer mal wieder welche von euch freizukaufen.«

»Frei?«, sagte ich. Man hatte mir gerade eine Handfessel umgelegt, oder nicht?

Er ignorierte meinen Einwand. »Warum wir das tun und warum ausgerechnet ihr das Glück habt, nicht als Sexsklavin in einen dunklen Keller gesperrt zu werden«, er mied bewusst meinen Blick, »sollte euch nicht allzu sehr interessieren. In einem großen Pool aus Kriminellen sind wir die Guten, könnt ihr das so weit akzeptieren?«

Regina und Maria nickten.

»Damit wir bei diesem Zirkus nicht auffliegen, ist es notwendig, dass ihr für circa drei bis fünf Jahre bei uns bleibt.«

Ich hätte den Champagner am liebsten wieder ausgespuckt. »Was?«

Maria sah mich irritiert an.

»Danach seid ihr frei«, schloss Ly, als hätte ich nichts gesagt. »Ihr könnt euch entscheiden, ob ihr für diese Zeit hier bleibt oder in New York für uns arbeitet. Ihr habt jederzeit die Wahl, euch zwischen dem einen oder dem anderen zu entscheiden und könnt auch innerhalb dieser Jahre wechseln. Das kommt auf euren Ehrgeiz, auf euer Talent, auf euer Pflichtbewusstsein und andere gewünschte und gezeigte Attribute an, wenn ihr für jemanden arbeitet.«

»Ich habe einen gut bezahlten Job!«, ging ich dazwischen. »In New York und ...«

»Das wissen wir«, schnitt mir Ly das Wort ab, »aber dorthin kannst du nicht zurück. Ihr bekommt völlig neue Identitäten.«

»Als was sollen wir arbeiten?«, fragte Maria schüchtern.

»Zum Beispiel im Büro. Oder im Empfang. Oder als Zimmermädchen auf der Bohrinsel, wobei unsere Plätze dort sehr beschränkt sind. Oder ihr bleibt hier ... Ihr werdet bald verstehen, was wir in diesem Falle von euch erwarten. Ihr bekommt an allen Standorten eine Unterkunft gestellt und die Versorgung bezahlt. Außerdem eine angemessene Entlohnung mit dem einzigen Haken, dass wir das Konto einsehen können, das ihr benutzt. Glaubt mir, wir würden euch am liebsten sofort wieder nach Hause schicken, aber die Gefahr, dass das Ganze auffliegt und euren Verkäufern klar wird, dass wir nie die Absicht hatten, euch zu misshandeln und wegzusperren, ist zu groß. Drei bis fünf Jahre sind ein guter Zeitraum, um eure Spuren zu verwischen, und wenn ihr in dieser Zeit spart, verlasst ihr unsere ›Verbindung‹ mit einem üppigen Kontostand und könnt ein neues Leben beginnen.«

Es war, als würde mir erst jetzt wieder bewusst werden, dass ich in einen Menschenhändlerring geraten war. Meine Hoffnung auf Freiheit schwand dahin. Crack hatte mich davon abgelenkt, was für ein Schicksal mich erwartete. Natürlich brauchte ich nicht darauf zu hoffen, dass er es mir ermöglichte, früher an mein altes Leben zurückzugelangen – oder überhaupt an meine alte Identität.

»Was ist mit unseren Familien?«, fragte Maria. Sie wirkte, anders als im Geschäft vorhin, schüchtern, als wäre Ly eine Person, der sie unbedingt Respekt entgegenbringen musste.

Regina saß steif neben ihr und sprach überhaupt nicht.

»Mit ihnen könnt ihr Kontakt halten«, sagte Ly. »Ob ihr sie sehen könnt ... Das sind jeweils Einzelfälle und an jedem unserer Standorte wird sich jemand ganz speziell darum kümmern, dass weder ihr noch eure Familie noch wir selbst Probleme bekommen.«

»Und wenn wir Kinder hätten?« Ich konnte diese Frage nicht für mich behalten.

Ly wandte sich wieder mir zu. Das Blau in seinen Augen war tief und ich hatte das Gefühl, dass er mir über seine Worte hinaus etwas sagen wollte. »Dann wäre alles anders.«

»Anders?«, fragte ich tonlos.

»Woher wisst ihr, dass wir keine haben?«, fragte Maria nervös.

»Wir haben eure Herkunft und Ausweise schon gestern Morgen überprüft. Für uns ist es nicht allzu schwer, so etwas herauszufinden. Habt ihr grob verstanden, wer wir sind und worum es hierbei geht?«

»Ihr kauft uns frei und wir arbeiten die Schulden in einem Drei- bis Fünfjahresplan ab«, wiederholte ich die Information.

»Sehr gut«, lobte Ly mich, als hätte ich einen Aufsatz vorgetragen.

»Dabei macht ihr bestimmt noch etwas Gewinn, sonst würdet ihr es nicht tun, seid aber nicht ganz die Arschlöcher, die uns sonst gekauft hätten«, ergänzte ich bitter. Ich wusste, dass ich unfair war, aber ich wollte mein Schicksal einfach nicht wahrhaben. »Und ihr erwartet natürlich, dass wir dankbar sind.«

»Bist du es nicht?«, fragte Ly lächelnd.

Natürlich war ich in einem gewisse Maße dankbar, dass es mich nicht schlimmer getroffen hatte, aber ich war auch so unendlich verzweifelt darüber, dass mein Leben sich gerade um 180 Grad gewendet hatte und das für die nächsten Jahre so bleiben würde. »Könnt ihr uns nicht einfach der Regierung übergeben und sie zahlen euch unseren ... Verkaufswert? Sozusagen das Lösegeld?«

»Die *Regierung*, dessen Exekutive du bereits kennenlernen durftest, tut einen *Scheiß* für dich, Amber. Aber es ist niedlich, wie sehr du darauf hoffen willst, es gäbe jemand Gutes in dieser Welt, der nur darauf wartet, dich zu retten.«

»Okay, nur ... ihr musstet mich nicht freikaufen. Darf ich dann ...«

Das war genau das Falscheste, was ich hätte sagen können. »Wir haben sehr viel mehr in *dein* Überleben investiert als in Reginas und Marias. Du vergisst schnell, wie es mir scheint. Ihr entschuldigt mich.« Er stellte sein volles Glas Champagner auf dem Couchtisch ab, richtete sich auf und schloss den mittleren Knopf seines Anzugs. *Wie hält er es in dieser schwülen Hitze damit aus?* »Es dauert ein paar Tage, bis wir mehr über euch wissen. In eurem Zimmer liegt ein Fragebogen, je ausführlicher ihr ihn beantwortet, umso besser. Wir werden euch sowieso hacken müssen, also könntet ihr uns Zeit sparen und uns eure Zugänge einfach verraten.«

Maria und Regina wurden gleichzeitig blass. Ich spürte erneuten Ärger. Sie hatten einerseits unser Leben gerettet, aber unsere Würde verloren wir trotzdem.

»Kochen müsst ihr selbst, aber jemand wird euch beim Putzen helfen. Wenn ihr bereit seid, wird euch eine der anderen Frauen über die Insel führen und ihr könnt uns noch besser kennenlernen. Oder ihr lasst es. Dann reist ihr in circa ein bis zwei Wochen mit einer neuen Identität nach New York. Bis dahin ... genießt die karibischen Vibes.« Ly verließ das Zimmer. Ich war drauf und dran, ihm hinterherzugehen, auch wenn ich bereits wusste, dass das nichts bringen würde. Was sollte er für mich tun? Er konnte mir schlecht einen Vorteil einräumen, weil ich schon vor der Ankunft auf ihrer Insel mit einem von ihnen geschlafen hatte ...

Zu meiner Überraschung kam er selbst zurück, das Handy am Ohr. »Ja, sie ist hier. ... Nein, mir ist schon klar, dass du es nicht übers Herz bringen konntest, meine Nummer zu löschen. Du tust nur so, als wäre ich dir egal,

Süße ...« Er schmunzelte. »Aber ich flirte gerne mit dir, das weißt du doch.« Ly reichte mir sein Telefon und ich nahm es völlig perplex entgegen.

»Du bist echt ein Vollidiot, Ly«, hörte ich gerade noch.

»Gabriela?«

»Hi, Amber!« Ihre Stimme wurde freundlich. »Unglaublich, dass mir dieser eingebildete Fratz wirklich die Möglichkeit lässt, mit dir zu sprechen. Ich wollte mich entschuldigen und fragen, wie es dir geht.«

»Du brauchst dich nicht zu entschuldigen.« Unruhig blickte ich in die drei Gesichter, die mit im Raum waren und jedes meiner Worte hörten. »Falls du hoffst, er würde mich alleine mit dir telefonieren lassen, täuschst du dich.«

Sie lachte. »Nein, das ist mir schon klar. Machst du dir große Vorwürfe? Brauchst du jemanden zum Reden? Ich könnte euch in ein paar Tagen besuchen kommen, Silver erlaubt es mir bestimmt.«

»Vorwürfe?«, fragte ich verunsichert. *Weiß sie vom Sex mit Scrilla? Ahnt sie, wie sehr es mir gefallen hat? Und dass ich nun erst recht kein Recht mehr habe, sie zu verurteilen?*

»Wegen Valentina.« Gabriela wurde ernster. »Du solltest dir nicht die Schuld daran geben. Wir haben alle nach ihr gesucht und ... na ja ...«

Ich schluckte hart. »Was ist mit Valentina?«

Aber Gabriela musste nicht antworten. Ich wusste es in dem Moment, als sie ihren Namen erwähnt hatte.

Valentina.

Ich hatte sie befreien wollen, mehr als einmal, und hatte sie nicht gerettet. Nein, stattdessen war ich blind gewesen, weil Scrilla meine gesamte verdammte Aufmerksamkeit geschluckt hatte. Ich hatte nicht einen Gedanken mehr an sie verschwendet. Meine Welt hatte sich nur um Crack gedreht und darum, dass er bereits jetzt wie eine Droge auf mich wirkte.

»Oh, ich wusste nicht, dass sie es dir noch nicht gesagt haben.« Gabrielas Stimme klang von weiter Ferne. Ich spürte Lys Hand auf meiner, aber er zog mir das Telefon nicht weg, es war eher eine Stütze, die er mir bot. »Sie ist tot.«

Sie hätte es nicht sagen müssen, aber es zu hören, machte es endgültig.

Ich machte mir keine Vorwürfe.

Ich hasste mich abgrundtief.

Wie konnte ich ihren Tod in Kauf genommen haben?

Wie hatte ich derart abgelenkt werden können?

Warum hatte ich mich Scrilla und den anderen immer und immer wieder widersetzt, statt mich um Valentinas Wohl zu sorgen?

*Sie ist tot.*

*Valentina ist gestorben.*

*Und es ist allein meine Schuld.*

# C

## SEIEN WIR EHRLICH, DU HAST ES GENOSSEN, MEIN HERZ ZU FICKEN, ODER?

*A*ls ich das Gartentor aufstieß, fiel mir einmal mehr auf, dass es grenzwertig gegen meine Ehre verstieß, was wir hier taten. Ich hatte das Verbrechen mit der Muttermilch aufgesogen und mich zeitlebens wie einer gefühlt. Aber den Frauen vorzugaukeln, wir hätten ausschließlich gute Absichten, war mir zuwider.

Darum überließ ich es auch Ly, den Frauen etwas vorzulügen. Ganz der Verkäufer, der seinen Kunden unnütze Aktienpakete verkaufte, die sich daraufhin auch noch gut dabei fühlten.

Dabei waren die Mädchen nichts weiter als Abfallprodukte, die wir so oder so produzieren würden, um näher an die Händlerringe zu rücken. Wie käme man als Außenstehender wohl besser an Informationen als über den Kauf der Sklavinnen selbst? Dass Wres währenddessen plante, jeden umzubringen, der jemals eine Frau verschleppt und verkauft hatte, und Ly nur das Geld sah, das er dabei verdiente, spielte meinem ganz persönlichen Plan in die Hand.

Noch nie war ich meinem Ziel näher gewesen als

jetzt. Ich wollte keine Rache an den niedrigsten Menschen dieser Welt, ich wollte selbst in den Abgrund hinabsteigen, um ihn neu anzumalen.

Wäre da nicht Amber.

Sie hatte sich mir grundlos ergeben und, statt mir ihre Seele zu offenbaren, in meine hineingesehen. Ihre endlose Neugierde auf mich hatte mich nicht nur fasziniert, sie machte mich wahnsinnig.

Daher kam es, dass ich auf Wres' und Lys Meinung einen Scheiß gab und zu ihr ging. Auch mein eigenes Gewissen war völlig machtlos gegen den starken Willen, sie näher kennenzulernen und zu ergründen, warum sie etwas in mir auslöste, das nicht einmal Salena geschafft hatte – kein Mensch zuvor geschafft hatte.

Als ich den altmodischen Klopfer der Hütte betätigte, öffnete mir kurz darauf eine der anderen zwei Frauen.

Maria, wenn ich mich nicht täuschte.

Sie sah mich verschreckt an und wäre am liebsten zurückgewichen. Normalerweise fürchteten sich die Menschen vor mir und nahmen instinktiv Abstand. Amber hingegen wäre mir wohl am liebsten an den Hals gesprungen und hätte solange an meinen Masken gezerrt, bis die letzte gefallen wäre.

*Warum?*

*Wieso ist ihr Vertrauen in mich so unermesslich?*

*Warum war sie schon in der Bar von sich aus auf mich zugekommen?*

»Hol Amber her«, sagte ich auf Spanisch und Maria floh dankbar Richtung Küche. Ich kannte die Hütte, hatte sie oft genug für Sexspiele benutzt, wenn sie leer gestanden hatte. Aber der Gedanke an andere Frauen war so schemenhaft wie der Wille, Maria zu ficken. Ich würde es tun, bevor ich mir alleine einen runterholen musste, aber mit Ambers Gesicht vor meinem inneren Auge wäre wohl selbst das einsame Onanieren interessanter als der Fick mit einer anderen.

Als sie auf mich zukam, zog sich mein Sack schmerzhaft zusammen. Ich hatte mir unüblicherweise eine Selbstgeißelung auferlegt, auch wenn ich sie noch hier am Türrahmen hätte vögeln können.

*Für immer.*

»Mister Scrilla.« Sie nickte und verschränkte gleichzeitig die Arme vor der Brust. »Warum kommst du nicht herein? Dieses Haus gehört offensichtlich genauso dir wie alles andere.«

»Noch immer dieser Hohn in der Stimme?«, fragte ich interessiert.

Ambers Augen blieben merkwürdig kühl. »Der wird nie vergehen.« *Wo ist ihr Feuer?*

»Ich wollte nicht hereinkommen, ich wollte dich bitten, herauszukommen.« Ich lächelte sie charmant an.

In ihrem Gesicht zuckte nicht einmal ein Nerv. »Ist das ein Befehl?«

Völlig perplex spürte ich, wie das Lächeln auf meinen Lippen gefror. Ich hatte irritierenderweise gar nicht mit einer Abfuhr gerechnet. »Soll ich es als Befehl formulieren, damit du einwilligst?«

»Von ›Wille‹ kann dann nicht die Rede sein.«

»Wir reden die ganze Zeit nicht über deinen *Willen* und doch gefällt dir alles, was ich mit dir tue.«

Sie blickte mich ausdruckslos an.

Langsam nervte es mich, dass Maria und die andere

möglicherweise alles mitanhörten. Wann hatte ich mich zuletzt vor einer Frau so zum Affen gemacht?

»Willst du also mitkommen oder nicht?«, fragte ich ungeduldig.

Amber hob eine Braue. »Dass du auch nur eine Sekunde auf den Gedanken kommst, ich würde jemals Ja sagen, lässt mich zweifeln, ob du überhaupt Gehirnzellen besitzt.«

Etwas in mir ließ mich fühlen, als hätte jemand mir ein Messer in die Brust gebohrt. *Was tue ich hier, zur Hölle? Habe ich ihr gerade eine Wahl gelassen und wundert es mich tatsächlich, dass sie mich abweist?*

»Entschuldigung«, sagte sie schnell und senkte die Lider. Devot ließ sie die Arme sinken und faltete die Hände. Gleich würde sie noch in die Knie gehen, um sich zu entschuldigen. »Das hätte ich nicht sagen dürfen.«

Sie durfte. Sie durfte alles tun und alles sagen, das war ja das höllisch Interessante an ihr. Schon als sie die Frage nicht hatte stellen wollen, war ich innerlich fast ausgetickt. Wenn ich könnte, würde ich sie zwingen, alles von sich preiszugeben – selbst das nebensächlichste Detail –, und da man dazu eine Frau selbsterklärend nicht *zwingen konnte*, war ich hier. Ich hatte überhaupt nicht vorgehabt, sie heute Abend zu dominieren oder über sie zu bestimmen. Herauszufinden, was sie tun würde, wenn ich ihr freie Hand ließ, war ebenso spannend, wie sie zu führen.

Wollte sie mir gerade wirklich weismachen, dass sie noch immer glaubte, ich würde sie am liebsten zu allem zwingen?

Sie hätte mich mehrmals fast umgebracht und ich

hatte dementsprechend reagiert. Dann war sie in meinem Schlafzimmer vorlaut und widerspenstig gewesen und wir hatten miteinander gespielt. Das Spiel hatte sich viel zu schnell in ein qualvolles Miteinander gewandelt, das wir beide nicht durchgehalten hatten, weil es längst nicht nur um Sex gegangen war, und dann hatte sie alles dafür getan, dass ich ihr bewies, wie weit ich gehen würde, wenn sie darauf bestand.

Sie hätte jederzeit Nein sagen können.

Sie hätte mich jederzeit *bitten* können, aufzuhören. Sie hätte mich nicht einmal bitten müssen. Ich hätte schlicht und ergreifend *erkannt*, wann es für sie zu viel gewesen wäre.

Aber sie hatte es gewollt. Sie hatte ihre Grenze kennenlernen wollen, den Punkt, an dem sie aufgeben musste.

Und ich hatte nur ausgeführt.

Noch nie zuvor hatte ich überhaupt etwas für eine Frau getan. Mein Leben lang hatte meine Beziehung zu Frauen einem reinen Nutzen-Kosten-Faktor unterlegen. Meine Zeit damit zu verschwenden, eine Frau zu spanken und sie hinterher *nicht* zu vögeln?

Wer bin ich eigentlich?

Aber Amber hatte mich nicht gebeten zu bleiben, also hatte ich es nicht getan. Wollte sie mir daraus einen Vorwurf stricken? Ehrlich jetzt?

Dachte sie immer noch, es hätte mich angegeilt, sie auf diese Weise – bis zu ihrer absoluten Grenze – zu verletzen? Ich brauchte es, beim Sex dominant zu sein, und ich genoss es, aus Schmerzen noch mehr Lust zu erzeugen, aber *verdammt*, glaubte sie, es hätte *mir* Spaß gemacht, sie bis auf die Knochen zu demütigen? Ich hatte ihr im Club damit gedroht, dass ich jemand war, der Seelen brach, aber genau *das* hatte ich gar nicht tun können. Viel mehr hatte sie es geschafft, einen Teil in mir zu besiegen, der sich Konsequenz und Disziplin nannte und bisher uneinnehmbar gewesen war.

Ich werde nie vergessen, wie sie vor mir auf dem Boden des Maschinenraums gekauert hatte, sich selbst an ihre letzte Grenze treibend, weil sie sich geweigert hatte, das ›Safeword‹ zu benutzen. Einfach verdammt noch mal Nein zu sagen, wenn sie es so meinte. Das hatte gar nicht viel mit mir zu tun gehabt.

Es war ihr eigener Kampf gewesen.

War ihr das gar nicht klar?

Wie konnte ich dafür sorgen, dass es ihr klar wurde?

»Ich besitze Gehirnzellen«, erwiderte ich. Meine Kehle war ungewohnt trocken. »Deine Beleidigungen zeigen nur, dass du immer noch an dem falschen Bild von mir festhältst.«

Sie blieb stumm und blickte aus leeren Augen zu mir hoch.

*Fuck! Geht es hierbei wirklich um den Sex? Denn wenn ja, befürchte ich, dass aus uns nichts werden kann!*

»Ich wollte dich nicht abholen und deinen Armreif lösen, um dir noch mehr Schmerz zuzufügen.« Allein das zu sagen, kostete mich unfassbare Überwindung. *Wie klinge ich jetzt? Wie eine gottverdammte Pussy?* »Eigentlich hatte ich überhaupt nichts im Sinn, das mit Körperflüssigkeiten oder dem Austausch von Gelüsten zu tun hat.« Ich biss mir auf die Zunge und fürchtete, mein Schwanz wäre gerade um einige Zentimeter geschrumpft. Dass Amber es fertigbrachte, so etwas aus meinem Mund hervorzulocken – mir!

Mir, dem Menschenleben egal waren und der Frauen maximal für seine krankhafte Lust benutzte – hatte etwas Gefährliches an sich. Ly und Wres würden mich nicht wiedererkennen. Und keiner sonst, der mich einigermaßen gut kannte.

Ambers Augen hatten sich ganz leicht geweitet, aber zu mehr Reaktion ließ sie sich nicht herab.

Ich holte Luft, dann sagte ich den Satz, der mich endgültig kastrierte. »Ich dachte, wir gehen für ein paar Stunden am Strand spazieren. Es ist ...«, meine armen Eier!, »Vollmond und daher die beste Zeit dafür.«

Amber hob ganz langsam eine Braue.

*Ich hätte sie vielleicht doch einfach zwingen sollen. Warum will ich unbedingt, dass sie freiwillig mitkommt?*

»Süß.«

»Hast du gerade ›süß‹ gesagt?«, fragte ich verständnislos.

»›Vollmond‹ muss in der Szene, wo du dich rumtreibst, irgendein Codewort sein. Aber ich kann damit nichts anfangen.«

»Wie bitte?«

»Sag mir einfach, was ich tun soll. Du wirst ein Nein sowieso nicht akzeptieren.«

Sie wusste nicht, was sie mir mit diesen Worten antat. *Glaubte sie das wirklich von mir? Hatte sie noch nichts verstanden?* »Ist das ein Nein?«, fragte ich tonlos.

»Ja!«, schrie sie. »Glaubst du, ich würde mit jemandem wie dir freiwillig einen nächtlichen Spaziergang machen? Für wie gestört hältst du mich? Ist es das? Du stellst mir so lange quälend dumme Fragen, bis ich gar nicht anders kann, als meinen Mund aufzumachen und dir meine wahren Gedanken entgegenzuschreien? Ich finde dich *abartig!* Du hast mich *geschlagen!* Nicht nur ins Gesicht, aber allein das hat schon gereicht, um dich für immer als das Arschloch zu enttarnen, das du bist! Ich wünsche dir den verdammten Tod! Wundert dich das? Was wirst du jetzt tun? Mich nicht nur spanken, sondern auspeitschen? Wie viele Hiebe für wie viele Worte? Ich sage dir gleich, dass du nicht aufzuhören brauchst, bis ich ohnmächtig geworden bin, denn ich werde dir sagen, was ich von dir halte, bis du mich knebelst oder tötest. Also. Wie lautet Ihr Befehl, *Sir?*«

In mir meldete sich ein Organ zu Wort, von dem ich bisher geglaubt hatte, es wäre nur dafür zuständig, Blut von meinem Hirn in meinen Schwanz zu pumpen. Tatsächlich gab es da aber noch eine Zwischenstadium und Amber hatte gerade mit jedem Wort ein Messer in mein Herz hineingestoßen.

Wow. Ich konnte mich nur selbst belächeln. Seit Jahren lebte ich die Kontrolle in absoluter Perfektion und war von keinem Menschen verletzt worden – und ausgerechnet eine Frau, die ich kaum kannte, schaffte es binnen weniger Stunden.

»Bleib im Haus, bis ich Lust habe, mich dir zu widmen«, erwiderte ich trocken und griff nach dem Türknauf. Ich zog die Tür langsam zu und registrierte, dass sie mich dabei verwirrt ansah. »Das kann ein paar Tage oder Wochen dauern ... oder auch länger.« Das sagte ich nur, weil ich sauer war und ihr gerne drohen wollte, aber Fakt war, dass ich mich ihr wohl niemals wieder ›widmen würde‹. »Offenbar sind wir doch nicht auf einer Wellenlänge. Wenn du mir den Tod wünschst, dann habe ich alles Bisherige völlig falsch interpretiert. Gute Nacht.«

»Warte«, sagte sie schnell. »Was meinst du jetzt damit?«

*Ist sie wirklich so dumm?* »Dass du bekommen hast, was du willst. Mein Interesse ist verloschen.« Ich zog die Tür ins Schloss und wandte mich zum Gehen.

# AMBER

ZWEI DINGE WOLLEN DICH. ICH UND DAS
MONSTER, DAS IN MIR SCHLÄFT.

*Ich bin zu weit gegangen.*
Das wusste ich in dem Moment, als Crack
mich angesehen hatte, als hätte ich gerade seine heilige
Mutter beschimpft. Mir war natürlich vollkommen klar
gewesen, woher mein Frust, meine Wut und meine ungebändigte Zickerei gekommen waren, aber ihm natürlich
nicht, denn ich hatte Valentina mit keinem Wort
erwähnt.

Hatte er mich wirklich zu einem Spaziergang am
Strand einladen wollen?

Und hatte ich, anstatt die Einladung anzunehmen
und ihm mein Herz auszuschütten, die Furie gemimt
und ihn von oben bis unten beleidigt?

Noch nie zuvor hatte ich mich für meine Äuße-
rungen so sehr geschämt wie nach diesem kurzen Besuch. Das machte die Trauer um Valentina, die Wut, die
ich auf mich selbst spürte, zehnmal schlimmer.

Es wäre so leicht gewesen, Scrilla dafür verantwortlich zu machen, dass Valentina umgekommen war. Es
hatte für ein paar Sekunden unglaublich gutgetan, ihn

zusammenzustauchen. Aber kaum war ich ein paar Stunden alleine mit mir selbst, bereute ich mein Verhalten zutiefst.

Ich wünschte mir nichts sehnlicher, als dass er zurückkommen und ich mich erklären können würde, aber er blieb fort, so wie er es angekündigt hatte.

Drei Tage vergingen, in denen ich mich elend fühlte und von Scham und Selbstvorwürfen zerfressen wurde.

Maria und Regina, als einzige Gesellschaft, sorgten dafür, dass ich mich noch mehr in mich selbst zurückzog. Sie verhielten sich, als hätten sie tatsächlich eine Reise gewonnen. Und ich verhielt mich, als hätte mein Leben wirklich geendet.

Ständig drängten sich die Selbstvorwürfe in meinem Kopf in den Vordergrund und zwangen mich so, mich mit ihnen herumzuquälen. Wieder und wieder versuchte ich, mich damit abzufinden. Ich hatte Valentina aus ihrem Käfig befreit und vor der Gefangenschaft gerettet, die ihren Tod hätte bedeuten können. Ich hatte ihr eine Waffe in die Hand gedrückt, was ihren Tod hätte bedeuten können. Ich hatte sie bei den Männern zurückgelassen, ich hatte sie mit auf meine Flucht genommen – ich hatte alles riskiert und war gescheitert. Ich versuchte mir einzureden, dass ihr Tod weniger schlimm war als das, was sie eventuell hätte erleiden müssen, wäre sie von irgendeinem Perversen gekauft worden.

Ein schwacher, verleugnender Trost, der zu nichts führte.

Als ich es nicht mehr ertrug, alleine herumzusitzen und zu grübeln, fasste ich einen neuen Plan. Drei verdammte Tage hatte ich nichts tun können, außer meinen Gedanken ausgeliefert mich selbst zu kasteien.

Ich wollte unbedingt abgelenkt werden.

Maria und Regina schafften das nicht.

»Sag mal ...« Regina war die letzten Tage wieder mutiger geworden, weil Ly nicht aufgetaucht war und sie hätte einschüchtern können. Sie kommandierte Maria herum und genoss ihr süßes Leben als Gefangene in einer Luxushütte. Sie kaute Kaugummi und blätterte geräuschvoll eine der Frauenzeitschriften um, die im Wohnzimmer massig gestapelt lagen. Nie im Leben wäre ich auf die Idee gekommen, in dieser Situation darüber zu lesen, wie sich Selena Gomez für den roten Teppich kleidete. »Was wollte dieser Typ eigentlich von dir?«

»Scrilla?«, fragte Maria neugierig und legte ihre Zeitschrift ebenfalls beiseite.

Ich saß auf einem Bambusstuhl und starrte aus dem Fenster, als würde ich meditieren. Meine Tarnung, um nicht vollkommen wahnsinnig zu wirken.

»Ja, wie auch immer der heißt. Hat er dir mit irgendetwas gedroht oder so? Weil du jetzt so komisch bist?«

Ich drehte meinen Kopf in Reginas Richtung.

Sie zuckte die Achseln. »Ich finde, du bist total komisch.«

Maria nickte zustimmend. »Ist etwas passiert? Müssen wir dir helfen?«

Maria war ganz süß, aber furchtbar naiv. Mir lag ein ironischer Scherz auf den Lippen, aber ich wusste, dass er die beiden nur verwirren würde. »Könnt ihr mir dabei helfen, mein Armband abzumachen?«, fragte ich sie freundlich.

Sie verzogen jeweils die Gesichter.

»Das dürfen wir nicht!«, sagte Maria panisch.

Ich stand auf. »Ich weiß. Dann könnt ihr mir nicht

helfen. Viel Spaß beim Lesen.« Ich verließ die Sofaecke und ging in mein Zimmer. Glücklicherweise hatte ich das Einzelzimmer ergattern können. Es war längst nicht so schön und groß wie das, was sich die zwei anderen Frauen teilten, aber es reichte.

Ich holte die Outfits hervor, die wir von der Bohrinsel hatten mitnehmen dürfen, und entschied mich für eines, das sich in der Hitze tragen ließ, ohne aufreizend zu wirken.

Ein Rock, eine leichte Bluse, ein weißer BH. Ich nahm die Pumps in die Hand, denn der Weg zurück Richtung Steg war größtenteils zu sandig, um mit hohen Schuhen darauf laufen zu können, dann ging ich zur Tür, riss sie auf und trat nach draußen.

»Hey!« Beide Frauen sprangen auf und hechteten mir hinterher.

»Wo willst du hin?«, fragte Maria.

»Warum hast du dich so angezogen?«, fragte Regina.

»Ich gehe zur Arbeit«, sagte ich leichthin und übertrat die magische Grenze des Zaunes. Bis auf die von grün zu rot wechselnde Farbe meines elektronischen Armbands geschah nichts.

Ich zählte darauf, nicht gleich niedergeschossen zu werden, wenn ich den öffentlichen Weg benutzte, und folgte dem Steinweg Richtung Steinvilla.

Von dieser Seite aus wirkte das majestätische Haus neben den Palmen und dem Sandstrand noch schöner. Ein weitläufiger Pool lockte im nördlichen Bereich und die Palmen, die überall auf der Wiese verteilt standen, spendeten angenehmen Schatten. Neben dem Poolhaus saß eine Gruppe aus mehreren Personen, die ich beim

Nähertreten erkannte. Ich steuerte direkt auf sie zu, die Schuhe weiterhin in der Hand.

Ly, Wres und Crack spielten Karten.

*Sie spielen Karten, während ich im Bungalow vor Trauer umkomme.*

Drinks standen vor ihnen auf dem Tisch, sie waren allesamt leicht bekleidet, wodurch ihre trainierten Körper und die kunstvollen Tattoos noch stärker als sonst ins Auge fielen.

Sie wurden von einigen schlanken, hübschen Frauen im Bikini umringt. Zwei von ihnen flankierten Wres, eine andere massierte Lys Schultern und eine von ihnen saß auf Scrillas Schoß.

Meine Kehle fühlte sich an wie Schmirgelpapier, als ich weiter auf sie zuging. Crack war besonders vertieft in sein Kartenspiel. Er hätte nur aufzusehen brauchen, dann hätte er mir direkt ins Gesicht gesehen. Es wurde schlimmer für mich, als ich bemerkte, dass die Frau nicht einfach nur auf seinem Schoß saß, sondern an seinem Ohr nagte, ihn am Nacken küsste und über seine Brust streichelte.

Es dauerte noch eine ganze Weile, bis sie mich bemerkten.

Eigentlich bemerkten sie nicht mich, sondern die Männer, die auf mich zustürmten. Ich war nur noch einen Steinwurf vom Tisch entfernt, als ich grob von hinten gepackt wurde und man mich festhielt. Crack sah auf und sein Blick glitt über mich hinweg, als würde ich ihn nicht ansatzweise interessieren.

*Scheiße. Kann ich es ihm verübeln?*

Die Männer zwangen mich, weiter auf den Tisch zuzugehen, ohne sich zu erklären.

Als ich die Runde erreichte, erkannte ich die gesamte Tragweite der Situation. Auch Wres wurde mehr als aufreizend gestreichelt. Und zwischen Lys Knien hockte eine weitere Frau und blies ihm den Schwanz. Ich hatte nicht damit gerechnet, sie beim offenen Ausleben ihres Machoverhaltens zu stören.

Ich hatte mit gar nichts hiervon gerechnet außer vielleicht dem Kartenspiel auf dem Tisch.

»Wir haben Besuch«, sagte Ly. Auch er sah nicht auf. Konzentriert betrachtete er sein Blatt, danach das, welches auf dem Tisch lag.

Wres neigte seinen Kopf nach hinten, erkannte mich und schaute wieder nach vorn.

»Bringt sie zurück in die Hütte.« Crack spielte ein Herz-Ass, Ly fluchte. »Wenn sie noch mal abhaut, kettet sie an.«

Die Frau auf seinem Schoß lachte und flüsterte ihm etwas ins Ohr. Er lächelte daraufhin.

»Aye«, sagten die Männer an meiner Seite und wollten mich herumdrehen.

»Wartet!«, rief ich verzweifelt. »Ich will anfangen zu arbeiten! Bitte, ich will sobald wie möglich nach New York! Oder ich arbeite auch hier! Mir völlig gleich. Ihr werdet es nicht bereuen und ich werde mich definitiv anstrengen, mein Bestes zu geben.«

Für einen Moment passierte gar nichts, dann drehte Crack sein Kartenblatt herum und warf es verdeckt auf den Tisch. Er bedachte mich mit einem Blick, der mich noch mehr verletzte als der Anblick der Frau auf seinem Schoß.

»Habt ihr gehört?«, fragte er schmierig. »Sie will hier arbeiten.«

Wres gab einen rauen Lacher von sich, Ly betrachtete weiter seine Karten. »Hab ich gehört, ja.«

Die Männer an meiner Seite ließen mich los.

»Boss, sollen wir sie zurückbringen?«

Scrilla winkte mit der Hand. »Lasst uns allein, aber bleibt in der Nähe.«

Sie nickten und zogen sich zurück.

Ich versuchte mir einzureden, dass ich mich jetzt selbstsicherer fühlen sollte, aber es fiel mir unglaublich schwer, vorzutreten. »Danke«, begann ich und stockte dann.

»Nichts für ungut.« Crack griff nach seinem Drink und nahm das Kartenspiel wieder auf. »Für New York ist es noch zu früh. Durch unser ›Problem‹ auf der Bohrinsel sind unsere Leute eingespannt und wir haben erst in drei Wochen neue Pässe für euch.«

*Drei Wochen.*

»Okay.« Ich nickte und versuchte die Frau auf seinem Schenkel zu ignorieren, die ihre Zunge weiter über seine Haut am Hals kreisen ließ. Wie konnte es mir so sehr wehtun, ihr dabei zusehen zu müssen? Warum glaubte ich, die physischen Schmerzen, die mir Scrilla zugefügt hatte, seien nichts dagegen?

»Aber ich hatte eh nicht vor, dich dorthin zu entlassen«, fügte er zynisch an und warf einen Kreuz-Buben.

Ly fluchte noch lauter.

Meine Kehle verschloss sich zunehmend fester. »Dann lasst mich hier arbeiten. Es gibt doch bestimmt irgendetwas zu tun.«

Wres lachte wieder. Erst dachte ich, es läge daran, was ich gesagt hatte, aber dann warf er seine letzte Karte und dem Gemurmel der anderen zufolge hatte er damit gewonnen.

Er streckte seine muskulösen Arme aus, reckte sich, griff anschließend nach links und zog eine der Frauen vor sein Gesicht, um ihr etwas ins Ohr zu raunen. Daraufhin lösten sie sich von ihm und gingen zum Pool. Schamlos zogen sie sich aus, präsentierten ihre vollen Brüste und legten sich nackt in die Sonne.

Ich wusste nicht, ob das wirklich passierte. *Wie können Männer tatsächlich einen Pornofilm Realität werden lassen?*

»Klar gibt es hier einige Dinge zu tun.« Ly hatte seine Karten ebenfalls auf den Tisch geworfen und fasste an den Kopf der Frau, die noch immer zwischen seinen Beinen hockte. Er stieß ein paar Mal hart in sie, lehnte den Kopf in den Nacken und kam in ihrem Mund. Zwei, drei pumpende Bewegungen folgten, dann ließ er sie los.

»Perfekt«, lobte er die Frau vor sich und streichelte durch ihr Haar. »Komm wieder, wenn unsere widerspenstige Lady uns nicht mehr stört.«

Sie nickte, richtete sich auf und ging ebenfalls zum Pool. Die andere blieb an seiner Seite und massierte ihn weiter.

»Das war eines dieser Dinge.« Ly zwinkerte mir zu und ich blickte beschämt zur Seite. Ich hatte ihn und die Frau angestarrt, die ihm willentlich einen geblasen und seinen Samen vollständig geschluckt hatte. Mir wurde noch heißer, als ich bemerkte, dass Scrilla mich die gesamte Zeit über fest im Blick behalten hatte.

Erst als ich wieder begann zu sprechen, wanderten seine Augen zurück zu seinem Drink.

»Ich könnte vielleicht putzen«, schlug ich vor. »Oder im Garten arbeiten?«

Wres, der mit dem Rücken zu mir saß, streckte sich erneut. »Tut der Kleinen doch endlich den Gefallen und klärt sie auf.«

»Fakt ist, Amber«, begann Crack, »dass wir hier zuverlässige Leute beschäftigen und du das schlicht und ergreifend nicht bist.«

»Das stimmt nicht«, presste ich zwischen den Zähnen hervor. »Wenn es faire Arbeit ist, werde ich sie ganz gewöhnlich verrichten.«

»Du hast unerlaubt die Hütte verlassen. Eindeutiges Zeichen für Unzuverlässigkeit.«

»Weil ich es nicht mehr ertrage, untätig herumzusitzen! Ich bin ein Mensch, tut mir leid! Gebt mir bitte eine Aufgabe und ich werde sie zu eurer vollsten Zufriedenheit erfüllen.« *Haben sie denn noch nicht herausgefunden, dass ich normalerweise weitaus mehr als vierzig Stunden für meinen Chef in New York arbeite? Mir macht es nichts aus!*

»Fakt zwei ist ...«, schloss er an.

»Dass wir hier keine anderen Arbeiten haben«, beendete Ly seinen Satz.

Ich verstand nicht sofort.

»Wir beschäftigen Flüchtlinge aus den südamerikanischen Krisengebieten für alle Tätigkeiten im und ums Haus herum«, erklärte Crack. »Wenn sie mehr arbeiten *könnten*, würden sie es tun, denn sie sind für jeden Dollar dankbar, den sie verdienen und ansparen oder nach Hause schicken können. Wenn ich dir erlauben würde, ihnen auszuhelfen, würden sie sich einerseits beleidigt fühlen und andererseits sowieso nicht wissen, was sie mit dir anfangen sollen. Alle administrativen Tätigkeiten finden in New York oder auf der Bohrinsel statt, auf die wir vorerst nicht zurückkehren werden, weil wir dort täglich mit einem zweiten Besuch der Polizei rechnen müssen. Wir haben hier keine Büros. Wir haben hier keine unerledigte Arbeit. Du kannst die Hütte mit Wandmalereien verschönern, wenn dir so langweilig ist. Ein paar Farbtöpfe müssten irgendwo aufzutreiben sein.«

Ich fühlte mich so nackt und ausgeliefert vor ihm wie nie zuvor. Verstand er denn nicht, wie ich mich fühlte? Dass ich vollkommen durcheinander war und einfach nur etwas zu tun haben wollte, um nicht den ganzen Tag an Valentina – oder ihn – denken zu müssen?

*Nein, er versteht nicht.*

Ich schluckte die aufkommenden Tränen hinunter und blickte für einen Moment zum Pool. *Das ist es also, worum es hier geht. Das ist es, wozu wir die Wahl haben. In New York als Tippse im Büro oder als wenig bekleidete Masseuse auf einer karibischen Insel.*

»Okay«, sagte ich schließlich mit fester Stimme.

Ly verteilte Karten.

»Ich denke, das kann ich.«

Cracks Blick durchdrang mich, aber ich bemerkte es nur in den Augenwinkeln. »*Was* kannst du?«, fragte er kühl.

»Euch massieren, während ihr Karten spielt. Oder mich nackt in die Sonne legen.«

Ly lachte schallend auf. Und auch Wres grinste. Ich sah es an seinem Profil.

»Also darf ich nun arbeiten oder nicht?!«

Cracks Mund blieb verschlossen, aber Ly lehnte sich zurück und sah mich herausfordernd an.

»Du, ausgerechnet du, willst dich nackt vor uns aus-ziehen, sobald wir es wollen?«, fragte Ly. »Ich hatte dich eigentlich so verstanden, dass du die Letzte wärest, die freiwillig dabei mitmacht. Du hast es zumindest oft genug behauptet.«

»Ich hatte vermutlich eine falsche Vorstellung da-von«, sagte ich und ließ meine Stimme dunkler klingen.

»Na, dann«, sagte Ly schulterzuckend. »Beweis mir gerne, dass auch meine *Vorstellung* von dir falsch war.«

Die Einladung war eindeutig und mit Crack und seiner Schoßdeko im Rücken ging ich auf Ly zu. Ich wusste nicht, ob nur mir klar war, dass ich es tat, um ihn zu reizen. Andererseits – selbst wenn es Crack egal gewesen wäre, nichts konnte schlimmer sein, als mit all den Selbstvorwürfen weiter in der Hütte zu hocken. Selbst wenn ich nur dastand und sie der Reihe nach massierte, es lenkte mich wenigs-tens ab.

Ich öffnete den obersten Knopf meiner Bluse und ging direkt auf Ly zu.

Die Frau, die noch bei ihm stand, wich zurück, als würde sie mir meine Bühne lassen wollen. Ich überlegte nicht, sondern schwang meine Beine direkt auf seinen Schoß.

Sinnlich legte ich meine Hände in seinen Nacken und verschränkte die Finger.

»So?«, fragte ich unterwürfig, befeuchtete meine Lippen und bewegte mich sachte in rhythmischen Bewe-gungen auf ihm.

Ich spürte, dass er unter mir hart wurde. *Derart schnell?*

»Fuck«, stöhnte er. »Ja, genau so.« Er blickte zu mir

auf, ohne mich zu berühren. »Und jetzt zieh dein Höschen aus und setz dich auf meinen Schwanz.«

»Was?«, fragte ich perplex.

»Ich will dich ficken. Du hast es einfach drauf, zu schauspielern, und siehst dabei auch noch wie eine aus. Ich nutze die Gelegenheit sofort.«

Meine Hände in seinem Nacken wurden schwitzig. »Ich wollte nicht ...«

Er packte an meinen Rücken. Seine Berührungen waren mir zuwider. »Was *willst* du nicht?«

»Ich wusste nicht, dass ihr wirklich erwartet ...« Ich versuchte von ihm Abstand zu nehmen. »Ich dachte, es reicht, wenn wir euch massieren und dabei ein bisschen mit euch flirten ... Ich bin keine Prostituierte.«

Ly verengte die Augen. »Hast du Tomaten im Hirn? Jedes der anwesenden Mädchen haben wir mindestens schon zehnmal durchgefickt. Was dachtest du, worum es hierbei geht?«

Ich fühlte mich unendlich dämlich. »Ich habe geglaubt, wir hätten die Wahl ...«

»Die Wahl zwischen was? Ja, ich kann dich von vorn oder von hinten nehmen, kein Problem.« Plötzlich stand er mit mir gemeinsam auf und setzte mich auf dem Tisch ab. Seine Hände wanderten unter meinen Rock, griffen an meinen Slip und ich war zu erstarrt, um ihn von mir zu drücken.

»Ich habe keine Ahnung von Sex«, wisperte ich nur.

Er hielt für einen Moment inne und grinste dann. »Wieso, bist du noch Jungfrau?«

»Ja.«

Fuck, das hatte ich gerade nicht wirklich gesagt. Ly ließ urplötzlich von mir ab, sodass ich den Halt verlor und vom Tisch zurück in den Stand rutschte. Ich fühlte mich furchtbar erniedrigt und beschämt.

Ich sah noch, wie er fassungslos zu Crack blickte, dann senkte ich vor Scham den Blick.

*So dumm. Warum habe ich nicht damit gerechnet, dass Ly die Gelegenheit augenblicklich nutzen wird?* Wieso hatte ich ihn nicht vorher davon abgehalten, mich zu berühren? Wieso hatte ich nicht Nein gesagt, obwohl ich es zu hundert Prozent so gemeint hätte? Und wieso zur Hölle hatte ich ihm auch noch meine Jungfräulichkeit offenbart?

*Warum habe ich mich zum Affen gemacht? Vor ihm, vor Crack, vor allen anwesenden Frauen?*

Ly stand vor mir und jetzt bemerkte ich auch Crack, der aufgestanden war und zu mir starrte.

Ich nahm meinen restlichen Mut zusammen. Jetzt hatte ich mich sowieso bis aufs Blut blamiert und bis zur Abreise nach New York konnte mir nichts Schlimmeres mehr passieren, als dass sie mich mir selbst überlassen würden.

Jedenfalls sagte mir das mein Instinkt. War ich längst geblendet und glaubte, sie würden mir nichts antun?

»Ich hatte noch nicht häufig Sex«, murmelte ich. »Also ja, dann komme ich wohl nicht infrage, wenn ihr mich nicht gerade als Fahnenwedler braucht.«

»Nicht häufig Sex ist was anderes, als noch Jungfrau zu sein«, verbesserte mich Ly. »Außerdem ist das lächerlich, weil keine Frau, die aussieht wie du, Probleme damit hätte, jemanden zu finden, der sie befriedigt.«

Ich wurde wütend. »Herzlichen Glückwunsch, ich zerstöre gerne deine Vorstellungen, aber tatsächlich habe ich es nicht für nötig befunden, meine Pussy jedem aufgeblasenen Typen entgegenzuhalten. Wenn das wirklich die einzige Arbeit ist, die ihr für mich habt, würde ich euch nur enttäuschen.«

Ly fuhr sich über den Mund. »Wie oft zur Hölle hattest du denn schon Sex?«

Ich verschränkte die Arme vor der Brust. »Ist das wichtig?«

»Ja!«

»Für mich nicht.«

»Du bist wirklich noch Jungfrau?! Fuck, und ich fasse sie an, als meinte sie das alles ernst.« Ly raufte sich die Haare und ging ein paar Schritte zur Seite.

Um Cracks Blick auszuweichen, sah ich zu Wres, der mich ebenfalls stumm betrachtete.

»Ein kleines Paradies für Männer, das ihr euch hier geschaffen habt«, versuchte ich von meinem lächerlichen Auftritt abzulenken. »Angelehnt an die Playboy-Villa?«

»Ganz genau«, sagte Ly, setzte sich wieder und schaute an mir herunter. »Und du kämst dafür sicherlich infrage, wenn du dich an dem Rum bedienst, der auf dem Tisch steht. Du darfst nur nie wieder aus deinem Rausch aufwachen, ich könnte das Genöle und die Beschwerden nicht ertragen.«

»Okay.« Ich gab auf. »Wenigstens habe ich jetzt eine Sache mehr, über die ich die nächsten drei Wochen nachdenken kann, und vielleicht kann ich Maria und Regina briefen, die haben sicherlich weniger Probleme mit Prostitution.«

»Das ist keine Kunst«, murmelte Ly.

Ich überlegte, auf ihn zuzustürmen und ihn zu schlagen, aber dann wandte ich mich einfach ab und ging über die Wiese zurück.

Als ich den Steinplattenweg Richtung Strand kreuzte, wurde ich plötzlich gepackt.

»Ich gehe ja schon zurück!«, fauchte ich und bemerkte zu spät, dass es Scrillas Hand war, die sich um meinen Oberarm geschlossen hatte.

»Hier entlang«, sagte er rau und zog mich auf den Steinweg. Er bugsierte mich Richtung Strand und ging mit mir auf dem weißen Sand am Meer entlang, ohne auch nur ein Wort zu sagen.

Sein Griff wurde unerträglich. Am liebsten hätte ich ihn abgeschüttelt und ihn zur Rede gestellt, ihn beschimpft und ihm gestanden, dass ich unendlich eifersüchtig war, weil er sich mit Prostituierten umgab, aber ich wollte unter keinen Umständen, dass er mich wieder zurück in die Hütte brachte und mich meinen nagenden Gedanken überließ. Alles war besser, als dort zu versauern und Maria und Regina beim Lesen ihrer Zeitschriften zuzusehen.

Also fügte ich mich.

Als wir den äußersten Punkt der Insel erreicht hatten, ließ er mich los, nicht ohne mich vorher zu sich herumzuzerren.

Cracks Blick war dunkel, seine Augen kühl und distanziert. »Was sollte das gerade?« Er zeigte zurück zu der Richtung, aus der wir gekommen waren.

Die Steinvilla dürfte gut eine halbe Meile entfernt liegen. Wir waren vollkommen allein. Nur er, ich, der malerische Sandstrand und der Schatten der Palmen.

»Macht es überhaupt Sinn, dass ich das frage?«, knurrte er. »Weißt du noch, was du tust? Dass du unerlaubt zu uns kommst und nach einem Job fragst, weil dir langweilig ist, ist typisch für dich, aber dass wir dir *keinen anderen bieten* können, ist typisch für uns! Wann checkst du das endlich? Warum verführst du Ly und bist ehrlich verwundert, wenn er dich auf der Stelle ficken will?«

Ich wusste keine Antwort.

»Antworte!«, verlangte er drohend und kam näher.

»Ich weiß es nicht!«, rief ich.

Er sah mir für ein paar Sekunden fest in die Augen, dann lachte er trocken und wandte sich ab. »Wer bist du? Wie kann man einerseits so dumm, so blind sein und andererseits vollkommen angstfrei durchs Leben latschen?«

Ich legte schützend die Arme um meine Brust. Ich wusste keine Antwort.

»Was zur Hölle«, Crack drehte seinen Kopf wieder in meine Richtung, »sollte das mit der Jungfräulichkeit? Das ist der Punkt, an dem ich vollends aufgebe, dich verstehen zu wollen. Wres und Ly haben deine Schreie auf dem Schiff *gehört.*«

*Meine Schreie?*

»Ich rede von den Orgasmen«, ergänzte er. »Sie wissen, dass wir Sex hatten. Warum versuchst du dann, sie anzulügen? Fuck, ich *verstehe* dich nicht! Wenn ich könnte, würde ich dich sofort nach New York schicken lassen, ich kann diese Lügen und das dramatisch künstliche Vorspielen nicht ab!«

Ich schloss die Arme noch fester um meine Brust.

»Sag etwas«, verlangte er und glitt mit seiner rechten Hand durch sein volles Haar. »Sprich!«

»Ich habe nicht gelogen.«

Er schnaubte.

»Warum hast du mich hierhergebracht?«

»Warum?!«, fuhr er mich an und näherte sich mir

plötzlich auf wenige Zentimeter. »Weil ich kein zweites Mal mit dir streite, während uns jemand dabei zuhören kann. Du hast nicht gelogen? Du hattest vor mir noch nie Sex?«

Tränen brannten in meinen Augen, aber ich ließ sie nicht kommen. »Tut mir leid.«

»Es tut dir leid?«, fragte er fassungslos.

»Ja, was willst du hören? Sorry, dass ich nicht jedem dahergelaufenen Arsch erlaubt habe, seinen Schwanz in meine Pussy zu stecken! Es musste erst einer kommen, der mich dazu zwingt! Ich war ein Spätstarter und mein Exfreund ein Loser. Er ist zweimal gekommen, bevor er überhaupt in mir drin war. Dabei war er zehn Jahre älter und hatte angeblich schon ein Dutzend Frauen in seinem Bett ... Ich habe Schluss gemacht, bevor wir es ein drittes Mal versucht haben.«

Seine Kiefermuskeln arbeiteten, aber er wirkte beherrscht, als er sprach. »Ich habe dich nicht gezwungen.«

*Ja, ich weiß.* Aber mir war es immer noch lieber, meinem Gewissen die Realität so zurechtzulegen, als vor mir selbst zuzugeben, dass ich mich freiwillig auf ihn eingelassen hatte – während ich keinen einzigen Gedanken an Valentina verschwendet hatte.

»Du bist Mitte zwanzig. Hast du die letzten Jahre in einem Kloster verbracht?«

»Nein!«, rief ich. »Das würdest du ja sonst auch wissen, nachdem ihr alles über uns herausgefunden habt!«

»Online gibt es zig Fotos von dir mit anderen Männern.«

»Und?«

»Und was? Du willst dich wirklich als unerfahrene Jungfrau verkaufen? Die nur darauf gewartet hat, dass ein Wichser wie ich sie entführt und endlich zu ihrem Glück zwingt?«

»Ich habe die Pille genommen! Über Jahre hinweg, verdammt! Erst als ich sie abgesetzt habe, wurde mir überhaupt klar, dass es so etwas wie ›Lust auf Sex‹ geben kann! Warum erzähle ich dir das eigentlich alles?« Meine Wangen wurden heiß und ich fühlte mich unglaublich nackt.

»Warum hast du nichts gesagt?«, fragte er knurrend. »Verdammt, ich habe nicht im Traum daran gedacht, dass das *alles* für dich neu sein würde, und ich habe dich gleich mehrmals in den Arsch gefickt! Warum hast du nichts gesagt?!«

Ich kannte die Antwort, aber ich konnte sie nicht aussprechen. Nicht jetzt. Den Grund, weshalb ich ihn in der Bar angesprochen hatte. Den Grund, weshalb ich nichts mit meinem Kollegen angefangen hatte oder sonst irgendeinem Kerl. Die schlichte Antwort war: *Ich wollte es. Auf diese Art. Auf diese dunkle Art.*

»Wann hast du die Pille abgesetzt?«, fragte er.

»Vor ein paar Monaten.«

Seine Miene blieb ausdruckslos. »Und du hattest seit deinem Ex keinen einzigen anderen Freund? Keinen Mann, der dich umgarnt hat? Nicht die Sehnsucht danach, herauszufinden, was Sexualität bedeutet?«

»Doch, hatte ich!«, schrie ich jetzt und hatte das Gefühl, auch die letzte Schutzhaut vor ihm abzuziehen. »Eben deshalb wurde ich entführt! Weil ich so dumm war, mich in Schale zu werfen und völlig alleine in einer fremden Stadt wie Mexico City auszugehen. Ich war an diesem Abend in der Bar, um zu flirten! Ich habe mich umgesehen! Ich hätte nicht Nein gesagt, hättest du oder jemand anderes ... mich mitgenommen. Und damit bin ich den verdammten Menschenhändlern direkt in die Arme gerannt!«

Er legte beide Hände an die Lippen. »Sie haben wie ich nicht damit gerechnet, dass du unerfahren bist. Eine wie du hätte sonst jetzt im Orient eine Meute Männer am Hals und würde vermutlich irgendeinem Gott geopfert werden. Hast du wenigstens Dildos oder etwas in der Art benutzt? Ich meine, bist du wirklich noch völlig ... *unberührt?*«

Ich blieb stumm. Seitdem meine Libido wieder in vollem Umfang zurückgekehrt war, hatte ich an meinem Körper viel experimentiert. Mir ein großes Stück Plastik unten reinzuschieben, das wie ein Penis geformt war, hatte mich aber bisher abgeschreckt. »Ich weiß es nicht.«

»Zieh dich aus und leg dich in den Sand.« Crack griff an das untere Ende seines T-Shirts und zog es hoch. Er entblößte seine trainierte Brust und die Tattoos auf seinem Oberkörper. »Amber«, sagte er dunkel. »Ich habe einiges bei dir gutzumachen, aber ich werde nicht zum totalen Softie mutieren. Zieh dich aus.«

Mir lagen einige Widerworte auf der Zunge, aber schließlich war es nur ein »Warum?«, das ich hervorbrachte.

»Ich möchte gerne eine Sandburg auf deinem nackten Körper bauen, warum denn sonst?«

Ich schluckte hart. »Ich möchte nicht, dass du mit mir schläfst.«

Er verzog die Mundwinkel und löste den Gürtel aus seiner Hose. »Wir werden das mit dem Unsinn, der deine Lippen stets verlässt, wenn du mir gegenüberstehst, vermeiden lernen, nachdem ich dir einen Eindruck davon vermittelt habe, wie es ist, wenn ein Schwanz wie meiner dich fickt. Beauty, du hast ja keine Ahnung, worauf du bisher verzichten musstest. Vertrau mir, dass ich wenigstens diese Kunst auf perfekte Weise beherrsche und du keinerlei Zweifel haben wirst, das Richtige getan zu haben.«

Ich blieb stehen und starrte auf seine Finger, die dabei waren, seine Hose auszuziehen.

Als der Reißverschluss schon offen stand, blickte er auf und sah mich ungeduldig an. »Ich kann dich auch auf die harte Tour entjungfern, ich spüre den Schmerz dabei nicht. Ist es das, was du willst? Muss ich dich wieder überstimmen? Damit du die Genugtuung hast, mir hinterher eine Vergewaltigung vorzuwerfen?«

Ich öffnete den Mund und schloss ihn wieder. Es wäre Schwachsinn, vor ihm zu behaupten, dass ich mir mein ›erstes‹ ›richtiges‹ Mal besonders ausgemalt hatte. Wäre ich in New York nicht zu sehr damit beschäftigt gewesen, mein Arbeitspensum zu schaffen, und stattdessen öfter ausgegangen, hätte ich mich nicht geziert und nicht erwartet, dass gleich der erste One-Night-Stand meine große Liebe werden würde.

Allerdings hatte ich auch nicht damit gerechnet, dass er *besonders* sein würde. Mit Scrilla würde es mehr als besonders sein. Das wusste ich bereits, ich durfte kosten. Und damit würde er mir besonders in Erinnerung bleiben.

Für immer.

»Ich kann das nicht«, murmelte ich beschämt.

»Beauty.« Er legte einen Finger an mein Kinn und hob es an. »Du glaubst, viele Dinge nicht zu können. Nicht zu wollen. Nicht zu dürfen. Und gleichzeitig erlaubst du dir alles. Wenn ich wirklich zu weit gehen sollte, sag einfach stopp. Dann warte ich ein paar Minuten.« Er grinste. »Wirklich davon abhalten, weiterzumachen, kannst du mich nicht. Dafür ist dein Körper viel zu anziehend. Er wirkt wie eine Droge auf mich. Die einzige, die noch wirkt.«

»Stopp«, wisperte ich sofort. Seine Worte jagten ein Kribbeln durch meinen Bauch. *Er findet meinen Körper anziehend? Ich bin wie eine Droge für ihn?*

Er lächelte noch breiter. »Sag mir eine Sache, die dagegen spricht, das hier zu tun. Nur eine.«

*Du bist schuld daran, dass ich Valentina sich selbst überlassen habe. Du lebst mit zig Prostituierten auf einer Insel. Auf deinem Laptop war ein Foto von einer Frau mit dem Hinweis, dass du möglicherweise ein Kind hast. Du hast mich geschlagen, bis ich fast ohnmächtig geworden bin.* »Ich weiß noch immer nicht deinen Namen.«

»Javier«, antwortete er, als hätte ich nach nichts Ungewöhnlichem gefragt. »Aber sprich es niemals spanisch aus.«

*Javier.* Spanisch ausgesprochen, mit einem kehligen Ch am Anfang und einem weichen W in der Mitte. So wie er es gesprochen hatte, klang es aber nach dem amerikanischen Xavier mit J. »Darf ich dich so nennen?«

»Wenn du das möchtest.«

»Leider war das nur eine von vier Sachen, die ich …«

Ich bemerkte, wie er mit dem Kiefer mahlte. Warum war er im Gegensatz zu unserem ›ersten Mal‹ so verdammt zurückhaltend? Müsste er sich nicht wie ein Tier auf mich stürzen und meine sexuelle Unerfahrenheit gierig auskosten wollen? Wieso ließ er es überhaupt zu, dass ich eine Frage stellte – dass ich mich zierte?

»Ich verliere die Geduld, und bis ich dich getroffen habe, wusste ich nicht einmal, dass ich überhaupt welche besitze«, sagte er warnend. »Ist dir nicht klar, was allein der Gedanke, dass ich der Erste bin, mit mir anstellt? Auch ich bin nur ein Mann, Amber, und normalerweise nehme ich mir, was ich will.« Stille. »Kannst du wenigstens den Satz zu Ende sprechen?«

»Geduld weswegen?«, fragte ich verzweifelt. »Kommt dir gar nicht in den Sinn, dass ich seit meiner Entführung völlig neben mir stehe? Erst du, dann die Entführung, meine Flucht, wieder du, Valentina, die Dinge, die du mit mir getan hast, dass du einfach gegangen bist und mich für drei Tage mir selbst überlassen hast ...«

»Du warst mehr als deutlich«, entgegnete er kühl.

»Nein, war ich nicht! Deutlich wäre es gewesen, wenn ich dir gesagt hätte, dass ich wegen der ganzen Vorfälle nicht mehr ein und aus weiß!«

Er starrte mich eine Weile an. Dann fluchte er ausgiebig. »Fuuuck«, knurrte er. »Warum sind amerikanische Frauen so verdammt kompliziert? Was brauchst du noch, Amber«, fragte er und trat an mich heran. Seine Hand fand in mein Haar, seine andere an meine Taille. »Ich bin dir restlos verfallen, streite mit dir wie ein Kind. Meine Dominanz ist verflogen, und bevor wir an dem Punkt weitermachen, an dem wir aufgehört haben, sollte ich dich darauf vorbereiten, was der nächste Schritt bedeutet. Willst du das wirklich nicht?«

»Doch, ich will«, schoss es aus mir hervor.

Ein echtes Lächeln zierte seine Lippen und er wollte sich zu mir hinunterbeugen.

Ich wich zurück und sagte schnell die Worte, die

mich alle Überwindung kosteten. »Ich will nicht die Stellen berühren, die *sie* zuvor berührt hat. Ich will sie nicht riechen müssen. Sie nicht ... schmecken.«

Crack hielt abrupt inne und öffnete verständnislos die Lippen. Es schien, als wüsste er nicht, wovon ich sprach, bis ein diebisches und wissendes Lächeln auf seinen Zügen entstand. »Meine widerspenstige Schönheit ist eifersüchtig? Auf mich brutales Monster, mit dem sie nicht mal freiwillig einen Spaziergang machen will?«

Ich würde es nicht noch deutlicher sagen.

»Du wirst noch lernen, mir zu antworten.« Crack ließ seine Hose fallen und ging nur in Shorts aufs Meer zu.

Das ließ mir die Gelegenheit, seinen nackten, tattoofreien Rücken zu bewundern, das sanfte V seines Oberkörpers, das in einem Knackarsch endete, und seine strammen, trainierten Schenkel.

Er schritt unbeirrt ins Meer hinein, bis er bis zur Hüfte darin versank, dann tauchte er unter und wusch sich mit dem Salzwasser.

Ihm dabei zuzusehen war wie Magie. Das Sonnenlicht brach sich in all den Tropfen, die er erzeugte, und die Wellen schwappten verirrt an den Strand. Es war ruhig und idyllisch und ich fragte mich, ob sich so das Paradies anfühlen würde, wenn man nach seinem Tod darin landete.

Als Crack seine Augen vom Wasser befreit hatte und wieder aufrecht im Meer stand, blickte er zu mir. In dem Moment entschloss ich mich dazu, meine Zweifel abzulegen und griff an den untersten Knopf meiner Bluse.

Ihm dürfte immer klarer werden, dass ich es deswegen von Anfang an mit ihm genießen konnte, weil er mir die Entscheidung abgenommen hatte. Mich tatsächlich *für* das Abenteuer zu entscheiden, in das ich hineingeraten war, fiel mir schwer. Es fiel mir sogar viel schwerer als all die anderen Dinge vorher zusammen genommen.

Ich streifte meine Kleidung ab, bis ich nur noch in Unterwäsche dastand, dann ging ich auf ihn zu. Das Wasser hatte die perfekte Temperatur und umschmeichelte meine Schenkel.

Javier – es war merkwürdig, den Namen in Gedanken auszusprechen – tat nichts anderes, als auf mich zu warten.

Immer tiefer ging ich ins Meer hinein, bis mir das Wasser bis zum Bauchnabel reichte und ich vor ihm stand.

Er blickte auf mich herab. Die Sonne brach sich hinter ihm, sein Gesicht lag im Schatten, dann legte er seine Hände an meinen Hals und zog mich an sich. Sanft strich er mit seinen feuchten Lippen über meine Wange und glitt über meinen Mund.

»Du bist so endlos schön, Beauty«, raunte er und strich mit den Lippen hin zu meinem Ohr. »Ich könnte dich stundenlang nur ansehen.«

Seine Worte verwirrten mich noch mehr. Einerseits war ich kurz davor, ›Sicher?‹ zu fragen, weil ich nicht glauben wollte, dass ein derart schöner Mann, der sich zig Huren auf einer Insel hielt, mich wirklich schön fand und es nicht nur sagte, um mir zu schmeicheln und mich noch williger zu machen, andererseits entstanden ungeahnte Ängste in mir.

Es war so viel leichter, mich ihm zu widersetzen und zu dem Rausch gezwungen zu werden, in den er mich versetzte, als das hier. Außerdem hatte ich das Gefühl, dass er mich schon jetzt besser kannte als ich mich selbst – während ich gar nichts über ihn wusste.

»Worüber denkst du nach?«, fragte er an meiner Ohrmuschel. Seine Stimme erzeugte ein Summen in meinem Kopf, seine Hände hinterließen brennende Spuren auf meiner Haut. Ich wusste, dass es nicht unbedingt unangenehm wäre, würde er mich mit ihnen erneut schlagen. Oder fesseln. Oder ficken.

Fuck! Dass er *gar nichts* mit ihnen tat, war quälender als alles andere.

»Wer seid ihr?«, fragte ich schließlich. »Ich meine ... Was tut ihr hier wirklich? Helft ihr Frauen? Rettet ihr sie? Aber warum bringt ihr sie dann doch dazu, dass sie sich für euch prostituieren?«

Crack gab mir einen Kuss auf die Wange, bevor er etwas Abstand nahm, um mich anzusehen. »Tja. Frag mich nicht.«

»Was?«, fragte ich lachend. »Das ist deine Ausrede? Du willst behaupten, du hättest keinen Einfluss darauf?«

»Okay, grob gesagt, geht es dabei um Folgendes. Wir sind Männer und wir brauchen nun mal Frauen. Aber wir können uns keine teuren Escorts nehmen, denn die Gefahr, dass sie doch mal was mitbekommen und die Informationen weitergeben, ist zu groß. Wir können aber auch nicht so etwas wie ... Freundinnen haben. Oder Affären.«

»Warum nicht?«, fragte ich schluckend. *Was werde ich denn für ihn sein? Verbucht er das hier alles unter ›Lebensschuld abbezahlen‹?*

Crack mahlte mit dem Kiefer, bevor er eine Antwort murmelte. »Dass ich das wirklich alles preisgebe ...«

Ich hielt neugierig die Luft an.

»Ly ist gegen eine Beziehung jeder Art. In seinen Augen stören Frauen das Geschäft und machen Männer schwach. Also ist er auf gekaufte Mädchen angewiesen. Wres braucht sehr lange, bis er jemandem vertrauen kann. Der Kerl wurde schon so oft verraten, dass er nie mit einer Fremden schlafen würde. Und für eine echte Beziehung hat er keine Zeit, keine Lust, nicht das richtige Mädchen. Und ich ...«

Ich platzte geradezu, weil ich es endlich erfuhr.

»Ich mache da einfach mit. Zufrieden?«

Ich verengte die Augen. »Neeein«, sagte ich gedehnt. »Ihr kauft also Frauen frei und bietet ihnen an, bei euch auf dieser Insel zu wohnen, und –«

»Hör mal«, unterbrach er mich. »Das sind nicht alles Frauen wie du. Die meisten sind nicht mal Amerikanerinnen. Sie haben keine amerikanischen, prüden Moralvorstellungen, also verbringen sie ihre fünf Jahre sehr viel lieber bei uns auf der Insel, als in New York zu arbeiten. Wir haben gleichzeitig die maximale Kontrolle und sparen uns das Geld für andere Frauen dieser Art, wodurch wir wieder verschleppte Frauen freikaufen können. Jeder ist freiwillig hier. Auch du, hier mit mir im Wasser. Hör jetzt endlich auf, was anderes zu behaupten.«

»Was bin ich für dich?«, flüsterte ich.

Seine Hände schlossen sich um meinen Hals, sein Griff wurde fester. Er blieb stumm, sodass ich gezwungen war, zu ihm hochzusehen, in das tiefe Grün seiner Augen, das so sehr im Kontrast zu der blauen Umgebung stand. Ich spürte seine Erektion, wie sie sich deutlich unter Wasser gegen meinen Bauch drückte. »Das werden wir jetzt herausfinden.«

Dann griff er in mein Haar und zog mich vor seine Lippen. Crack küsste mich. Er küsste mich, wie ich geküsst werden wollte. Dominant und beherrschend, sinnlich und hart. Seine Hand lag fest an meinem Hinterkopf, er schloss mich ein und küsste mich nur noch drängender.

Ich genoss das Spiel seiner nagenden Lippen. Ich ließ seine Zunge gierig in mich eintauchen.

Ich wollte ihn genauso erforschen wie er mich.

»Leg deine Arme um meinen Nacken, Amber«, sagte er vor meinen Lippen.

Ich zögerte, neugierig darauf, was er wohl tun würde, wenn ich nicht gehorchte.

»Verdammter Sturkopf«, knurrte er und biss in meine Unterlippe.

Ich wimmerte und er riss meine Arme in die Höhe, legte sie um seinen Hals.

»Letzte Warnung. Gehorche oder ich ficke deinen Mund noch hier im Wasser, während du kaum Luft bekommst.«

Bei dieser Drohung krallte ich mich unwillkürlich an ihm fest. Dafür fühlte ich mich bei weitem noch nicht bereit.

»Geht doch«, lobte er mich grinsend, legte seine Arme unter meine Schenkel und zog mich auf seine Hüfte. Wie selbstverständlich legte ich meine Beine um ihn und genoss das Prickeln in meinem Körper, weil er mir so nahe war – und mein Schritt gegen seine harten Bauchmuskeln rieb. Mit mir im Arm ging er zum Strand zurück. »Küss mich weiter. Küss mich so, wie du mich küssen würdest.«

»Gar nicht?«, fragte ich mit einem bösen Lächeln und spürte schon, wie er bereitwillig seine Hände von meinen Schenkeln nehmen wollte, um was auch immer mit mir zu tun, also schloss ich die Augen, griff in sein Haar und küsste ihn. Er ließ mich gewähren und zum ersten Mal war er es, der auf mich reagierte. Ich merkte gleich, dass mein Kuss eine ganze Stufe romantischer und zögerlicher war als seiner. Sanft kaute ich an seinen Lippen und erforschte zögernd seinen Mund. Zärtlich suchte ich nach seiner Zunge, zog mich zurück, als ich sie fand, suchte wieder nach ihr. Dabei bewegte ich mich unbewusst an ihm, presste meine Beine um seine Hüften und wollte ihm noch näher kommen.

»Du machst mich wahnsinnig«, murmelte er in meinen Mund.

Verunsichert ließ ich von ihm ab.

»Fuck!«, knurrte er. »Mach auf der Stelle weiter oder ich erschieße mich, weil ich es nicht ertrage!«

Ich lachte ihn aus und zuckte ein paar Mal vor ihm weg, als er versuchte, meine Lippen wieder einzufangen. Im letzten Moment drückte ich mich wieder an ihn, bevor er sich sonst was überlegte, und küsste ihn wie zuvor. Er stöhnte kehlig, als ich nichts weiter tat, als sanft seine Lippen zu liebkosen und meine Zunge über seine Zähne gleiten zu lassen. Wir hatten das Wasser längst verlassen und plötzlich landete ich im Sand. Ehe ich mich versah, hatte er sich zwischen meine Beine gesetzt und ein Messer gezückt. Ich wich panisch zurück, aber er hielt mich eisern am Fußgelenk fest, dann durchtrennte er den Slip, ohne meine Haut dabei zu berühren.

Sein Atem ging schwer, die Erektion unter seinen Shorts war deutlich sichtbar.

Crack blickte für eine ganze Weile auf meinen Venushügel und ich wünschte, ich könnte meine Beine vor seinem Blick verschließen. Aber er saß bereits zwischen ihnen und ließ langsam, ganz langsam, seinen Kopf nach unten sinken. Im nächsten Moment fuhr er zwischen meinen Schamlippen entlang und ich keuchte auf. Zärtlich spielte er mit meinem Kitzler, biss zaghaft hinein. Nie im Leben hätte ich mir vorstellen können, dass es sich so unfassbar gut anfühlen würde, wenn ein Mann sich mit dem Mund dieser Stelle widmete. Ich griff in den Sand, als könnte ich mich daran festhalten, als er mit seiner Zunge tiefer tauchte und mich mit schnellen Stößen zu ficken begann.

Ich reckte mich ihm entgegen, Schweiß perlte auf meiner Haut, und als ich aufsah, konnte das Bild seines Kopfes zwischen meinen Schenkeln wohl kaum erotischer sein. Er musste nur ein paarmal erneut über meinen Kitzler lecken und ich kam.

*Gott, dieses Gefühl.*

Es war, als würde sich all die Anspannung in mir lösen, als würden meine Muskeln tanzen und schließlich atemlos in sich zusammenfallen. Kaum hatte der Rausch geendet, war er über mir. Doch anstatt die Lust in seinen Augen zu sehen, blickten düstere Urwaldschatten auf mich herab.

»So gerne ich unser Spiel fortführen würde, ich kann es nicht, Beauty.« Zum ersten Mal erlebte ich, dass Sorge über seine Miene glitt. »Du solltest jetzt sagen, dass du es nicht willst, damit ich dich in Ruhe lasse und zurück in die Hütte schicke.«

»Bloß nicht!« *Ist er verrückt geworden?*

»Gut, dann besorge ich dir meinetwegen einen Job«, sagte er augenverdrehend. »Aber du musst dich nicht vögeln lassen, nur um deiner Langeweile zu entgehen.«

Ich lachte kehlig auf und spürte erst jetzt, wie trocken mein Mund war. War ihm gar nicht klar, dass es mir nicht um den dummen Job gegangen war, sondern darum, ihn wiederzusehen?

Crack sank tiefer, sodass seine Brust meine berührte und ich seine starke Atmung spürte. Die Kontrolle aufrechtzuerhalten – wobei ich keine Ahnung hatte, *was* er kontrollierte – schien ihn alle Kraft zu kosten. »Wenn ich dich jetzt ficke, werde ich mich für immer in dein Gedächtnis brennen, und auch wenn ich ein Arschloch bin, versagen an dieser Stelle nicht meine Manieren. Ich kann dir nicht versprechen, dass ich gut zu dir bin. Ich kann dir nicht mal versprechen, dass es ein drittes Mal geben wird. Du kennst mich nicht und weißt nicht im Entferntesten, wer ich bin und was ich tue. Dass ich kriminell bin und keine Hemmungen habe, auf Leute zu schießen, dürfte dir schon aufgefallen sein, aber ich bin auch ein Sadist und verdammt schlecht darin, das nicht zu zeigen. Bitte. Sag jetzt einfach Nein. Sag, dass du es nicht willst, und ich lasse dich gehen.«

Obwohl die Einladung nicht deutlicher hätte sein können, sagte ich keinen Ton. *Ich will es.* Das wusste dieser aufgeblasene Macho längst und ich hatte keine Ahnung, warum er diese Rede schwang.

»Gut, anders.« Er stützte sich zu beiden Seiten an meinem Oberkörper ab und zwängte mich damit zusammen. »Was, wenn ich meine Worte wahr mache, und dich wirklich nicht mehr gehen lasse? Dann gehörst du mir, und auch wenn ich meinen Besitz beschütze, bedeutet das nicht, dass ich dich *vor mir* beschützen kann. Fuck, Amber! Geh jetzt! Ich bin nicht der, für den du mich hältst!«

Seine Worte machten insofern wenig Sinn, weil ich unter ihm lag und keine Chance hatte, mich zu befreien. Und trotz seiner Worte wollte ich am liebsten zugeben, dass ich mich nach nichts mehr sehnte. Dass ich ihm vertraute, auch wenn es Schwachsinn war, und sogar, dass ich insgeheim hoffte, ich würde bereits *jetzt* ihm gehören. Mit der winzigen Bedingung, dass auch er keine anderen Frauen mehr berührte.

Das war Wunschdenken.

Aber mein völlig rationaler Verstand riet mir, die Gelegenheit zu nutzen.

»Okay, dann geh bitte von mir runter.«

Er hatte mit dieser Antwort gerechnet, aber er wollte sie nicht hören. Diesen Widerspruch in seinen Gefühlen konnte ich in seinem Gesicht ablesen. Das gab mir ein gutes Gefühl. So *schlecht* kannte ich ihn also auch nicht.

Langsam, ganz langsam, richtete Crack sich auf.

Sobald er sich weit genug von mir gelöst hatte, beugte ich mich so weit nach oben, dass ich an meinen Rücken kam und den Verschluss meines BHs öffnen konnte. Dann legte ich mich wieder zurück.

»Fick mich endlich.« Dass es mir so leichtfiel, diese Worte auszusprechen, überraschte mich nicht. Insgeheim hatte ich längst entschieden, dass ich es wollte, und seitdem er sich die Küsse der anderen Frau abgewaschen hatte, wollte ich es erst recht. »Sei bitte vorsichtig«, fügte ich an. Keine Ahnung, ob es etwas nützte. Aber solange er einfach nur über mir lag, mich dunkel und ausdruckslos musterte, bot er meiner Unsicherheit Raum.

»Bitte!«, flehte ich plötzlich und merkte, wie mein Schritt vor unerfüllter Sehnsucht zu brennen anfing. Ich wollte ihn endlich in mir spüren, wollte wissen, wie es sein würde! Jetzt! »Du hast dich doch schon längst in mein verdammtes Gedächtnis gebrannt! Warum hältst du dich ausgerechnet jetzt mit Höflichkeiten auf?«

Er schwieg, als würde er über die Frage nachdenken, dann schmunzelte er. »Hast du gerade ›fick mich‹ gesagt?« Die Überheblichkeit, mit der er das fragte, ließ mich wünschen, ich hätte es nicht getan. »Ich wusste, dass ich recht behalten würde.«

# C

DU ÜBERRASCHST MICH, BEAUTY. IMMER
WIEDER.

Sie lag unter mir wie eine Göttin, die sich ihrer Macht nicht bewusst war. Die Angst legte sich als Geschmack auf meine Lippen, ihr Unwissen lag als köstlicher Geruch in der Luft, und das Vertrauen, das sie mir entgegenbrachte, ging tiefer, als ich es für möglich gehalten hatte.

*Dieses Vertrauen verdienst du nicht.*

Mein Gewissen hatte sich heute genau einmal zu Wort gemeldet und sie ein letztes Mal vor mir gewarnt. Aber wie schon im Club wollte sie nicht hören.

*Sie hört einfach nicht auf mich.*

Insofern war ich machtlos, denn sie tat immer das Gegenteile von dem, was ich verlangte. Sie würde mir keinen Vorwurf machen, dass ich ihre Gier und gleichzeitige Furcht ausgenutzt hatte.

*Aber ich mir selbst.*

Amber hingegen fühlte sich nicht ausgenutzt. Sie wollte gefickt werden. Jetzt.

Ich half ihr dabei, den BH auszuziehen, und küsste

mich dann an ihrer Haut nach unten. Vielleicht sollte ich es als Geschenk sehen, dass irgendein dämlicher Gott mir ausgerechnet sie vor die Füße geworfen hatte. Ausgerechnet Amber mit einer solchen Hintergrundgeschichte zu versehen war makaber, führte aber dazu, dass ich sanft war.

Vielleicht hatte ich noch nie zuvor so lange gezögert, mir eine Frau zu nehmen.

Es fühlte sich gut an.

Dadurch bekam das Ganze einen anderen Stellenwert. Ich war nicht Opfer meiner eigenen Gier oder Lust.

Langsam glitt ich mit meinen Lippen über ihren atemberaubenden Körper und tat das, wonach ich mich schon seit der Zeit auf der Yacht sehnte. Ich kostete ihre Haut.

Sie war glatt und makellos. Beziehungsweise: Bestimmt hätte sich hier und da ein Makel gefunden, aber das machte sie perfekt. Ich ließ meine Zunge in ihren Bauchnabel eintauchen, was ihr einen Zischlaut entlockte, dann biss ich sanft in die Haut an ihrer Hüfte, die Taille entlang, bis hin zu ihren Brüsten.

*Sie schmeckt wie ein Geschenk.*

Amber reckte mir ihre Brüste entgegen und ich nahm einen – längst harten – Nippel in den Mund. Ich umspielte ihn mit der Zunge und genoss ihr Keuchen. Dann biss ich – ganz sanft – hinein.

Sie keuchte lauter und hielt sich an meinen Schultern fest.

Die kleine Knospe in meinem Mund wurde noch etwas härter und mein Schwanz zuckte gierig. *Vielleicht sollte ich erst ihre Titten ficken, damit ich für den eigentlichen Akt ausreichend gesättigt bin ...*

Nein.

Wenn ich schon die Romantiktour plante, dann richtig. Ich ließ eine Hand zwischen ihre Beine gleiten, und obwohl ich bereits zwischen ihr lag, versuchte sie mir zu entkommen.

Ich biss noch einmal in ihre Knospe, dieses Mal etwas stärker. »Halt still.«

Meine Finger suchten ihre Perle und rieben sie sanft. Obwohl ich sie gerade noch geleckt hatte, war sie alles andere als nass. Die Nervosität schien dazu zu führen, dass sie sich innerlich verweigerte.

Da ich bereits wusste, dass es kein Problem für mich bedeuten würde, sie zum Orgasmus zu fingern, ließ ich es vorerst aus. Sie sollte kommen, wenn mein Schwanz tief in ihr war. Und erst dann wieder und sehr heftig.

Als ich einen Finger in ihre Öffnung schob, spürte ich sofort, dass sie außerordentlich eng war. Gut, das mochte an der Verspannung liegen.

Aber auch als ich sie sanft massierte, öffnete sich ihr Gang nicht wie sonst der einer Frau.

*Fuck.*

Amber war eng. Sie war einfach unfickbar eng.

Planänderung.

Ehe sie sich versah, hatte ich sie umfasst und mit mir zusammen herumgedreht. Nun lag ich im Sand unter ihr und griff fest in ihren Nacken, während ich mit der anderen Hand meinen Schwanz aus den Shorts befreite. Er schnellte zwischen ihre Beine nach oben. Obwohl ich ihm nicht den Sex bieten konnte, den er gewöhnt war, war er hart wie eine Stange.

Zumindest bei mir löste Ambers Unwissen Erregung aus.

»Setz dich auf ihn.« Ich blickte Amber fest in die Augen. »Ich will nicht, dass es dir wehtut, also bestimmst du. Setz dich auf ihn, ich helfe dir, aber du bestimmst.«

Ihr Mund öffnete sich vor Verwunderung und ihre nackte Brust zitterte kurz. Dabei bewegten sich ihre Titten und ich bewunderte mich dafür, dass ich es aushielt, wie ein Idiot unter ihr dazuliegen, mit der Latte meines Lebens, und ihr das Ganze zu überlassen.

*Was ist los mit mir? Ich bin ein Wichser, kein Softie. Ob meine zukünftigen Opfer ahnen, dass ich auch anders kann? Könnten sie mich hierbei beobachten, hätten sie keine Angst mehr vor mir.*

Aber eben diese Angst brauchte ich für meinen Job.

Ich schob diesen Gedanken beiseite und schwor mir, dass das hier eine Ausnahme bleiben würde. Sanft griff ich an Ambers Hüfte und schob sie über meine empfindliche Spitze. Für ein paar Sekunden verspannte ich innerlich, denn der Drang, sie mit einem Ruck auf mich zu schieben, war fast zu groß.

»Langsam«, sagte ich mehr zu ihr als zu mir. »Übernimm dich nicht.«

Amber stützte hilflos die Hände auf meine Brust, sank einen Zentimeter auf meinen Schwanz und verharrte. Sie schloss die Augen, nur um sie panisch kurz darauf wieder zu öffnen.

*Fuck, was ist los mit ihr?*

»Ich habe das Gefühl, dass es dir nicht gefällt«, wisperte sie. »Ich stelle mich bestimmt vollkommen dumm an.«

»Ich habe keine Ahnung, ob du dich dumm anstellst, du bist bei weitem die erste Jungfrau, die auf mir sitzt.«

»Wirklich?«

»Und mir gefällt alles.« Ich griff nach ihrer Hand und schob sie hin zu meiner Latte. Sie war so hart, dass ich fürchtete, allein deswegen zu kommen, weil ihre Hand mich berührte. Ich schloss für einen Moment die Augen, als ihre Finger meinen Schaft berührten. »Das ist der Beweis.«

Sie kicherte.

Ich schlug die Augen wieder auf und blickte einer wunderschönen Frau ins Gesicht. Wie ein Scheinwerfer umspielte die Sonne Ambers Haare und ließ sie unwirklich aussehen. Ein verruchter Engel, der auf mir saß und sich ganz langsam, viel zu langsam, tiefer setzte.

Da meine Hände frei waren, legte ich sie zuerst an ihre Wangen, streichelte sanft über ihre weiche Haut an Kiefer und Hals und wanderte dann tiefer. Als ich begann, ihre Brüste zu massieren, seufzte sie auf und drückte sich gleichzeitig fester auf meinen Schwanz.

»Beweg dich«, forderte ich sie auf. »Mit kleinen Schüben.«

Sie gehorchte und fickte nur meine Spitze. Das half und sie glitt automatisch immer tiefer. Und tiefer. Auch wenn es längst nicht tief genug war.

Die Geduldsprobe ging mehrere Minuten, bis ich wusste, dass ihr Jungfernhäutchen definitiv weit genug gedehnt war. Mit der Verlagerung ihres Gewichts schob sie ihr Becken schließlich ganz auf mich.

Fuck.

Mein Schwanz wurde von einem Paradies umfangen und zuckte gierig. Verspannt kniff ich die Lider zusammen und konnte nicht sagen, wie lange ich es aushalten würde, ihre warmen, engen Wände zu spüren, mich aber kaum darin bewegen zu dürfen.

Wäre sie eine Hure, würde ich sie spätestens jetzt dazu bringen, mich erneut zu bitten, sie zu ficken, und es sofort tun. Aber ich wollte Amber nicht zu noch mehr Lügen zwingen, zu noch mehr Dingen, die sie niemals sagen würde, wenn sie nicht musste. Also rief ich mir ihre Stimme von vorhin ins Gedächtnis und schaffte es, regungslos in ihr zu verharren. Mein Schwanz pulsierte kräftig gegen ihre Wände. Er war bis zur vollen Länge in ihr versenkt und ich fragte mich unwillkürlich, wie genau sich das für sie anfühlen mochte. So beim ersten Mal. Und dann gleich mit jemandem wie mir. Das klang eingebildet, aber ich wusste, dass meine Schwanzgröße nicht unbedingt dem Standard entsprach.

Als ich sie in den Arsch gefickt hatte, war mir nicht klar gewesen, dass auch das ihr erstes Mal gewesen sein musste. Vermutlich wollte ich deshalb, dass ihr richtiges erstes Mal so perfekt wie möglich wurde.

Wenigstens der Strand, die Palmen und das lauwarme Meer trugen dazu bei.

»Javier ...«

Ich schlug die Augen auf.

Ihre zarte Stimme gepaart mit meinem Namen zu hören schoss direkt in meinen Schwanz. *Womit verdiene ich diese Qual?*

»Das fühlt sich so unglaublich gut an«, sagte sie stöhnend und biss sich auf die Unterlippe.

Ich nickte nur. Meine Beherrschung stand am Limit.

»Aber ich möchte jetzt unbedingt, dass du wieder zu dir selbst wirst und mir keine Wahl mehr lässt.«

»Wie bitte?«

»Ich will, dass du bestimmst.« Ihr Lächeln war dezent, aber sichtbar. »Ich gehöre dir, oder nicht?«

*Sagt sie das gerade wirklich?* »Du weißt schon, dass du mit diesen Worten das Monster in mir weckst, oder?«

In ihren Augen entstand ein dunkles Funkeln. »Wer will schon den Prinzen, wenn er das Biest haben kann?«

# AMBER

LASS UNS DAS NOCH MAL ÜBEN. ICH
BEFEHLE, DU GEHORCHST. ICH GLAUBE,
DANN WERDEN WIR GUTE FREUNDE.

Sofort lag ich wieder unter ihm. Seine Hand schloss sich um meinen Hals, sodass ich nach Luft schnappte, seine Beine spreizten meine und er drang erneut in mich ein. Das Gefühl, das er dabei in mir erzeugte, war unglaublich und ich fragte mich, wie ich all die Zeit darauf hatte verzichten können.

Crack beugte sich vor, drückte meinen Kopf nach oben und nahm meine Unterlippe zwischen die Zähne, während seine Stöße dominanter wurden. Auch wenn mein Körper weich durch seine Griffe floss und alle Anspannung gewichen war, tobte in meinem Kopf ein Sturm aus unstillbaren Gedanken und Gelüsten.

Ich hob meine Hände, um Halt an seinen Schultern zu finden, doch er knurrte.

»Hände in den Sand.«

Ich überlegte, nicht auf ihn zu hören, um ihm eine Reaktion zu entlocken, doch schon mein Zögern wurde von ihm registriert.

Er griff nach meinen Armen, drückte sie hart in den

Sand und fickte mich weiter, während er sich auf meinen Handgelenken abstützte.

»Willst du kommen?«, fragte er mit einem diebischen Lächeln.

»Ja«, schoss es aus mir hervor. *Ich will unbedingt erfahren, wie es sich anfühlt, auf diese Art zu kommen.*

»Dann gehorche. Dreh dich um.«

Ich konnte gar nicht so schnell blinzeln, da hatte er mich schon freigegeben. Weil ich nicht sofort reagierte, schlug er mit der flachen Hand auf meinen Oberschenkel.

»Los!«

Ich keuchte, als er an meine Hüfte griff und sie grob zu sich heranzog. Mit voller Wucht stieß er seinen Schwanz in mich, sodass ich kurzzeitig glaubte, innerlich zu platzen.

Fuck!

Ihn so zu fühlen, war noch einmal ganz anders, und auch sein Tempo hatte sich verändert. Er nahm mich von hinten wie ein Tier und ich reckte mich ihm unwillkürlich entgegen, damit er sich mit jedem Stoß ganz in mir versenken konnte.

Die Reibung war überirdisch und elektrisierte mich bis in die Zehennägel. Seine harte Lust trieb er immer und immer wieder in mich, bis er endlich eine Hand erlösend auf meine Perle legte.

Das war zu viel.

Ich bog mich durch und schrie. Er war so tief in mir, dass die Grenzen meiner Empfindungen gesprengt wurden und ich dem Druck seiner Finger nachgeben *musste*. Der Orgasmus dauerte so lange wie die letzten drei zusammen. Er hörte nicht auf, mich auch von innen zu stimulieren, sein Fingerspiel endete nicht und mein Körper spannte sich vollständig an, hielt sich für mehrere Sekunden in der Ekstase und ließ dann los.

Ich fiel in mich zusammen, als hätte ich einen Marathon hinter mir. Die Nervosität fiel von mir ab. Die Angst fiel von mir ab. Zurück blieben nur ein Rausch und ein Summen in jeder Zelle. Als ich glaubte, diesen Kick nicht toppen zu können, wurde ich herumgeworfen. Crack beherrschte mich erneut wie eine Raubkatze, glitt über mich, fand meinen Mund, stieß in mich und zog sich plötzlich zurück. Er kam stöhnend auf meinem Bauch, während unsere Lippen sich berührten, und verteilte seinen Samen auf meiner nackten Haut. Dann küsste er mich richtig.

Ich wurde so fest in seine Arme geschlossen, dass erneut mein Atem wegblieb, als er seine Zunge in meinen Mund trieb und mich leidenschaftlich liebkoste.

Er richtete sich gemeinsam mit mir auf und hob mich in seine Arme.

Ermattet ließ ich zu, wie er mich zum Wasser trug und in der Brandung auf seinem Schoß absetzte. Er spülte das Sperma von meiner Haut und den Sand von seiner. Dafür nahm er sich viel Zeit, sodass ich in aller Seelenruhe mit den Fingern die Tattoos auf seinen muskulösen Armen nachziehen konnte.

»Haben sie eine Bedeutung?« Ich hielt bei einer Schlange inne und fuhr die Konturen ihres Kopfes nach.

»Das ist deine erste Frage nach diesem Sex?«, sagte er verwundert.

Ich lächelte und hob die Schultern. »Ich bin gerade glücklich und denke nicht so viel nach.«

»Für jedes Jahr, das ich überlebt habe, steht eines davon. Ich habe mit vierzehn angefangen.«

»Das ist früh.«

»Früh für Kinder. Ich war nie eines.« Crack griff erneut an meinen Hals, zog meinen Kopf vor seinen, sodass ich ihn ansehen musste, und blickte mir intensiv in die Augen. »Hol mir meine Zigaretten.«

Ich lachte auf. »Wie bitte?«

»War das ein Befehl? Das war einer. Sie sind in meiner Hosentasche.«

Er hatte sich seine Shorts wieder angezogen und grinste mich an wie ein selbstverliebter Vollidiot. Ich war schon im Begriff, ihn mit Nichtachtung zu strafen, als mir etwas Besseres einfiel. Jetzt, da er mich entjungfert hatte, fühlte er sich offenbar wieder wie der King. Ich verschloss meine Miene und glitt von seinem Schoß.

Er hob eine Augenbraue, weil ich stumm gehorchte. *Als wäre ich wirklich devot genug, um die Sklavin für ihn zu spielen.*

Ich ging zu seiner Hose, die im Sand lag, und suchte sie ab. Die Zigaretten waren in seiner Gesäßtasche. Sonst trug er nichts bei sich. *Natürlich nutze ich die Gelegenheit und überprüfe es.* Das wusste er und mein Nacken prickelte bei der Vorstellung, was er dazu sagen würde.

In der Schachtel war auch ein Feuerzeug, mit beidem in der Hand ging ich zurück.

»Was genau hast du geglaubt, in meinen Taschen zu finden?«, fragte er interessiert.

»Nichts.« Erst reichte ich ihm das Feuerzeug, das er mir seelenruhig abnahm, dann streckte ich ihm die Schachtel entgegen, sodass sie sich senkrecht über der Welle befand, die gerade anrollte. Ich ließ sie los. »Hups!«

Crack riss die Augen auf, fluchte und fischte die Zigaretten aus dem Meerwasser. Bevor er sich überlegen konnte, wie er darauf reagieren sollte, lief ich los.

Wahre Angst packte mich, als meine Füße über den Sand flogen. Ich wusste, dass ich eigentlich zu weit gegangen war. Nur weil er zärtlich und vorsichtig sein *konnte*, bedeutete das nicht, dass er mir etwas durchgehen lassen würde.

Da mein Atem raste und ich mich aus Angst, zu stolpern, nicht umsehen wollte, bekam ich nicht mit, ob er mir folgte.

Sollte er seelenruhig am Wasser sitzen geblieben sein, wäre das peinlich. Und würde mich verletzen. Schließlich war es gut möglich, dass er sein Interesse an mir verloren hatte, vor allem, da ich mich ihm weiterhin widersetzte.

Im nächsten Moment flog ich auf den Boden, mein Gesicht landete im Sand und er drückte mich nieder. Blitzschnell hatte Crack nach meinen Händen gegriffen und sie auf meinem Rücken fixiert. Seine Lippen streiften mein Ohr. »Was mache ich nur mit dir, Beauty ...«, murmelte er bedrohlich. »Falls du hoffst, dass ich dich noch mal zur Strafe prügle, muss ich dich enttäuschen. Deine Haut ist mir zu kostbar. Ich kann dich nicht immer schlagen, weil du nicht gehorchst. Vor allem nicht, da wir keinerlei Regeln festgelegt haben und ich mich sowieso an keine halte.«

»Ich dachte, du wärest Sadist«, keuchte ich in den Sand. »Was soll das jetzt?«

Er drückte meine Hände stärker zusammen, sodass es schmerzte. »Ich *genieße* es auch, dir deine körperlichen Grenzen aufzuzeigen, aber was mir gehört, behandle ich gut. Wir sind noch nicht an dem Punkt, an dem ich dir Narben zufügen will.«

*Seinen Besitz behandelt er gut?* Ich schüttelte den Kopf, soweit es mir möglich war. »Du tust mir gerade weh.«

»Weil du es willst!«, zischte er. »So klug, wie du bist, begreifst du einfach nicht, dass ich das nur für dich tue. Ich könnte dich auch davonlaufen lassen und dich erst nach Stunden wieder einfangen, *das* wäre Sadismus. Weil es dich verletzen würde, zu glauben, du wärest mir egal. Und das wäre auch das beste Mittel, um dich in eine Abhängigkeit zu treiben. Dann würdest du endlich tun, was ich sage, und nicht ständig das absolute Gegenteil davon.«

Dass er meine Gefühle so treffend analysiert hatte, erschreckte mich.

»Warum hast du mich am Abend vor drei Tagen abgewiesen?« Seine Stimme erinnerte plötzlich eher an ein Schnurren als an einen anderen Laut. Er drehte mich herum und blickte mir ins Gesicht. »Du wolltest wirklich nicht. Warum?«

Ich schnaubte. »Eigentlich hasse ich dich eben.«

»Mach mir nichts vor«, raunte er dicht vor meinem Gesicht. »Mit mir hat das primär nichts zu tun gehabt. Was war bei euch los? Hat Ly etwas gesagt?«

»Ich habe mit Gabriela telefoniert. Ly hat mir sein Handy dafür geliehen.«

Über seine Augen glitt ein Schatten. »Du hast mit irgendeiner x-beliebigen Nutte gesprochen und sie hat dich dazu gebracht, mir zu misstrauen?«

»Sie ist keine Nutte!«

»Natürlich ist sie das!« Er ging von mir herunter.

»Wer sich dafür bezahlen lässt, dass er Lys und Wres' Schwänze lutscht, ist eine.«

»Deinen hat sie nicht ... gelutscht?«, fragte ich spöttisch.

»Nein«, sagte er nur. »Was hat sie über mich gesagt?«

»Gar nichts.«

Er mahlte mit dem Kiefer und ich wusste, dass er die Geduld verlor.

»Es ging nicht um dich.«

»Sondern?«

»Um Valentina.«

Aus seinem Gesicht wich alle Farbe. Ich blickte zu Boden, weil ich es nicht ertrug, wie er mich musterte.

Langsam ließ er sich neben mich sinken und setzte sich in einen Schneidersitz. Dass er schwieg, verwirrte mich, aber es half mir auch, mich ganz auf die Erinnerung zu konzentrieren, die ich an Valentina hatte – und auf die Schuld, die ich empfand.

»Du hast versucht, ihr zu helfen«, sagte Crack irgendwann.

Ich winkelte die Beine an und zog sie vor meine Brust.

Er streckte einen Arm aus, um die Finger meiner rechten Hand zwischen seine zu schließen. Ich blickte auf. »Wir haben beide Schuld, ja. Aber im Gegensatz zu Wres mache ich mir deswegen keine Vorwürfe. Wir haben Valentina nicht gebeten, sich waghalsig vor uns zu verstecken, und wir hätten sie auch zurücklassen können, dann wäre ihr eventuell Schlimmeres widerfahren als der Tod.«

»Ich habe sie dazu gebracht, sich zu verstecken!«

»Du dachtest, sie wäre in Sicherheit, als sie verschwunden blieb. Machst du dir ernsthaft Vorwürfe wegen eines kleinen Mädchens?«

»Stellst du mir ernsthaft eine solche Frage?«

Crack ließ meine Finger los und drehte den Kopf weg, Richtung Meer. »Meinem Vater gehörte viel Land in Mexiko. Er hat früh festgestellt, dass er als Bauer etwas dazuverdienen kann, wenn er Marihuana anbaut. Seine erste Frau heiratete er nur, damit sie ihm ermöglichte, Handel zu betreiben. Sie war die Tochter eines Gouverneurs der Regierung. Und schon konnte mein Vater sein Imperium aufbauen und wurde zu einem der brutalsten Männer seiner Zeit.«

»Seine erste Frau? Was ist mit deiner richtigen ...?«

»Meine Mutter war Amerikanerin und er lernte sie kennen, als er schon ein mächtiger Mann war.« Crack versank in Gedanken und zeichnete eine undeutliche Figur in den Sand. »Mein Vater tötete Väter von Spielkameraden von mir – während ich im Zimmer war – und kurz darauf tötete er meine Spielkameraden und ihre Familien.«

Eine eiserne Faust schloss sich um mein Herz.

»Ein Kind mehr oder weniger, dem ich nicht helfen kann«, er zuckte die Achseln, »ist nur ein jämmerlicher Tropfen auf den heißen Stein.«

»Hast du sein Erbe fortgeführt?«, frage ich flüsternd.

»Du hast gesehen, was wir auf der Yacht an unsere Partner verkauft haben, oder?«

Ich nickte.

»Warum fragst du dann?«

»Marihuana ist normalerweise nicht weiß und glitzert in der Sonne.«

»Marihuana verkaufe ich mittlerweile legal.«

»Tötest du auch Kinder?«

Crack lächelte bitter, dann richtete er sich wieder auf. »Du bist noch immer nackt, Amber. Ich bringe dich zurück in eure Hütte.«

Innerlich sträubte sich vieles in mir, aber mir war mittlerweile klar, dass ich gegen seinen eisernen Willen nicht ankam, also fügte ich mich.

Auf dem Rückweg zu unserem Platz schwiegen wir.

»Zieh dich an.«

Er konnte es nicht lassen, mir Befehle zu erteilen. Innerlich verdrehte ich die Augen, als ich das Kostüm wieder anzog und zuknöpfte.

»Willst du es noch mal versuchen?« Crack nickte zur Kippenschachtel, die im Sand lag. Ich biss mir in die Wangen, bückte mich, hob sie auf und reichte sie ihm.

Statt der Schachtel nahm er meine gesamte Hand und zog mich an sich.

»Danke«, sagte er gedehnt. »War nur ein Test. Wusstest du, dass ich vor dir ausschließlich Frauen kannte, die sich längst so was von eingeschissen hätten, dass sie mir die Zigarettenschachtel dargeboten hätten, als wäre sie ein Zahlmittel für all die Dinge, die ich mit ihnen angestellt habe?«

»Nein, darauf wäre ich nie gekommen«, sagte ich ironisch.

»Willst du?« Er steckte sich eine Kippe zwischen die Lippen und bot mir die einzige andere trocken gebliebene an.

Es lockte mich, aber ich war schon längst mit den Gedanken zurück bei der Hütte. Er würde mich doch nicht wirklich dorthin zurückbringen, oder? Wie konnte ich das umgehen?

»Ach, komm schon, Amber.« Crack zündete die Zigarette an und reichte sie mir. »Welches Problem hat dein Ego jetzt genau? Anstatt dass du dich geschmeichelt fühlst, dass ich überhaupt noch nach dem Sex eine mit dir rauchen und dabei sogar reden will ...«

»Du bist so ein Arsch!« Ich gab ihm einen Schlag gegen die Schulter und er lachte herzhaft auf.

Dann zog er mich an sich.

Schmetterlinge kämpften sich meinen Magen empor, als er mich küsste. Das Nikotin auf unseren Lippen vermischte sich mit dem Rausch, der mich ergriff. Seine Zunge war weich, seine Atmung gleichmäßig und ich genoss es, seinem Körper so nahe sein zu können.

Wie durch einen nicht zu stoppenden Drang legten sich die Worte auf meine Zunge. »Nimm mich mit zu dir. Schick mich nicht zurück in den Bungalow.«

Crack hielt mit seinem Kuss inne, nahm Abstand und fuhr mit seinem Zeigefinger meinen Kiefer entlang, endete beim Kinn. »Da kann jemand nicht genug von mir bekommen, hm?«, fragte er dunkel. »Aber ich denke, Abstand von mir ist genau das, was du jetzt brauchst.«

Ich setzte zu einem Widerwort an, doch er legte mir einen Finger auf die Lippen.

»Lieber nicht, Amber.« Sein Ton wurde kühl. »Du willst doch nicht, dass ich dich länger als nötig dort lasse, nur weil ich glaube, du verdientest eine Bestrafung?«

Ich verengte die Augen.

»Kluges Mädchen. Gehen wir?«

IN JEDEM MENSCHEN STECKT EIN SADIST
UND MASOCHIST GLEICHERMASSEN.

*V*on meinem Zimmer aus konnte ich die Dächer des kleinen Bungalows sehen, der weit abseits der anderen für sich zwischen Palmen und Büschen stand. Mir war diese Tatsache nie zuvor bewusst gewesen. Neue Frauen, die sich noch nicht entschieden hatten, wie sie zukünftig für uns arbeiten würden, waren mir bisher schlicht egal gewesen.

Aber jetzt starrte ich auf das Dach, als würden in der Ferne die Antworten zu all den Fragen liegen, die ich nicht stellen sollte. Mein Körper plagte mich mit Unruhe und es fiel mir schwer, fünf Minuten am Stück sitzen zu bleiben.

Ich redete mir ein, dass es am fehlenden Nikotin lag, denn ich hatte seit gestern Mittag nicht mehr geraucht. Der Vorrat meiner favorisierten Zigaretten war dank Amber schneller als gedacht aufgebraucht und ich rauchte nicht gerne um des puren Rauchens willen – ob sie wusste, was sie mir mit ihrem Streich angetan hatte?

Aber ich machte mir nichts vor. Das Nikotin tat einen Scheiß in meinem Körper.

Unruhig war ich nur ihretwegen.

Als ich zugeben musste, dass ich es keine Sekunde länger in meinem leeren Schlafzimmer aushielt, ging ich nach unten zu Wres und fand Ly ebenfalls dort. Normalerweise begab er sich nicht freiwillig auf Wres' Etage – in der Villa hatte jeder von uns seine eigene – und schon gar nicht, ohne eine Frau an seiner Seite, die ihn bespaßte.

So, wie er dastand und leise auf Wres einredete, bekam ich ein mulmiges Gefühl, und als ich mich räusperte, hörte er abrupt auf zu sprechen, was die Situation noch verräterischer wirken ließ.

Ein einziges Mal hatten die zwei ihre Köpfe ohne mein Wissen zusammengesteckt, um mich zu überraschen. Vor zwei Jahren zu meinem Geburtstag: als Ly mir symbolisch ein offizielles Konto bei sich eingerichtet und die beiden mir eine dämliche Karte dazu gebastelt hatten.

Ich hatte erst in zwei Monaten Geburtstag, und so, wie ich Wres' Gesichtsausdruck deutete, unterhielten sie sich nicht über belanglosen Spaß.

»Wir haben ein Problem«, informierte er mich, als ich näher trat.

»Setz dich besser«, forderte Ly mich auf.

Ich hob eine Braue. »Das ist das Letzte, was ich tun werde. Wenn ihr so beginnt, bleibe ich gefälligst auf eurer Augenhöhe.«

Die beiden warfen sich einen Blick zu.

»Fuck! Was ist los?!«

»War sie Jungfrau?«, fragte Ly.

»Sie muss gehen«, sagte Wres.

Ly drehte sich zu ihm. »Warum fängst du so an? Ich

wollte erst mal seine Gefühle abchecken!«

Wres' Miene blieb völlig ausdruckslos. »C hat keine.«

Ich setzte mich doch. »Ich hätte euch erst noch 'ne Weile miteinander tuscheln lassen sollen, bis ihr euch einig darüber seid, wie ihr mich in den Tod nervt.«

»Also, war sie nun Jungfrau oder nicht?«, bohrte Ly nach.

Auch Wres blieb stumm und bewies damit seine heimliche Neugier.

Nur leider waren Wres und Ly keine Sandkastenfreunde, mit denen ich mich über meine Eroberungen unterhielt und einen Schwanzvergleich beim Pissen anstellte, sie waren Wres und Ly. Sie waren mehr und sie waren weniger als das.

»Sie gehört mir«, wiederholte ich stumpf. »Schön, dass euch das langsam klar wird.«

Ly verdrehte die Augen, Wres wirkte noch nachdenklicher.

»Die CIA ist auf dem Weg hierher«, erklärte er.

Ich fiel aus sämtlichen Wolken. »Wie bitte?«

»Alle Schiffe, die gestern die Küste Mexikos verlassen haben, wurden auf einem ihrer Satelliten erfasst.«

»Und sie machen sich die Mühe, uns bis hierher zu verfolgen?«

»Offenbar schon«, erwiderte Ly.

»Haben sie sich angekündigt?«, fragte ich.

Wres schüttelte den Kopf. »Kein freundlicher Routinebesuch, den wir mit ein paar Drinks abspeisen können.« Er griff nach einem Blatt Papier, das neben seinem Computer lag, und reichte es mir.

Ein Fahndungsfoto. Es zeigte Amber.

»Das ist nicht *irgendeine* Vermisstenanzeige«,

knurrte Wres. »Die kommt direkt von unserem Kontakt in der CIA.«

»Und?« Ich sah kein Problem. Natürlich wurden die meisten der Frauen, die wir kauften, früher oder später vermisst. »Ist doch toll, wenn die Agenten ihren Job machen.«

»Und den machen sie. Anders als sonst.«

Ly räusperte sich. »Wres möchte mit dieser überaus hilfreichen Andeutung darauf hinweisen, dass dieses Foto durch die *gesamte* CIA ging. Weswegen unser Kontakt, der normalerweise nicht mit so einem Firlefanz belästigt wird, davon Wind bekam. Nicht nur die gesamte CIA sucht dieses Mädchen.«

»Sondern die verfickten amerikanischen Staaten«, brummte Wres.

Ich faltete entspannt die Hände und betrachtete die beiden von unten herauf. »In der USA verschwinden täglich hundert Leute, warum sollten sie ausgerechnet um Amber Moore so einen Aufriss machen?«

»Wegen des angespannten Verhältnisses zu Mexiko!« Ly griff nach der Fernbedienung, die er wie zufällig hinter sich deponiert hatte, und schaltete den Fernseher an. Er zappte sich durch die zahlreichen Sportsender und landete schließlich auf CNN.

Eine Nachrichtensprecherin unterhielt das Publikum über eine Party bei den englischen Royals, aber unten liefen die Schlagzeilen durch.

*Anderson fordert Stellungnahme Mexikos*
*27 Frauen weiterhin vermisst*
*Lage spitzt sich zu*

Ich kannte Anderson, den amerikanischen Außenminister. Ein Typ, dem ich nicht zutraute, sich Feinde in Mexiko zu machen. Da musste mehr dahinter stecken und das war immer schlecht. Denn wenn ganz Washington versuchte, Mexiko politisch in die Zange zu nehmen, hatte das vermutlich den alleinigen Zweck, die Bevölkerung dazu zu bringen, Gegenmaßnahmen zuzustimmen, die einen Militäreinsatz erforderten. Ein Krieg zwischen Mexiko und den Staaten konnte und wollte sich niemand leisten – aber es könnte um die Grenzübergänge gehen, die von mexikanischer Seite nach wie vor lasch kontrolliert wurden.

Langsam fuhr ich mir mit der Hand über den Mund. »Was schlagt ihr also vor?«

»Amber wird nach Kuba gebracht.« Ly setzte seine Verhandlungsmiene auf. »Dort torkelt sie in eine Polizeidirektion und informiert ihre Eltern. Die werden sofort die CIA oder wer auch immer sich zuständig fühlt, kontaktieren, und sie wird abgeholt und sicher zurückgebracht.«

Bei dem Gedanken, dass es Amber so leichtfallen könnte, uns zu verlassen, zog sich ein zu großer Teil in mir zusammen. Ich hatte nicht geplant, sie wegzuschicken. Schon gar nicht innerhalb der nächsten paar Stunden. »Und weiter?«, fragte ich tonlos.

»Das Ganze setzt voraus«, sagte Wres und verschränkte die Arme vor der Brust, »dass sie ihre gottverdammte Klappe hält.«

»Sicher.«

»Nein, nicht sicher!«, fluchte Ly. »Amber ist wie ein Vulkan, man weiß nie, wann sie ausbricht oder die nächste dumme Idee hat! Sie mag klug sein, aber vielleicht hasst sie uns mehr, als du denkst! Nur weil du ihre enge Pussy erobern konntest, hast du ihr nicht unbedingt die Wahl gelassen, oder? Also Scheiße! Wir haben keine Ahnung, ob sie sich rächen wollen wird!«

Ich verzichtete darauf, ihn in allen Einzelheiten darüber aufzuklären, dass ich ihr sehr wohl eine Wahl gelassen hatte. Denn ich wusste, dass die Männer meinem Urteil nicht trauten. »Warum lassen wir sie dann überhaupt gehen?«

»Das fragst du noch?«, fragte Ly baff.

Ich zuckte die Achseln.

Wütend griff er nach der Fernbedienung und schaltete den Fernseher wieder aus. »Ich erinnere dich mal daran, was wir *normalerweise* in einer solchen Situation getan hätten.« Er kam auf mich zu, als hielte er sich für den King. »Wir hätten Amber sanft getötet und ihre DNA bis auf das letzte Überbleibsel restlos verschwinden lassen. Dann hätten wir einfach auf unserer Insel die Füße hochgelegt, bis die CIA gekommen wäre – und das wird sie, glaub mir – und sie in unserem hübschen Paradies herumgeführt. Ein engagierter Agent hätte eventuell ein paar Fragen gestellt, aber unsere toptrainierten Frauen hätten ihm nichts geliefert. *Das* hätten wir normalerweise getan, aber uns ist schon klar, dass du nicht einwilligen wirst, also bieten wir dir eine Alternative an. Amber geht und du bekommst sie dazu, dass sie nichts sagt. Und das bitte, *bevor* Camacho hier aufkreuzt und nach ihr verlangt. Dieser mexikanische Arschficker wird sein Geld für die ›gestohlenen‹ Frauen bekommen, aber er wird von uns auch erfahren, dass wir Amber an die CIA ausgeliefert haben. Das ist das beste Mittel, um zu zeigen, dass wir *neutral* sind und uns zu schwach fühlen, der ganzen CIA zu trotzen.«

»Schwäche zeigen?«, fragte ich höhnisch. »Das ist dein Plan?«

»Er soll von uns denken, dass wir Loser sind, die nur zu viel Geld haben und daher Nutten auf einer Insel halten. Mehr braucht er nicht zu wissen.«

»Gut. Sonst noch was?«

»Ja, was machen wir mit Maria und Regina?« Wres blickte düster zum Fenster hinaus. »Wenn die amerikanischen Agenten antanzen, müssen die beiden Frauen schon weg sein oder dazu gebracht werden, kein Wort über Amber zu verlieren.«

»Um die kümmere ich mich.« Ly streckte sich durch. »Crack hat beileibe genug mit seinem neuen Häschen zu tun. Willst du diesbezüglich noch einen Tipp von mir?«

Ich verzog den Mundwinkel zu einem kühlen Lächeln. »Nein.«

»Sie ist nicht wie Salena. Nicht ein Stück. Ich hoffe, du bist dir dessen bewusst.«

# AMBER

## WIR NÄHERN UNS DEM ENDE, BEAUTY. HAST DU ANGST DAVOR, WAS DANACH PASSIERT?

*A*ls ich in der Nacht aufwachte, hörte ich ein leises Wimmern. Jemand weinte gequält, stockte, weinte wieder. Ich hörte das spanische Wort für ›Bitte‹, mehrmals und schließlich zu häufig. Dann verstummte es wieder und alles blieb ruhig.

*Fuck. Was geht hier vor sich?*

Leise stand ich auf und schlich mich in der Dunkelheit zur Tür. Geräuschlos ging ich in den Flur, in der Küche brannte Licht. Mitten auf dem Boden im Wohnzimmer lag eine Blutlache. Kälte kroch meinen Nacken hinauf, als ich der Spur folgte. Sie endete hinter dem Raumteiler vor der Terrassentür. Dahinter herrschte tiefste Nacht. Schwere Wolken verdeckten Mond und Sterne. So leise wie möglich zog ich die Tür auf und das Wimmern wurde augenblicklich lauter.

»Du willst nicht reden? Soll ich dir das verdammte Maul stopfen, ja?« Ly. Tief brodelnd, aber unverkennbar. Ich griff blind nach dem Terrassenstuhl, um ihn notfalls in seine Richtung werfen zu können, und schaute um die Ecke.

Echte Wut kochte in mir hoch, als ich die Szenerie erkannte.

Die Frau, die wimmerte, war Maria. Sie lag auf dem Bett, das sie sich mit Regina teilte, die Beine weit gespreizt und leicht angewinkelt, den Kopf in Lys Schoß, der ihr gemächlich seinen Schwanz in den Rachen schob. Zwischen ihren Beinen lag Regina auf dem Rücken, die Lippen an ihrer Pussy, die Hände in ihren Pobacken versenkt. Sie leckte Maria, die nach wie vor wimmerte, als bereite ihr die übersteigerte Lust Schmerzen.

Auf dem Nachttisch stand die leere Rotweinflasche. Kein Blut.

*Warum haben sie mich nicht wenigstens mit einem Hinweis beruhigt, anstatt mich panisch durchs Haus wandern zu lassen?*

Ly hob Marias Kopf an und flüsterte ihr etwas zu, das ich nicht verstand. Daraufhin wechselte sie ihre Position und setzte sich fromm auf seinen Schoß. Sein Schwanz glitt tief in sie, bis sie noch lauter heulte. Sie flehte wieder, als Regina von hinten kam, in ihr Haar griff, sie nach hinten drehte und küsste. Ich bemerkte Lys gierigen Blick, als er die küssenden Frauen betrachtete und dabei Maria wild fickte. Regina ließ eine Hand zu Marias Arsch gleiten und schob ihr einen Finger zwischen die Backen ...

Maria kam im Gegensatz zu ihrem Wimmern von zuvor fast geräuschlos, doch plötzlich schob Ly Maria grob von sich. Wie selbstverständlich bückte sie sich gemeinsam mit Regina vor ihn und leckte seinen Schwanz und Sack sauber. Diese ganze Situation hatte etwas so verdammt Herabwürdigendes an sich, dass es schon wieder faszinierend war.

In dem Moment, als Ly seine Augen öffnete und direkt in mein Gesicht blickte, schloss sich eine Hand um meinen Arm.

»Genießt du es, zuzusehen?«

Sämtliche Nackenhärchen richteten sich durch den Hauch seiner Stimme an meinem Ohr auf. Ich wusste nicht wieso, aber Erleichterung flutete meinen Körper. »Es ist wie ein Unfall. Man kann nicht wegsehen.«

Crack lachte. »Das ist nur die halbe Wahrheit.«

*Verdammt, woher weiß er das?*

»Ich hoffe nur, es ist nicht Ly selbst, der deinen Atem hat schneller werden lassen.«

Ich biss mir auf die Zunge und versuchte meine Erregung zu verbergen. Es lag weder an Ly noch an Maria und schon gar nicht an Regina, aber das Ausleben der sexuellen Lust, auch wenn sie dreckig und verboten war, hatte ich mir zu lange versagt. Ich spürte, wie sich eine Sehnsucht in mir emporbahnte, etwas Ähnliches zu tun oder empfinden zu können. Nur Sex. Nur Lust. Nur Hingabe.

»Tu so etwas auch mit mir«, flüsterte ich Crack zu.

Sein dunkles Lächeln setzte sich direkt in meine Mitte. »Ich teile dich nicht. Schon gar nicht mit Frauen.«

»Das meine ich nicht.«

»Ich weiß.«

Als sich die Terrassentür neben uns öffnete, zuckte ich zusammen. Ich hatte nicht auf Ly geachtet, der sich eine Jogginghose angezogen hatte und auf uns zugekommen war. »Kann ich euch irgendwie helfen?«, fragte er gespielt freundlich. »Wollt ihr vielleicht mitmachen? Deine Pussy würde ich gerne lecken, Amber, während Crack sich deinem Mund widmet.«

»Ich überhöre das galant«, sagte Crack ebenso freundlich. »Wie ich sehe, hast du dich Maria und Regina ausreichend gewidmet, um die Frage zu klären, ob sie dumm genug sind, für dich zu lügen.« Er sprach Englisch, sodass ihn die Frauen nicht verstehen konnten.

»Für *uns*, mein Guter, für *uns*.«

»Wie auch immer. Amber?«

»Bist du gerade erst gekommen?« Ly runzelte die Stirn und lehnte sich gegen die Hauswand, während sein Blick zwischen Crack und mir hin und her ging. »Ich dachte, wir haben Zeitdruck?«

»Haben wir.« Crack öffnete mir die Terrassentür zurück ins Wohnzimmer.

»Wirst du tun, was wir verabredet haben?«, rief ihm Ly hinterher. »Das kommt mir alles spanisch vor!«

»Hast *du* denn getan, was wir *verabredet* haben?«

Ly verzog die Miene zu einer Grimasse und Crack zog mich ins Innere des Hauses. Kaum befanden wir uns im Wohnzimmer, griff er in mein Haar und legte seine Lippen an meinen Hals. Sanft kaute er an meiner Haut, bis er meinen Mund erreichte.

Ich öffnete sehnsüchtig die Lippen, aber ich bekam nicht, was ich wollte. In eben diesem Moment nahm er wieder Abstand. Ich keuchte wütend, doch er ignorierte es glatt. Bestimmend schloss er eine Hand um meine und brachte mich vor meine Zimmertür. »Pack deine Sachen. Du wohnst hier nicht länger.«

»Es bringt nichts, zu fragen, wohin es geht, oder?«

»Nein.«

»Warum nicht? Was glaubst du, was ich mit der Information tun werde? Hältst du mich für zu dumm, um sie zu verstehen?«

Cracks Kiefermuskeln verspannten sich sichtlich. »Schon gut«, knurrte er. »Ich packe deine Sachen selbst.« Er ging an mir vorbei, zerrte meine Tasche aus dem Schrank hervor und warf achtlos die wenigen Kleidungsstücke hinein, die ich besaß.

Im ersten Moment stand ich wie vor den Kopf gestoßen da, dann packte mich eine merkwürdige Art von schlechtem Gewissen und ich wollte ihm helfen. Ich ging an ihm vorbei zum Schrank, holte das einzige Kleid heraus, das ich mir ausgesucht hatte, und wollte es ihm anreichen.

Er riss es mir grob aus der Hand und stopfte es zu den anderen Dingen. »Lass es einfach.«

Seine unverständliche Wut ängstigte mich. *Habe ich ihn doch falsch eingeschätzt? Welche Abgründe in ihm warten noch darauf, mich hinunterzuziehen?*

Für einen Moment blieb ich stumm stehen, bis er ins Bad ging und meine Kosmetika in eine Tüte räumte. Da die kleine Tasche bereits überquoll, versuchte ich Platz zu schaffen, damit er meine improvisierte ›Kulturtasche‹ verstauen konnte. Als er zurückkam und mich an der Tasche bemerkte, schlossen sich seine Augen zu schmalen Schlitzen, er griff grob an meinen Arm und stieß mich weg.

Ich torkelte zurück und schlug mit dem Kopf an der Wand auf. Erschrocken schnappte ich nach Luft.

»Warum kannst du nicht *einmal* gehorchen?!«, fuhr er mich ohne jedes Schuldbewusstsein an und riss an dem Reißverschluss der Tasche, sodass ich schon fürchtete, er würde sie bei dem Versuch, sie zu schließen, zerreißen.

»Gibt es hier ein Problem?«

Ich blieb wie erstarrt stehen und drehte nur meinen Kopf zu dem wieder vollständig bekleideten Ly, der im Türrahmen stand.

Cracks Schultern zogen sich zusammen, als plante er, sich im nächsten Moment wie ein jagendes Raubtier aufzurichten. »Nein.« Das simple Wort klang wie eine gewaltige Drohung.

»Tut mir leid, dein Mädchen steht aber an die Wand gedrängt da, als hätte sie eines.«

Crack tat genau das, was ich vorausgesehen hatte. Nur viel schneller, viel wendiger und mit einer Präzision, die meinen Herzschlag aussetzen ließ.

Nach nur einem Augenschlag hatte er die drei Schritte zwischen Ly und sich überwunden, sein Messer gezückt, es Ly an die Kehle gedrückt und ihn mit seinem Körper an die Wand genagelt.

»Deinetwegen, du verfickter Scheißpisser, muss ich das hier überhaupt tun. Weil du und Wres Vollidiot Sawbuck zu dämlich wart, eine Falle rechtzeitig zu erkennen, und einen Peilsender auf unsere Bohrinsel gelassen habt. Und du fragst mich, ob es ein Problem gibt? Ja, massig! Aber ich vertraue nicht länger darauf, dass du es lösen kannst.«

Ly blickte ihm wortlos ins Gesicht.

»Du solltest mit Maria und Regina reden und was tust du? Nicht, dass es mir nicht egal wäre, aber deine Zurechnungsfähigkeit leidet unter jeder Aktion mehr, die du dir leistest. Vor zwei Jahren noch warst du mein Freund. Jetzt bist du nur noch ein Klotz am Bein, der mich immer wieder zu falschen Entscheidungen zwingt. Du solltest gar nicht hier sein. Geh zurück nach New York und krieg deinen Laden geschissen oder ich beende meine Zusammenarbeit mit dir. Das ist mein Ernst. Du gehst mir seit sechs Tagen dermaßen auf den Sack, da ist Wres ein kleiner Zwerg gegen. Und. Fass. Amber. Nie. Wieder. An. Sonst kastriere ich dir deinen Schlappschwanz. Verpiss dich jetzt.«

Crack ließ Ly los und drehte sich um.

Ich begriff kaum, was geschah, keuchte nur ängstlich auf, als beide in einen harten Kampf verfielen. Ly hatte Crack von hinten angegriffen, doch Crack war vorbereitet gewesen, als wäre er von vornherein nicht davon ausgegangen, Ly würde einfach verschwinden. Unnachgiebig versuchten sie sich gegenseitig zu schlagen, wichen aus, stellten Stolperfallen, hangelten sich am anderen wieder hoch. Es war ein atemberaubendes Schauspiel, das sie lieferten. Perfekt kalkuliert, wie für einen Zuschauer gemacht.

Plötzlich wurde Crack abgelenkt und Ly gelang der finale Schlag. Crack torkelte, in den Magen getroffen zurück, Ly griff an seinen Rücken.

»Nicht!«, schrie ich, als er die Mündung seiner Waffe auf Scrillas Kopf richtete.

»Weiß sie, was du getan hast?«, fragte Ly ruhig. Die Überheblichkeit war aus seiner Stimme gewichen, stattdessen wurde sie von Kälte gefüllt. »Nein, ich denke, das weiß sie nicht, sonst würde sie nicht flehen, dass ich dich nicht erschieße. Und ich soll sie nicht anrühren? Klar, natürlich nicht, im Gegensatz zu dir würde ich sie ja nicht bis aufs Blut spanken.«

Crack straffte die Schultern. »Ach, leck mich.« Er griff nach der Tasche auf dem Bett und beachtete die Waffe nicht länger.

»Du hast schon einmal eine Frau in den Abgrund

getrieben, warum zur Hölle willst du das unbedingt wiederholen?«

Crack schloss für einen Moment die Augen, atmete durch, dann ging er auf Ly zu, bis die Mündung der Pistole sich in seine Brust bohrte. Die Tasche geschultert, schloss er die Hand um Lys Finger und sah ihm direkt ins Gesicht. »Wenn es dir nur um Ambers Reaktion gegangen ist, warum lässt du sie dann nicht endlich sinken?«

Lys Arm erschlaffte, aber Crack hielt seine Hand oben.

»Schieß«, raunte er.

Ly warf mir einen kurzen Blick zu.

Sekunden verstrichen und ich wusste nicht, wer wahnsinniger war: Crack, der sich erschießen lassen wollte, oder Ly, der eine Pistole auf seinen Freund gerichtet hatte.

Dann ließ Ly die Waffe endlich los und zog seine Hand weg, sodass Crack sie hielt.

»Feigling.« Er warf sie achtlos aufs Bett, griff grob nach meiner Hand und zerrte mich aus dem Haus.

In meinem Kopf tobten hundert Fragen, aber ich zwang mich dazu, sie erst zu sortieren, bevor ich sie aussprach. Es wollte einfach nichts Vernünftiges über meine Lippen kommen.

Nicht einmal Widerstand.

Fünf Minuten später hielten wir vor einem kleinen Bootshaus in der Nähe eines Steges. Crack warf meine Tasche in ein Paddelboot, aber anstatt mir hineinzuhelfen oder sich selbst hineinzusetzen, fasste er an das untere Ende seines T-Shirts und zog es aus.

»Wir haben Sex, bevor ich dich wegbringe«, erklärte

er und löste seinen Gürtel, nachdem er das Shirt ebenso achtlos wie die Tasche ins Boot geworfen hatte. »Zieh dich aus.«

Ich konnte nicht anders, als loszuprusten. All die Anspannung verlor sich in dem Gefühl, diese Situation lustig zu finden.

Er grinste für eine Weile, als hätte er tatsächlich einen Spaß gemacht, dann nickte er zum Bootshaus. »Zieh dich aus, oder ich werde es für dich tun.« Sein Grinsen wuchs. »Mit meinem Messer.«

Ich spürte wieder einmal dieses verwirrende Gefühl der Neugier. Mich selbst auszuziehen wäre ein Eingeständnis meiner Begierde und hätte etwas mit Einwilligung zu tun. Ich wollte ihm nicht die Genugtuung bieten, dass ich es freiwillig tat, obwohl ich nicht nur einen Grund hatte, auf ihn sauer zu sein. Gezwungen zu werden erzeugte hingegen ein Prickeln in meiner Magengegend, und der Gedanke daran, dass er sein Messer benutzte ...

Als er einen Schritt auf mich zutrat, griff ich schnell an den Reißverschluss meiner Sweatshirtjacke. Ein Instinkt riet mir dazu, ihn nicht ganz gegen mich aufzubringen. Als ich ihn nach unten zog, blickte ich zu Boden. Der Drang, ihm meine Gedanken an den Kopf zu werfen, war übermächtig – aber ich wusste auch, dass es nichts bringen würde, ihn mit Fragen zu bombardieren. Besaß ich irgendeine Macht über ihn? Konnte ich neben ihm existieren, ohne mich zu verleugnen?

Seine Hand an meinem Kinn zwang mich dazu, wieder aufzusehen.

»Nein. Ich werde dir noch nicht sagen, wohin dich

das Boot bringen wird. Nein, ich werde auch nicht erklären, wovon Ly gesprochen hat. Weißt du warum?«

Ich schüttelte den Kopf.

»Weil ich es nicht *kann*«, raunte er. Damit hoffte er wohl, eine Erkenntnis in mir zu wecken, aber es war nur eine weitere Frage hinzugekommen. Bevor ich die Chance hatte, wenigstens bei dieser Sache nachzuhaken, hatte er mich plötzlich angehoben und über seine Schultern geworfen.

»Okay, es reicht!«, rief ich wütend und trommelte auf seinen Rücken ein. »Du kannst mich nicht herumtragen wie dein Spielzeug!«

Er öffnete die Tür ins Innere des Bootshauses, Dunkelheit umfing mich. »Ich kann und du bist mein Spielzeug.«

Im nächsten Moment landete ich mit dem Po auf einer weichen Matratze. Crack blieb bei mir, kaltes Metall, das sich um meine Handgelenke schloss. Ich konnte nichts sehen, nur seine Hand fühlen, die an meinem Kinn lag, und den Reißverschluss seiner Hose hören, den er öffnete.

»Mund auf.« Ein Grollen, das den Raum erfüllte, und widersinnigerweise gehorchte ich. Vielleicht aus Angst, vielleicht, weil ich gehorchen wollte.

Es war dermaßen eigentümlich, seinen Schwanz in völliger Dunkelheit vor meinen Lippen zu spüren, dass ich gar nicht darauf kam, mich bei ihm zu beschweren. Als seine Spitze in mich eintauchte, durchflutete eine Welle der Erregung meinen Körper und glitt zwischen meine Beine.

*Es macht mich an.*

Saugend legte ich meine Zunge um seine Eichel und

ich stöhnte gierig auf, als er in mein Haar griff, fest, zu fest, und sich mit einem Stoß bis in meinen Rachen schob. Statt ihn dafür zu hassen, wollte ich mehr.

Immer wieder glitt er in meinen Mund, glitt hinaus, stieß sich vor. Erst jetzt wurde mir bewusst, wie groß sein Glied war, denn er konnte sich kaum zur Hälfte in meinen Mund vorschieben, ohne mich zu würgen.

Ich hätte noch ewig so dasitzen können, den Gefühlen ausgeliefert, die diese intime Geste erzeugte, aber er löste sich. Enttäuscht seufzte ich auf, wurde im selben Moment an den Schultern gepackt und auf das Bett gedrückt. Crack riss meine Arme hoch, öffnete und schloss die Schellen erneut und fixierte mich an irgendeinem Metallstab.

Dann war er fort.

Licht ging an und tauchte das Zimmer in einen sanft gedämmten Schimmer.

»Wo sind wir?«, fragte ich völlig baff und sah mich um. Das Bett befand sich nicht, wie ich angenommen hatte, zwischen Gerätschaften und Bootzubehör in einem Schuppen, sondern in einem dunkel getäfelten Raum mit allerlei lederüberzogenen Möbeln darin, die mir vage aus einschlägigen Filmen bekannt vorkamen. Mein Magen rumorte, als ich die Peitschen und Seile an der Wand gegenüber bemerkte.

»Nur eines von vielen Spielzimmern auf dieser Insel.« Crack hatte seine Hose wieder grob verschlossen, als er sich zu mir aufs Bett setzte und das kleine Messer zog, das er schon einmal in meinem Beisein benutzt hatte. »Beweg dich lieber nicht.«

Er griff an den Bund meiner Hose und ließ die Klinge unter den Stoff gleiten. Ich blieb still, als er damit die Hose zerteilte. Meine Hände waren an das Bettgestell gefesselt. Ich konnte mich bewegen, aber nicht loskommen. Als Crack sich dem zweiten Bein meiner Jogginghose widmete, blickte ich hoch – und sah mir selbst ins Gesicht.

Ich zuckte zusammen. Ein Spiegel unter der Decke.

Sofort knurrte er auf.

»Sorry«, murmelte ich.

»Mit einem Sorry ist es nicht getan«, sagte er säuerlich und warf die zerstörte Hose von sich, zog den Reißverschluss meiner Joggingjacke tiefer und glitt mit dem Messer unter die Naht meines BHs. Als er den BH zerteilte, zuckte ich zusammen – und ein Schmerz ließ mich kurz darauf wissen, was er getan hatte.

»War nur ein Versehen«, sagte er grinsend und beugte sich hinunter, um mein Blut zu kosten. »Ich sagte ja, halt lieber still.«

Im gesunden Normalfall hätte ich jetzt wohl so etwas wie ›Du perverses Schwein!‹ rufen müssen, aber dieser Gedanke war spätestens dann verflogen, als seine Lippen über meine Nippel glitten. Ich wusste, dass sie längst hart waren, als er seine Zunge auf ihnen kreisen ließ. Ich betete, er würde sie in den Mund nehmen.

»Ich soll sie weiter küssen, nicht wahr, Baby?«

»Ja«, presste ich hervor.

»Dann erlaube mir, dich erneut zu schneiden.«

*Ist er verrückt?*

Ich hörte geradezu, wie die Millisekunden vertickten, aus denen seine Geduldslänge bestand, als ich meinen Lippen erlaubte, ein »Tu es« zu formulieren.

»*Bitte* mich«, verlangte er.

»Bitte schneid mich.« *Fuck. Habe ich das gerade gesagt?*

Ich hörte ihn leise über meiner Haut lachen, als er seine Lippen um meine rechte Brustwarze schloss. Mit rationalem Vestand konnte sich mir nicht erschließen, wieso ich noch nasser wurde, als ich daran dachte, wie er mich erneut schneiden würde. Es hatte etwas von purer Dominanz, absoluter Obszönität und dunkelstem Sex. *Ich wollte*, dass er mir Schmerzen zufügte, aber ich *wusste nicht*, wieso. Stöhnend warf ich den Kopf in den Nacken und drückte ihm meine Brust entgegen. Er küsste, umschmiegte sie, biss, quälte mich, erzeugte unendlich viele sprudelnde Gefühle, die in einem dichten Strom zu meinem Schritt flossen. Dann widmete er sich der linken und intensivierte das Spiel, bis ich keuchend unter ihm dalag und wusste, ohne eine Hand zwischen meine Beine gleiten lassen zu müssen, dass mein Saft auf das Bettlaken tropfte.

Crack zückte wieder das Messer und zerteilte meinen Slip. Dieses Mal streifte dabei genauso absichtlich wie an meiner Brust die Klinge meine empfindliche Haut. Er leckte über die Stelle unterhalb meines Nabels, was ein tief gehendes Prickeln in meinem Magen erzeugte, dann warf er das Messer fort, drehte mich herum und versenkte sich mit einem einzigen festen Stoß in mir.

Ich stöhnte ins Kissen. Er nahm mich hart und schnell, mein Atem verlor sich. Mir blieb kaum Zeit, mich an seine enorme Größe zu gewöhnen. Es war schmerzhaft, aber auch so ultimativ berauschend, wie er sich in mich vorstieß, tiefer und tiefer, bis er endlich bis zum Anschlag in mir war. Und dann fickte er mich richtig.

Mein Körper wurde über die Matratze geworfen, ich

fühlte mich wie Luft, die aufgewirbelt wurde. Sein Schwanz stieß mächtig und ruhelos in mich hinein. Atemlos stöhnte ich seinen Namen und hätte gewollt, dass es niemals endet, hätte es in meiner Macht gestanden, das zu entscheiden.

Kaum hatte ich mich an seine treibenden Bewegungen gewöhnt, an das mächtige Gefühl seiner zustoßenden Länge, packte er meine Hüfte, zog sich zurück und warf mich wieder herum. Seine Hände griffen fest in das Fleisch meiner Oberschenkel, als er meine Beine spreizte und mit seinem Oberkörper zwischen ihnen versank.

Zielgerichtet leckte seine Zunge über meine Pussy und drang in mich ein. Er fickte mich mit seiner Zunge und widmete sich schließlich meinem Kitzler. Fest umschloss er meine Perle und saugte an ihr, bis ich kurz davor war, zu kommen.

»Sag ihn noch einmal.« Er war wieder über mir und blickte mir direkt in die Augen. »Sag ihn.«

Ich wusste, wovon er sprach. »Javier«, flüsterte ich.

In seinen dunkelgrünen Augen erschien ein helles Schimmern, dann stieß er sich in mich und ich kam.

*Fuck.*

Ein Gewitter tobte über mich hinweg, elektrisierte jeden Zentimeter meines Körpers und ließ mich anschließend hemmungslos stöhnen, während er mich härter und härter nahm, sodass ich glaubte, innerlich zerteilt und erneut zusammengesetzt zu werden ... bis mir klar wurde, dass es nur der zweite Höhepunkt war, der sich direkt an den ersten anschloss und von seinem begleitet wurde.

Er kam in mir und schloss mich gleichzeitig in eine

Umarmung, die so fest war, dass ich glaubte, unsere Seelen würden verschmelzen. Sein heißer Körper umfing mich vollkommen, als er sich in mir verteilte.

Obwohl mein Atem raste, war mein Geist plötzlich völlig klar. Ich starrte über uns in den Spiegel und sah ihn auf mir liegen. Diesen unfassbar schönen Rücken, die muskulösen Beine, das dunkle Haar.

»Löse die Fesseln.«

»Wie bitte?«

Seine Atmung ging erstaunlich ruhig. »Tu es.«

»Kann ich das selbst?«

»Ja, sie sind nicht verschlossen.«

Erstaunt griff ich an die Schellen der jeweils anderen Hand und stellte fest, dass er recht hatte. Sie ließen sich leicht in die gegenüberliegende Richtung öffnen und ich konnte mich befreien.

»Jetzt tu mit deinen Armen, was auch immer du tun willst.«

Das machte es etwas schwieriger, mich für etwas zu entscheiden. Eigentlich sollte ich auf seinen Rücken einprügeln oder ihm eine Ohrfeige verpassen, weil er mich vorhin gegen die Wand gestoßen hatte und bisher kein einziges Wort der Reue über seine Lippen gekommen war, aber ich war auch zufrieden und generell zu kraftlos dafür.

Also legte ich sie einfach auf seinen Rücken und genoss das Pulsieren seines Schafts in mir und das Gefühl seiner Haut unter meinen Fingerkuppen.

Schließlich ließ ich sie zu seinem Kopf wandern und fuhr mit ihnen durch sein Haar. Er brummte zufrieden. Und für einen glücklichen Moment nickte ich ein.

# C

DIE ZEIT DRÄNGT.

Ich merkte Amber kaum an, dass sie schlief. Ihre Züge waren zwar entspannt und ihr Atem ging ruhig, aber sie hätte auch jederzeit die Augen aufschlagen und mich anlächeln können, so zufrieden und wach wirkte sie.

Vorsichtig bettete ich uns um, sodass sie in meinem Arm lag und ich ihren Rücken erreichen konnte. Mein Schwanz war längst wieder hart. Ich hätte sie noch dreimal ficken können, bevor sie ging.

Ein Blick zu der altmodischen Holzuhr, die zu Dekozwecken an der Wand neben den Peitschen hing und noch immer nicht ihren Geist aufgegeben hatte, und ich wusste, dass ich Amber würde wecken müssen.

Auch wenn Amber nur dalag, war es ein gutes Gefühl, sie bei mir zu wissen. Ich wollte sie nicht gehen lassen. Seit Salenas Tod war sie die Erste, die mich nicht an sie erinnerte. Deswegen der verdammte Blowjob. Normalerweise tauchte Salena wie eine auferstandene Leiche vor meinem inneren Auge auf, sobald sich weibliche Lippen um meine Eichel schlossen – doch auch in der absoluten Dunkelheit blieben meine Gedanken bei Amber. Dieses Gefühl war befreiend – und engte mich gleichermaßen ein. *Wieso muss ich sie verdammt noch mal freigeben? Wieso ist ausgerechnet sie in ein politisches Desaster und Weltgeschehen verwickelt?*

»Die CIA sucht dich.« Mit diesen Worten weckte ich sie. »Amber.«

Sie atmete tief durch und schmiegte sich wie eine Katze an mich. »Na und?«

»Es führen zu viele Spuren von dir zu uns und andersherum.«

»Mhm, und?«

»Du musst deswegen zurück.«

Sie riss die Augen auf.

»Heute Nacht bringt dich ein Schiff nach Havanna. Du wirst morgen Mittag dort sein. Du gehst in eine Polizeidirektion, zeigst deinen Pass und wirst sehen, was passiert. Vermutlich empfängt dich noch am Flughafen in Miami ein Agent der CIA. Du weichst seinen Fragen aus, darfst nach Hause gehen und lebst dein Leben weiter.« *Dass es nicht so einfach werden wird, ist mir klar. Aber ist es nötig, ihr schon jetzt Angst zu machen?* »Ich komme dich holen, sobald es ungefährlich für mich ist«, schloss ich an.

Ihre Augen weiteten sich noch etwas mehr. »Du wirst mich ... holen?«

»Du gehörst mir, schon vergessen? Du wirst nur ein paar Wochen zu Hause verbringen und die Vereinigten Staaten beruhigen. Dann bin ich wieder bei dir.«

»Mich zurückzuschicken wäre zehnmal riskanter, als mich einfach zu erschießen und zu vergraben.«

»Wundert Ly und Wres auch, dass ich das nicht tue.«

»Ja, warum tust du es nicht?« Sie richtete sich auf und blickte auf mich herunter. »Warum zur Hölle schickst du mich fort, nur um mich dann *irgendwann* wieder zurückzuholen?«

»Um Problemen aus dem Weg zu gehen. Die CIA ist einer der bestausgestattetsten Geheimdienste der Welt und ich lande nur sehr ungerne in ihrem Fokus.«

»*Du* hast Angst vor der CIA?«

»Ich habe Respekt.«

»Was sollte das vorhin von Ly? Was hast du mir angetan, dass ich dich am liebsten tot sehen wollen sollte?«

Ich zögerte. Konnte Ly überhaupt von *dieser einen Sache* gesprochen haben? Wusste er es? Wohl kaum, denn ansonsten hätte er mich *wirklich* getötet. Nein, er musste die Sache mit Salena meinen. »Er hat eine andere Vorstellung davon, wie ich mit Frauen umzugehen habe.«

»Was meinte er damit, dass du bereits eine Frau in den Abgrund getrieben hast?«

»Wir reden da jetzt nicht drüber.«

Sie sah mich ausdruckslos an. »Ist es die Frau auf diesem Foto? Die Mutter deines Kindes?«

Damit erwischte sie mich unfassbar kalt. »Welche beknackte Frau auf welchem beschissenen Foto?«, fragte ich drohend und griff unbewusst nach meinem Messer.

Sie rutschte über das Bett zurück, aber sie hatte keine Chance, mir zu entkommen, bevor ich nicht erfuhr, wovon sie sprach.

»Ich habe das Foto auf deinem Laptop gefunden.«

»Auf meinem Laptop?« Die Kontrolle entglitt mir,

meine Finger zerquetschten den Griff des Messers beinahe in der Hand. »Du warst an meinem Laptop?«, knurrte ich. »Wann?«

»Bist nicht eher du es, der mir meine Frage beantworten sollte?«

Ich lachte kalt. »Wie zur Hölle hast du mein Passwort geknackt?«

»Ich habe es nicht geknackt!« Durch ihre Augen flimmerte Verzweiflung, etwas, das mein tosendes Blut um ein paar Grad runterkühlte. *Bleib ruhig. Lass sie sich erklären.* »Als du mich auf der Yacht im Zimmer alleine gelassen hast, habe ich auf dem Gastaccount des Laptops herumgestöbert ...«

*Sie hat geschnüffelt. Sie hat gestöbert. Und ist dabei auf das Einzige gestoßen, auf das sie niemals hätte stoßen dürfen.*

»Es war eine Geburtstagskarte. Für dich, von Ly und Wres. Darauf war im Hintergrund eine Frau zu sehen und der Untertitel war ...«

»Ich weiß, welche Karte du meinst.« *Verfluchter Ly. Warum zur Hölle hatte er meinen Gastaccount genutzt? Und warum zur Hölle war das Bild seit damals nicht überschrieben worden?* Aber klar, es passte zu ihm, dass er schnell eine Karte gebastelt hatte, als er schon in New York in unserem Apartment war. Wie immer völlig unvorbereitet, was solche Dinge anging. Er hatte sich an meinen Computer gesetzt, hatte die Karte zusammengestellt, sie ausgedruckt und seine Spuren jämmerlich verwischt – beziehungsweise gar nicht. »Vergiss das einfach. Es hat keine Bedeutung.«

Das schien Amber definitiv anders zu sehen. »Du

solltest mit mir darüber reden. Hast du eine Frau? Einen Sohn? Eine Tochter?«

Gitter spannten sich um meine Brust, die Wände schrumpften.

»Rede doch mit mir!«

»Fuck!«, fluchte ich. »Das ist Vergangenheit, okay? Du kannst beruhigt sein, sie sind beide tot!«

»›Beruhigt‹, wie könnte mich das beruhigen?«

»Sie sind tot«, wiederholte ich mit Nachdruck.

»Hast du sie umgebracht?«

Es war, als würde jemand auf mich schießen. Rechte Brust, linke Brust, Lunge, Magen, Herz. *Hast du sie umgebracht? Hast du sie umgebracht?* »Ja.«

Ambers Miene zerfiel in tausend Scherben. »Erzähl mir davon«, bat sie mit überraschend fester Stimme. »Du erwartest doch auch, dass ich dir vertraue, warum tust du es dann nicht?«

»Ich *vertraue* dir.« Scheiße. Ich stand auf und reichte ihr ihr Oberteil. Sie sollte sich gefälligst etwas anziehen. »Nur haben wir dafür jetzt keine Zeit. Wir müssen los.«

Sie gehorchte zwar, blieb aber auf dem Bett sitzen und sah mich herausfordernd an.

*Fuck. Du kannst es ihr nicht erzählen. Du weißt, dass sie dann nicht will, dass du sie zurückholst.* Wir sind noch nicht an dem Punkt, an dem sie mir vertraut, dass ich nicht so zu *ihr* sein werde. *Ich* bin noch nicht an diesem Punkt.

Mein Puls beschleunigte und Mordlust durchzuckte meine Finger. Ly, dieser elende Bastard. Ein paar Tage lang hatte ich die Vergangenheit vergessen können. Hatte Salena vergessen können, hatte hoffen können, dass ich mittlerweile weit genug war, eine Frau wie Amber zu begehren und dennoch gut zu behandeln.

Habe ich das überhaupt?

Habe ich sie gut behandelt?

Frustriert richtete ich mich auf und setzte mich an den Bettrand. Den Kopf auf meine Hände gestützt, versuchte ich das Summen loszuwerden, das sich hinter meiner Stirn ausgebreitet hatte. Alles schien zu explodieren, ich wusste selbst nicht mehr, was ich tat. Diesen Zustand der Schwäche kannte ich nicht von mir und wollte ihn Amber schon gar nicht offenbaren. *Oder doch?*

Sie rückte von hinten an mich heran, legte eine warme Hand an meine Wange und hob meinen Kopf an. Mit geschlossenen Augen näherte sie sich meinen Lippen und ich ließ es zu, dass sie mich berührte und küsste.

*Fuck.*

Wie schon im Meer gestern Mittag war ihre Zunge zärtlich und forschend. Sie hatte keine Ahnung, wie sehr es mich erregte, wenn sie mich auf diese Art küsste. In diesen Momenten blitzte ihre Unschuld durch, die sie so gut unter den provokanten Sprüchen zu verbergen wusste. Ich wollte sie nehmen und schwängern. Amber löste Gelüste in mir aus, die ich nicht mehr zu beherrschen wusste, und sie küsste mich nach wie vor, obwohl ich das größte Arschloch war.

*Wie ein Schmetterling, der sich auf die fleischfressende Pflanze setzt.*

Ich legte meine Hände um ihren Hals und drückte sie langsam zurück aufs Bett. Immer fester schloss ich meine Hände um ihre zarte Kehle, bis sie aufhörte, den Kuss zu erwidern, keuchte und an meine Finger griff.

Als sie in der Matratze unter mir lag, ich ihren zarten Puls unter meinen kräftigen Händen spürte, fragte ich mich unwillkürlich, warum zur Hölle ich überhaupt zuließ, dass Salena mich derart aus dem Konzept brachte. Wann würde diese verdammte Fotze jemals aus meinen Gedanken verschwinden?

Genießerisch hielt ich Ambers Hals umschlossen und hätte sie am liebsten auf diese Art ein weiteres Mal gefickt. Sie musste meine Latte spüren, die gegen ihr Bein drückte, und mich interessierte brennend, wie feucht sie war.

*Aber uns bleibt keine Zeit mehr.*

»Zieh dich an«, sagte ich leise und löste langsam meinen Griff. »Wir müssen los.«

Als ich mich aufgerichtet hatte, fasste sie an ihren Hals, um die Druckstellen zu befühlen. Amber starrte mich aus klaren Augen an und ich hatte keine Ahnung, was sie dachte. Ihr Atem ging verräterisch schnell. Entweder, weil sie Angst hatte – oder weil sie voller Lust war.

Ich fuhr mit einem Finger über ihr nacktes Bein und versuchte, mich wieder voll im Hier und Jetzt einzufinden. Scheiß auf Salena. Seit ihrem Tod hatte ich keine Frau ein drittes Mal angerührt, weil ich Schiss vor mir selbst gehabt hatte – bis auf Amber.

Wer war ich, dass ich mich selbst so geißelte?

Amber lag vor mir, war schöner als jede Göttin *und sie gehörte mir.*

Ich ließ das Glück zurückkommen, das ich in ihrer Nähe empfand, und lächelte still.

Als ich mit meiner Hand ihr Knie erreichte, öffnete sie plötzlich die Beine. Ich nahm die Einladung an und glitt mit meinem Finger an der Innenseite ihres Oberschenkels entlang. Ihre Pussy glänzte verräterisch.

Kurz bevor ich sie zwischen ihrer Scham berührte, umklammerte sie fest meine Hand. Ich wartete darauf, dass ich wütend werden würde, weil ich mich nicht von ihr würde abhalten lassen, sie zu fingern, aber die Wut blieb aus. Stattdessen beobachtete ich fasziniert, wie sie meine Hand zu ihrem Hals führte. Und sie an derselben Stelle ablegte, an der ich sie zuvor gewürgt hatte.

»Fick mich noch einmal.« Ihre Stimme klang klar. »Härter.«

»Sicher?«, fragte ich dämlich, obwohl mein Schwanz längst gierig pochte. Wieso fragte ich sie, ob sie sich sicher war? Was zur Hölle stimmte nicht mit mir?

»Todsicher.«

*Todsicher.* Das Wort hallte in meinen Ohren nach, als ich ihre Beine auseinanderdrückte. Ich näherte mich mit meiner Hüfte ihrem feuchten Schoß, während ich auch die andere Hand um ihren Hals legte.

»Warum weiß ich instinktiv, was dir gefällt, hm?«, fragte ich sie raunend.

Sie hielt die Luft an, als ich ihre Kehle umschloss, dann glitt ich mit einem festen Stoß in sie. Amber senkte die Lider und atmete zischend ein. Zentimeter für Zentimeter drang ich weiter in sie vor.

»Bitte lass mich kommen.« Ihr Flehen klang anders, aber ich kam nicht sofort darauf, woran es lag. Amber war nicht devot, nicht auf diese Art. Warum bat sie mich also? Warum klang sie dabei nicht flehend, sondern als würde sie es nur sagen, um zu bekommen, was sie sich wünschte?

Obwohl ich es durch und durch genoss, in ihre nasse Pussy einzutauchen, war ich kurz davor, den Sex zu unterbrechen. *Etwas stimmt nicht. Sie ist anders. Und ich sollte auf der Stelle klären, woher das kommt.*

»Bitte«, hauchte sie erneut und mein Schwanz siegte über meine Zweifel. Ich schloss meine Arme fest um ihren Oberkörper. Hart drang ich in sie ein. Sie stöhnte tief, als ich bis zum Anschlag in sie stieß.

Mit diesem Gefühl, ihre nackte Haut an meiner Brust zu spüren, umgeben von ihrem warmen Schoß, hätte ich mich dazu entscheiden können, für immer so dazuliegen.

Ich umgab sie wie eine zweite Haut, wie ein Tier, das seine Beute beschützte. Ich nahm sie mir, geduldig und kraftvoll, bis ich spürte, dass sie sich anspannte, ihre Anspannung festhielt und schließlich unter mir kam.

Ich küsste ihr den Schweiß von den Lippen und blickte ihr anschließend ins Gesicht.

Amber blieb merkwürdig ruhig. Für einen Moment schien es, als würde ein Schleier vor ihren Augen zur Seite gewischt werden. *Sind das Tränen?* »Crack?«, murmelte sie, ohne ihre Lippen zu bewegen. »Was ist, wenn ich mich in dich verliebt habe?«

Ihr Geständnis erwischte mich vollkommen kalt. Fuck. Nicht nur ich fühlte also diesen besonderen Scheiß, der uns verband. »Dann wäre das gut.« Dafür, dass ich innerlich einem Sturm der Gefühle erlag, klang meine Stimme erstaunlich tief und fest.

Amber lächelte nicht, als sie mich weiter musterte. »Deine Definition von gut scheint eine andere zu sein.«

Bevor ich sie fragen konnte, drückte sie mich leicht von sich. Ich ließ sie frei, damit sie sich anziehen konnte.

Dann tat ich etwas, das so untypisch wie alles andere für mich war. Ich rückte von hinten an sie heran, griff in ihr Haar, massierte ihre Kopfhaut und küsste sie auf den Scheitel. »Die Zeit drängt, Beauty. Ich werde dir jetzt erklären, was du zu tun hast.«

# AMBER

### DEIN WOHL ALLERGRÖSSTER FEHLER.

*O*bwohl es warm war, fröstelte es mich auf dem Boot. Ich konnte nicht glauben, was gerade geschehen war. Wieder einmal war ich völlig von Crack überrumpelt worden, aber dieses Mal war es anders. Dieses Mal war das Vertrauen in mein Urteilsvermögen vollständig erschüttert worden. Crack ruderte uns mit eleganten, geübten Zügen auf ein paar Lichter in der Nacht zu – die Yacht, mit der wir auf die Insel gekommen waren.

»Das Schiff bringt dich innerhalb von fünf Stunden nach Havanna.« Ich beobachtete sein Muskelspiel auf dem freien Oberkörper. Er hatte sein Shirt nicht wieder angezogen, denn ihm schien warm zu sein. Mir war kalt. »Einer unserer Männer wird dich sicher bis zur Polizeistation begleiten. Dort rufst du deine Eltern an und die CIA wird damit automatisch informiert.«

*Die CIA.* Wie häufig hatte ich im Stillen dafür gebetet, dass ein Agent kam und mich rettete? Und nun sollte es einfach passieren?

»Das Interesse an dir ist groß, rechne damit, dass Journalisten auftauchen. Halte dich bedeckt und warte darauf, dass sie dir ein Flugticket nach New York ausstellen. Flieg nach Hause und bleib dort.«

»Wie lange?«

»Bis ich dir überraschend einen Besuch abstatte.« Crack feixte und ließ das Boot in Richtung der Yacht treiben. *Wie kann er lächeln? Wie kann er lachen?* »Wir müssen uns darauf einstellen, dass die CIA herkommt, um zu schnüffeln. Die Insel wird abgesucht werden, Hinweise, Indizien ... Daher rudere ich dich zur Yacht. Die Frauen sollen nicht mitbekommen, dass du heute Nacht abgereist bist.«

Ich hörte ihm schweigend zu, aber mein Herz schrie. Es hatte ganz unbedeutend angefangen. Damit, dass ich versucht hatte, ihm eine Art Liebesgeständnis zu entlocken. *Ha, ha, ha!*

Indem ich gefragt hatte, warum er mich nicht einfach tötete, hatte ich auf eine Antwort gehofft wie ›Weil du mir wichtig bist‹, ›Weil du mir etwas bedeutest‹.

Aber das würde er niemals sagen, denn es stimmte nicht. Ich war ihm nicht wichtig. Er konnte mir nichts aus seiner Vergangenheit erzählen. Er konnte mir nicht frei heraus erklären, ob er nun ein Kind hatte oder nicht und ob er es wirklich umgebracht hatte. Schlimmer noch, er hatte an sein Messer gegriffen, als ich ihm gestanden hatte, dass ich an seinem Laptop gewesen war. *An sein Messer.*

»Was werdet ihr Maria und Regina erzählen, wo ich abgeblieben bin?«

Crack zuckte die Achseln. »Das entscheiden wir, wenn es so weit ist.«

»Ihr werdet behaupten, dass ihr mich getötet habt, um ihnen Angst zu machen«, kombinierte ich nüchtern.

Crack schwieg lange. »Möglich.«

Ich schlang die Arme um meine Brust und wartete darauf, dass er anlegte und mir aus dem Boot half.

Selbst mein Kuss hatte nichts genützt. Statt ihn zu erwidern, mir zu vertrauen und mir alles zu erklären, hatte er mich mit den Händen gewürgt, als wäre es das Normalste der Welt.

Das Schlimmste: Auf eine furchtbare, widersinnige Art hatte es sich sogar gut angefühlt. Ich konnte die Empfindungen nicht beschreiben, aber ich wusste, dass sie falsch waren. Alles war falsch. Er war falsch. Ich war falsch. Meine Gefühle waren falsch.

Dass ich ihn darum gebeten hatte, mich noch einmal zu ficken, war so was von falsch.

Warum hatte ich es getan?

Was für einen Beweis brauchte ich noch, dass ich mir selbst nicht mehr trauen konnte?

In tiefster Nacht bestiegen wir das Schiff. Crack brachte mich unter Deck in sein Zimmer und blieb schließlich unschlüssig vor mir stehen. Seine Unsicherheit war süß. Keine 100 Stunden zuvor hatte er mich in diesem Zimmer in den Arsch gevögelt, während ich geknebelt und gefesselt vor ihm gelegen hatte – jetzt stand er da, als wüsste er gar nicht mehr, wie das ging.

»Ich schätze mal, dass du nicht nach Havanna mitkommen wirst?«, fragte ich ihn.

Er nickte.

»Wir sehen uns ja aber bald wieder.«

Scrilla runzelte die Stirn. Mir gefiel, dass er versuchte, mich zu durchschauen, und es nicht schaffte. Endlich hatte ich die Oberhand gewonnen. Endlich wusste ich, wie ich ihn knackte.

»Kann ich während der Überfahrt schlafen?«, fragte ich.

Er zeigte einladend auf das Bett. »Tu dir keinen Zwang an.«

Ich blieb, wo ich war. Mich einfach wieder auszuziehen und hinzulegen kam mir genauso dämlich vor, wie es nicht zu tun.

Als er auf mich zukam und ich an seinem warmen Blick erkannte, dass er vorhatte, zärtlich zu sein, wich ich zurück.

»Darf ich etwas googeln?«

»Was?«, fragte er sofort.

»Kein: ›Nein, du darfst nicht googeln, wie kommst du darauf?‹«

Seine Kieferpartie verspannte sich. »Wohl nicht. Was willst du googeln?«

Ich hätte es wissen müssen, dass er es zuerst wissen wollte. »Schon gut.«

»Wir haben ein Büro mit aller nötigen technischen Ausstattung an Bord, mit der wir nahezu an jedem Ort dieser Welt ins Internet können. Aber ich werde dich nicht sonst was daran tun lassen.« Natürlich nicht. Jetzt, da er von meinen Schnüffeleien weiß. »Also sag mir, worum es geht, und ich werde es mir überlegen.«

Innerlich erzeugten seine Worte einen wahren Sturm aus Wut in mir. *Natürlich* musste er die Kontrolle behalten, *natürlich* musste er mich daran erinnern, dass ich keinerlei Rechte besaß. Ich war nur sein williges Spielzeug, das ihm in die Hände gelaufen war, und er benutzte mich, wie er es von Anfang an prophezeit hatte.

»Ich wollte das ›Stockholm-Syndrom‹ googeln«, verriet ich ihm trotzig.

Crack hob eine Braue.

*Das ist deine letzte Chance. Begreif doch, wie es mir geht. Wie du dich mir gegenüber verhältst. Dass du einfach ein Psycho bist und ich keine Ahnung habe, warum ich noch nicht weggelaufen bin. Du hast deine Freundin getötet? Dein Kind? Und du glaubst, du müsstest dich nicht erklären?*

Aber er sagte nichts.

»Meine Familie wird bestimmt fragen, wie ich mich ausgerechnet von meinem Entführer mehrmals freiwillig vögeln lassen konnte«, sagte ich mit bebender Stimme, »und ich wäre auf dieses Gespräch gerne vorbereitet.«

Er machte einen schnellen Schritt auf mich zu, sodass unsere Körper sich berührten. »Du darfst mit *niemandem* über uns sprechen«, raunte er.

»Schon klar«, raunte ich zurück. »Das war schwarzer Humor.« Oder auch nicht. Er schien *nichts* zu begreifen. Blendete er das alles wirklich aus?

»Amber, du darfst weder der Polizei noch deinen Eltern noch irgendjemandem sonst von mir, uns, Ly, Wres und allem anderen erzählen. Du wurdest entführt. Es war schlimm. Dann wurdest du wieder ausgesetzt. Mehr müssen sie nicht erfahren.«

»Und das Sperma in meinem Körper? Was ist, wenn sie mich untersuchen lassen?«

»Dein Körper trägt genug Spuren von Gewalthandlungen.« *Ja, das tut er. Ja, das tut er, verdammt!* »Sie werden dir glauben.«

»*Was* werden sie mir glauben?«, fragte ich.

»Deine erfundene Geschichte?«, fragte er unbeeindruckt. Ich schluckte den aufkeimenden Wunsch, ihm ›meine Geschichte‹ vor den Latz zu knallen, herunter.

Besser, ich ließ ihn in dem Glauben, dass ich nur darauf wartete, für ihn und all die anderen zu lügen.

»Amber ...« Crack legte eine Hand an meine Wange und zog mich an sich. Seine Hände waren rau und warm. Ich liebte diese Hände – und ich hasste sie. »Ich zweifle nicht eine Sekunde, dass du alles richtig machen wirst. Du wirst dich einfach weigern, gewisse Dinge zu erzählen, so wie du es tadellos bei mir schaffst. Die CIA ist für dich ein Klacks. Sie werden gar keine andere Chance haben, als dich unversehrt gehen zu lassen, ohne auch nur ein wesentliches Detail deines Aufenthalts bei uns zu erfahren.«

Ich fragte mich wirklich, ob er psychisch noch zurechnungsfähig war. »Okay«, wisperte ich devot und trat vor.

Er küsste mich, wie ich es vorausgesehen hatte, und ich wusste, dass es der letzte Kuss meines Lebens von ihm war. Auch wenn es sich gut anfühlte, richtig, es musste falsch sein.

Seine Lippen blieben einen Moment an meinen haften, ehe er sich löste. »Was wäre, wenn *ich* mich in dich verliebt hätte, Beauty?«

Mein gesamter Körper erglühte. Das war der Moment. Der Moment, der mich vollends von der Klippe stieß. Denn wie war es möglich, dass ich glaubte, Glück zu empfinden, obwohl er sich auf diese Art mir gegenüber verhielt?

Mein Lächeln, das ich ihm entgegenbrachte, war täuschend echt. »Du kannst mir vertrauen«, log ich.

»Ich weiß«, flüsterte er, dann trat er endgültig zurück, drehte sich um und ging zur Tür. Augenblicklich fiel ich in mich zusammen. Nicht eine Sekunde länger konnte ich vor ihm meine Maske aufrechterhalten.

Es gibt Momente im Leben, in denen entscheidest du dich für das Richtige. Und dann gibt es mehr Momente, in denen du genau das Falsche tust. Seit Tagen hatte ich das Gefühl, den Unterschied zwischen Richtig und Falsch nicht mehr zu kennen. Zwischen dem, was vernünftig war, und dem, was sich aufregend anfühlte. Zwischen meinem Hang, tiefer einzutauchen, und dem Bedürfnis, Luft zu holen.

Ich hatte mich möglicherweise verliebt. In einen Mann, dessen Herz dunkler war als jeder Schatten. Dessen Seele zerstört wurde, in einem Ausmaß, das ich noch nicht begriff, und in dessen Augen ich mich mehr verirrte als im tiefsten Dschungel dieser Welt.

Ich hatte mich verliebt und war für dieses Gefühl von hunderten Klippen gesprungen. Manchmal, weil ich gestoßen worden war, häufiger, weil ich den freien Fall herbeigesehnt hatte.

Aber auch wenn meine Gefühle tief gingen, mein Herz kräftig für dieses neue Glück schlug und mein Körper sich nach seinem sehnte, als wäre er bereits ein Teil von mir, werde ich ihn verraten.

Er wird leiden und sterben, durch meinen Willen.

Denn; wie könnte diese Entscheidung falsch sein?

Ich hielt den Atem an, als er nach dem Türknauf griff.

*Nur noch ein paar Sekunden, dann ist es vorbei. Dann ist es endgültig vorbei. Er wird niemandem mehr wehtun. Nicht mir, nicht anderen. Seine Idee, Frauen freizukaufen und damit zu retten, rettete ihn nicht.*

Cracks Finger legten sich um das polierte Metall und

ich bemerkte zu spät, dass er mich ansah. Das schwarz-weiße Bild eines Berghangs über dem Bett spiegelte mich – und ihn.

Sofort setzte ich wieder mein lügnerisches Lächeln auf und mein Herz schlug kräftig, weil er sich nicht rührte.

Würde er gehen?

Würde er die Lüge schlucken?

Crack lächelte ebenfalls und drehte den Knauf. Seine Hände, die ich niemals wieder spüren würde, erzeugten das letzte Mal die leichte Sehnsucht, er möge mich berühren, die ich auch jetzt nicht vollständig abstellen konnte.

Die Tür öffnete sich, ich atmete durch, meine Hoffnung kehrte zurück ... Er donnerte sie zu, fuhr zu mir herum.

Das Lächeln auf seinen Lippen war gefroren. Seine Schultern hatten sich für einen Angriff gewappnet zusammengezogen. Zwei harte, donnernde Schritte.

Dann war er über mir.

Er griff so schmerzhaft in mein offenes Haar, dass ich schrie.

»Du wirst mir jetzt sehr genau erzählen, was du wirklich denkst«, sagte er dicht vor meinen Lippen mit einer Stimme, die meinen Körper angstvoll vibrieren ließ. »Und glaub mir, ein zweites Mal werde ich es nicht zulassen, *dass du mich belügst.*«

# AMBER

## ICH KÖNNTE DICH EINFANGEN UND DIR VERSPRECHEN, DASS DU NIEMALS WIEDER WEGLAUFEN MUSST. ABER WO BLIEBE DA DER SPASS?

*Viele Stunden später. Oder Tage?*
*Oder Jahre?*

*A*ls ich aufwachte, schmeckte ich Sand auf der Zunge. Widerlichen Sand. Meine Kehle war trocken, ich hatte unfassbaren Durst, mein Schädel rumorte.

Von irgendwoher drang Musik an meine Ohren.

Lachen.

Von Kindern.

Ich versuchte die Augen zu öffnen. Meine Lider fühlten sich an, als wären sie Jahre geschlossen gewesen. Grelles Licht drang durch die kleine Lücke zwischen meinen Augenlidern, die ich mit Muskelkraft schaffte, zu öffnen, dann fielen sie wieder zu.

*Immer noch diese Scheißkaribik.*

Ich wollte unbedingt zurück nach New York.

Asphalt, Schatten, der Gestank nach Essen und die

von menschlichem Atem geschwängerte Luft, das wäre ein Ort, an dem ich nur allzu gerne aufgewacht wäre.

Kraftlos stützte ich meine Hand auf. Streckte den Ellenbogen durch, fand sehr langsam und sehr mühselig in den Stand.

Torkelnd lief ich auf das Wasser zu, das ich mehr hörte als sah. Ich bückte mich, fiel mit meinen Knien in die Wellen und wusch meine Hände. Mein Gesicht. Das Salzwasser brannte auf meiner trockenen Zunge, aber so wurde ich wenigstens den Sand los.

Noch durstiger als zuvor, aber mit Augenlidern, die sich öffnen ließen, sank ich in die feuchte Brandung. Die Palmen und das Meer würden für immer mein Albtraum bleiben.

*Wie bin ich hierhergekommen?*

Liegestühle waren am Strand aufgestellt. Ein paar Handtücher lagen herum. Hinter mir schimmerte das blaue Wasser eines riesigen Pools. Es war früh am Morgen.

*Sehr früh.*

Ein Mann in Uniform lief die Liegen entlang und säuberte die Polsterauflagen. Er bemerkte mich und schien unsicher zu sein, ob er mich ansprechen sollte.

Mit neuer Selbstbeherrschung richtete ich mich auf und ging auf ihn zu.

»Wo bin ich hier?«, fragte ich ihn geradeheraus. Es konnte schließlich einfach nur die andere Seite der Insel sein, auf der Crack und seine Freunde mit ihren Nutten lebten, die ich bisher noch nicht erkundet hatte. Oder aber alles war nur ein schrecklicher Traum gewesen – *oder ist es jetzt.*

»Pardon, Madame?«

»Pardon?« Etwas klingelte in meinem Kopf. Französisch. *Französisch.* Mir wurde augenblicklich schlecht. »Haben Sie etwas für mich zu trinken, bitte?«, stotterte ich in dem wenigen Französisch, das ich konnte.

»Natürlich, Madam«, antwortete der Franzose freundlich. Dann fügte er etwas auf Französisch an, das ich nicht verstand. Er zeigte mit der Hand auf die Liege, neben der ich aufgewacht war. Dort lagen ein großes Handtuch und die Schuhe, mit denen ich vor einigen Tagen gekidnappt worden war – oder vor Jahren?

Ich schleppte mich zu der Liege und er eilte davon. Ein Urlaubsresort. Die Umgebung sprach eindeutig dafür. Ein Hotel-Resort auf einer der französischen Karibkinseln am frühen Morgen. *Wie zur Hölle bin ich hier gelandet?*

Ich blickte an mir herunter und stellte fest, dass ich etwas anderes als meinen Jogginganzug trug. Ein Top, ein sommerliches, aber geschlossenes Oberteil darüber, eine Dreivierteljeans. *Woher habe ich diese Sachen?*

Meine Schuhe, die auf der Liege lagen, waren der einzige Hinweis, dass das hier real war. *Wer hat mich umgezogen?*

Als der Servicemitarbeiter zurückkam und mir ein Glas Wasser reichte, trank ich es in einem Zug leer.

Freundlich faselte er mich auf Französisch zu und ich nickte, ohne die Kraft für ein Lächeln aufzubringen. Dann ging er weiter und säuberte die restlichen Liegen vom Sand.

*Überlege scharf. Woran kannst du dich zuletzt erinnern?*

Das Gespräch mit Crack in seiner Suite unter Deck. Ein mulmiges Gefühl beschlich mich, als ich mich daran zurückerinnerte, dass ihm aufgefallen war, wie ich ihn angelogen hatte.

*Aber sonst?*

Da war nichts.

Geistesgegenwärtig suchte ich meine Hosentasche ab. Schon die ganze Zeit trug ich meinen Pass bei mir, ohne es zu bemerken.

*Amber Moore.*

Ein mit einer Klammer befestigter Zettel haftete auf der ersten Seite.

001-2516-36772-2

Die Telefonnummer meiner Eltern. *Ein Hinweis?*

Fuck! Was war geschehen?

Mir blieb nichts anderes übrig, als mich ein letztes Mal umzublicken, die Liege nach Hinweisen abzusuchen und festzustellen, dass nichts zu finden war, und mich Richtung Hotelgebäude zu begeben. Über die große, hübsch angelegte Terrasse und um den Pool schlenderten vereinzelte Frühaufsteher. Von irgendwoher lockte der Geruch nach Essen.

Je weiter ich ging und je näher das Hotelgebäude mit seinen niedlichen Balkonen und bodentiefen Fenstern rückte, desto stärker spürte ich den Hunger. Als ich bei einer Terrasse vorbeikam, auf der bereits einige Hotelgäste frühstückten, trieb mich eine animalische Gier ans Buffet.

*So hungrig war ich noch nie zuvor in meinem Leben.*

Ich griff nach einem Teller, lud mir alles auf, was mein unbändiger Appetit verlangte, und setzte mich an einen Tisch in der Nähe des Gebäckstandes. Etwas sagte mir, dass ich mehr als einen Teller essen wollen würde.

Während ich gierig das Essen verschlang, blickte ich mich verstohlen um.

Ein ganz normales Resort.

Ganz normale Leute.

Urlauber, Servicekräfte, Kellner.

Ich sollte mich sicher fühlen und glücklich sein, dass ich offenbar freigekommen war und mir nichts mehr passieren würde, aber das Gegenteil war der Fall.

*Ich fühle mich beobachtet wie nie zuvor.*

Nach dem dritten Teller stand ich auf und schleppte mich zur Lobby. Mein Magen quoll über und ich wusste, dass ich mich übergeben würde, wenn ich mich nicht zusammenriss. Es war wie ein unaufhörlicher Drang gewesen, zu essen.

»Hallo.« Ich trat an die Rezeption heran.

»Bonjour, Madame«, sagte die Frau dahinter freundlich.

Ich sollte etwas sagen wie ›Ich habe mich verirrt.‹, ›Ich bin entführt worden.‹, ›Helfen Sie mir bitte.‹, ›Ich habe mein Gedächtnis verloren.‹, ›Bitte rufen Sie die Polizei.‹, ›Mein Entführer hat den Decknamen Crack Scrilla, sein echter Vorname ist Javier, er ist der Sohn eines großen Drogendealers Mexikos.‹ Stattdessen aber brachte ich nur ein »Könnte ich bitte in die USA telefonieren?« hervor.

»Wie ist Ihre Zimmernummer, Madame?«, antwortete die Dame in fließendem Englisch.

»Ich weiß es nicht.«

»Ihr Name?«

»Amber Moore.«

Sie suchte den Namen in ihrem Computer. Dann runzelte sie die Stirn. »Wann haben Sie eingecheckt?«

»Darf ich bitte telefonieren?«, fragte ich erneut.

»Sind Sie überhaupt Gast in diesem Haus, Madame?«

»Ich weiß es nicht.«

Ihre Augen glitten über meine Gestalt, als würde sie mich erst jetzt wahrnehmen. »Was ist mit Ihrem Hals passiert, Madame?« Sie riss die Augen auf. »Brauchen Sie einen Arzt?«

Unwillkürlich griff ich an meinen Hals, spürte aber nichts.

Sie starrte mich noch für ein paar Sekunden an, dann rief sie ihren Kollegen dazu. Eine Stimme kam aus dem Büro hinter der Tür und die Rezeptionistin ging zu ihr. Ich nutzte die Chance, sobald sie mir den Rücken zugekehrt hatte.

So schnell ich konnte, lief ich zum Ausgang und den Bürgersteig am Hotelparkplatz entlang.

Erst zehn Minuten später wagte ich es, innezuhalten und in den Schatten einer Palme zu sinken. Der Schotterweg, in den ich hineingerannt war, war menschenleer.

Tränen brannten in meinen Augen, als ich meinen Kopf an den harten Stamm lehnte und darauf wartete, dass sich meine Atmung wieder beruhigte.

*Was zur Hölle ist passiert?*

Mein Hals, schoss es mir durch den Kopf. Wieder stand ich auf und suchte in der Umgebung nach einem Gegenstand, der mich spiegeln würde. Ein paar Meter weiter führte eine Abbiegung zu einem Parkplatz. Zwei Autos standen einsam zwischen den Palmen.

Ich ging zu einem von ihnen und zuckte zurück, als ich die Rötungen an meinem Hals bemerkte. Blutergüsse. Blasse Lippen. Rötlich verfärbte Augen. Schnell zog ich mein Oberteil aus und untersuchte meine Haut.

Ein langer Schnitt zog sich über meinen Unterarm und dann kam es.

Alles.

*»Wenn du diesen Schnitt siehst, wirst du dich erinnern.« Crack saß vor mir und schnitt in aller Seelenruhe in meine Haut. Es begann zu bluten und ich presste die Zähne zusammen, damit ich nicht keuchte. »Ich genieße es wirklich sehr, dich zu schneiden.« Seine Zähne blitzten im Dunkeln. Das Licht des Zimmers unter Deck war gedämpft. Ein Raum, in dem wie zufällig ein Stuhl stand – an dessen Beinen und Armlehnen Fesseln angebracht waren. »Das ist viel besser, als dich zu schlagen.«*

*»Bastard«, zischte ich.*

*Er hielt mit dem Messer inne und blickte auf. »Vielleicht ficke ich deinen Mund doch noch, bevor du gehst.«*

*Ich sagte ihm nicht, dass ich lieber sterben würde, als die Gelegenheit verstreichen zu lassen, in seinen Schwanz zu beißen.*

*»Also, wie gesagt ...« Crack bohrte die Klinge noch etwas tiefer. »Sobald du den Schnitt siehst, wirst du dich erinnern.«*

*»Ist das ein Zauberspruch?«, spottete ich und zog erneut an meinen Fesseln. Reflex, nichts weiter. Mir war klar, dass es kein Entkommen gab. Nicht mehr. »Dein Messer ist eigentlich ein kleiner Magierstab, hm?«*

*»Dass du dich noch immer traust, dich über mich lustig zu machen.« Seine Augen funkelten voller Gier. »Keine Magie, sondern Hypnose. Eine Technik, die tadellos gut funktioniert und noch immer unterschätzt wird. Die Drogen machen dich willig, sodass es uns ganz leicht-*

*fallen wird, dein Unterbewusstsein zu bearbeiten. Wir können dir zwar keine Befehle mit auf den Weg geben, aber die CIA wird es auch nicht schaffen, dir Wissen zu entlocken. Ja, du kennst es aus diesen Zauberershows, aber es ist gar nicht so magisch und bedarf nicht besonders vieler Tricks. Wir pflanzen uns in dein Gehirn. Es ist ausgeschlossen, dass es nicht funktioniert.«*

*»Wer pflanzt sich in mein Gehirn?«, verhöhnte ich ihn. »Du und dein Ego?«*

*»Nein.« Die Tür ging auf. Ly lächelte mich wie ein schmieriger Vertreter an. Er trug ein weißes Hemd und eine maßgeschneiderte Hose. »Wres und ich sind auch dabei.«*

*Crack ließ sein Messer sinken, richtete sich auf und griff erneut in mein Haar. Er zog mein Ohr vor seine Lippen. »Zu schade, dass du mich unterschätzt hast.«*

Ich fiel gegen die Autotür und rutschte hinunter in den Sand. Ein großer Teil der Erinnerung kam zurück und die Kopfschmerzen verschwanden schlagartig, als hätten meine Gedanken nur darauf gewartet, endlich wieder freigelassen zu werden – dafür empfand ich Angst.

Panische Angst.

*»Du hättest ihm nicht sagen dürfen, dass du vorhast, uns zu verraten.« Jetzt war es Ly, der vor mir saß. Einfach nur dasaß, während Crack sonst etwas im Nebenzimmer tat. »Warum willst du denn nicht, dass wir alle einfach glücklich sind und unsere Arbeit machen können? All die Frauen, die unseretwegen jedes Jahr befreit werden ...«*

»Du bist schuld. Du hast diese Andeutung gemacht, also habe ich ihn darauf angesprochen.«

»Oh.« Ly schwieg für einen Moment. »Er hat dir von seiner Ex erzählt?«

»Er hat mir gesagt, dass er sie und sein Kind getötet hat.« Meine Kehle schnürte sich zu. »Und gleichzeitig erwartet, dass ich mich freuen würde, wenn er mich wieder ›in New York holen‹ kommt.«

»Oh«, machte Ly wieder.

Ich atmete bebend ein. »Warum sagst du nicht, dass es nicht wahr ist? Warum sitzt du da und lässt das alles zu, obwohl du die Wahrheit kennst? Ly!«

»Er hat sie nicht umgebracht«, sagte er leise. »Das war nicht, was ich meinte, als ich vorhin ...«

Die Tür ging auf.

Crack setzte sich an den Schreibtisch und mixte eine Tinktur zusammen.

Ly verstummte und sprach nicht weiter. Aber das war auch nicht nötig. Allein sein Name verriet, dass er lügen würde. Dass alles, was er hervorgebracht hatte, eine Lüge war. Immer schon.

»Du kannst gehen«, sagte Crack zu ihm. Ich bemerkte, wie Ly zögerte, aber dann stand er auf und verließ den Raum. »Na, habt ihr euch gut unterhalten? Ist wohl nichts aus dem Date geworden?«

»Bitte, hör auf.«

»Aufhören?«, fragte er beiläufig. Ich wollte nicht, dass er mir was auch immer einflößte. Aber ich wusste, er würde es tun.

»Bitte rede mit mir«, sagte ich flehend. »Bitte ...«

»Worüber?«, fragte er desinteressiert. »Du wirst mir nur wieder vorhalten, was für ein unfassbar schlimmer

Mensch ich doch bin. Dass ich dich grausam entführt habe ...«

»Das hast du!«

»Mir war so, als hätten wir dein Leben gerettet, als die Polizei dabei war, dich wieder zurück in eine Hölle aus Käfigen zu schicken.«

Ich presste die Lippen zusammen. »Ja, das habt ihr«, gestand ich ein. »Nur danach habt ihr erwartet, dass ich für euch arbeite ... Meine Schulden begleiche.«

»Ja, das habe ich den beiden vorgeschlagen, damit sie zustimmen, dich mitzunehmen. Ich hätte schon eine Lösung gefunden, wie du um diese Arbeit herumkommst.« Er lächelte mich kurz an. »Aber wir sind ja keine Freunde.«

Ich biss mir auf die Zunge. Es würde nichts bringen, ihn darauf hinzuweisen, dass er sich völlig psychotisch verhielt. »Ich wäre gerne deine Freundin«, sagte ich mit bröckelnder Stimme. »Aber betäubt man Freunde? Lässt man sie im Unwissen, klärt man sie nicht darüber auf, dass ihr keine Vergewaltiger seid? Dass sie sich auf einer Bohrinsel befindet? Dass Huren für euch arbeiten? Fesselt man Freunde? Flößt man ihnen Drogen ein? Aber stimmt, du hast mich zu einem Spaziergang im Mondlicht eingeladen. Danke dafür.«

Crack sah auf. Sein Blick war durchdringend. »Gern.«

Ich hasste ihn für seinen ewigen Zynismus! »Und danke für das Spanking. Und den Sex in meinen Arsch, obwohl ich Jungfrau war.«

Er zuckte mit den Achseln. »Darüber haben wir schon geredet.«

»Und danke«, ergänzte ich flüsternd, »dass du mir erzählt hast, dass du deine Ex und dein Kind getötet hast und mich dann mit dieser Tatsache und den vielen Fragen alleine gelassen hast, anstatt mir zu vertrauen und dich mir zu erklären. Das hat unserer ›Freundschaft‹ sehr viel geholfen.« Meine Wut kochte endgültig hoch. Warum sollte ich ihm länger verschweigen, wie ich über ihn dachte? Wenn er mir die Drogen eingeflößt hatte, würde es mir bestimmt schwerer fallen, einen klaren Kopf zu bewahren. Außerdem hatte er sich eh entschieden. Schlimmer konnte es nicht kommen. »Danke, dass du wirklich glaubst, ich hätte auch nur eine Sekunde vor, dich vor der CIA zu decken, damit du mich irgendwann fröhlich in New York aufsuchen und mich wieder kidnappen kannst! Du bist krank! Du sagst, dass du es genießt, mich zu schneiden! Du hältst mit deinen Freunden gekaufte Frauen auf einer Insel und ihr stellt euch dabei noch als Samariter dar! Du hast dein Kind getötet! Dein Kind! Und du erwartest ernsthaft, dass ich der CIA nichts sage? Wenn du an meiner Stelle wärest, würdest du dich nicht genauso entscheiden?«

Er seufzte und sog die Flüssigkeit mit einer Spritze auf. Das wenige Licht brach sich im Glas und ließ das Instrument gefährlich funkeln. »Salena war von mir schwanger.«

»Salena?«

»Dann hat sie sich vom Dach gestürzt.«

Ich erstarrte. Er hat sie dazu getrieben, sich in den Tod zu stürzen?

Er sah mir kurz ins Gesicht. »Und nein«, knurrte er ungehalten, »ich habe es nicht befohlen. Aber ich hätte sie davon abhalten können. Deswegen fühle ich mich verantwortlich für ihren Tod.«

Ich schüttelte den Kopf. »Das klang vorhin noch ganz anders.«

»Ich weiß. Es war offensichtlich ein Fehler, dich im falschen Glauben zu lassen. Aber ich bin es nicht gewohnt, darüber zu sprechen. Ich tue es nie und schon gar nicht, wenn wir eigentlich keine Zeit haben.«

»Jetzt haben wir Zeit«, wisperte ich.

Seine Augen blinzelten müde. »Jetzt ist es zu spät, Amber.« Er überprüfte die Spritze ein letztes Mal. »Nicht nur, dass du mich angelogen hast, du hast auch den Sex missbraucht, um mich zu täuschen. Wir sind nicht mehr in der Lage, uns gegenseitig zu vertrauen. Du nicht mir, ich nicht dir. Das hier ist nötig.«

»Und jetzt? Wirst du mich alles vergessen lassen und in ein paar Wochen wieder vor meiner Tür stehen und mich erneut einfangen?«

»Beruhige dich. Dazu wird es nicht kommen. Du wirst mich nie wieder sehen.«

»Natürlich nicht.«

Er lachte mich aus. »Glaubst du wirklich, dass ich es so nötig habe?«, fragte er und schob seinen Bürostuhl zu mir heran. Wie ein Profi tastete er meine Armbeuge auf der Suche nach meiner Vene ab. »Du willst mich nicht. Das habe ich verstanden. Und ich habe das Interesse daran verloren, dich dazu zu bringen, deine Scheuklappen abzulegen. Du kannst mir wahrlich gestohlen bleiben.«

Er legte die Nadel an meine Haut.

»Warum dann das hier alles?«, fragte ich tonlos.

Seine Augen blieben auf die Nadel fixiert, die sich langsam in meine Haut schob. Ich spürte den Schmerz nicht. »Weil Wres dagegen gestimmt hat. Also müssen wir dafür sorgen, dass du weiterleben kannst – und wir auch.«

»Wres?«, fragte ich.

*Er lächelte mich an und drückte die Flüssigkeit in der Spritze durch die Nadel in meine Vene. »Ly und ich hätten es im Gegensatz sehr gerne getan.« Die Flüssigkeit verteilte sich in meinen Venen und ich hatte Angst davor, was die Droge mit mir tun würde. »Dich getötet.«*

Als der Wagen die Polizeistation erreichte, war ich noch immer damit beschäftigt, mich gedanklich zu sortieren. Crack hatte mich gezwungen, ihm zu sagen, dass ich nicht vorhatte, ihn vor der CIA und sonst wem zu decken. Daraufhin hatte er mich aus seinem Zimmer geschleift, in einen anderen Raum gebracht, an einen Stuhl gefesselt und war für mehrere Minuten verschwunden. In dieser Zeit musste er sich mit Wres und Ly abgesprochen haben.

Als er zurückgekommen war, hatte er ohne Umschweife sein Messer gezückt und mir die Wunde zugefügt. An das Gespräch erinnerte ich mich vollkommen klar. Aber mit den Drogen verschwamm alles Weitere. Ich wusste nur, dass alles unglaublich bunt gewesen war – jedenfalls glaubte ich, mich an etwas sehr Buntes und sehr Schönes zu erinnern. Und ich wusste, dass ich nicht reden durfte.

Ich konnte es nicht einmal.

Meine Lippen brachten die richtigen Worte einfach nicht hervor.

Den Kioskbesitzer hatte ich zwar gebeten, die Polizei zu rufen, weil ich entführt worden war. Aber dem Polizisten hatte ich noch immer nicht die Namen genannt, die mir auf der Zunge lagen.

Nolan Seyward. Dean West. Javier. Und die jeweiligen Decknamen.

Eine Bohrinsel. *Die Bohrinsel.* So etwas dürfte schließlich schnell zu finden sein.

Doch ich sagte nichts.

Denn ich glaubte dem Satz, der in meiner Erinnerung auftauchte wie ein Warnschild.

*Sterben wir, sterben sie.*

Nur hatte ich keinen blassen Schimmer, wer ›sie‹ sein sollten. Meine Eltern? Freunde? Jemand, den ich kennen müsste?

Solange ich nicht wusste, wer *sie* waren, solange ich nicht einschätzen konnte, für wessen Tod ich mich verantwortlich fühlen müsste, würde ich es nicht riskieren, irgendetwas von meinem Wissen preiszugeben.

Daher schwieg ich ganz automatisch.

In der Polizeistation befragte man mich in schlechtem Englisch. Ich durfte im Anschluss endlich telefonieren.

Ich rief meine Mutter an, sie war aufgelöst.

Es dauerte keine Stunde, bis die Polizisten mich nach einem mysteriösen Anruf, den ich mithören konnte, zum Hafen brachten. Dort wurde ich mit viel lockerem Gerede einem Tourismuskutter übergeben, der mich nach Chenille brachte. Mit jeder Minute wurde das Paradies um mich herum unwirklicher.

Türkisblaues Wasser, weißer Sandstrand und gut gelaunte Leute – *sterben wir, sterben sie.*

In Les Belles Cascades angekommen, ein kleines Städtchen am Meer, kam mir am Hafen eine Frau entgegen. Sie sprach erholsames Südstaatenenglisch und stellte sich als Junior Agent vor.

»Miss Moore«, sie schüttelte meine Hand, als ob sie sie abreißen wollte, »wie geht es Ihnen?«

»Schlecht.«

»Brauchen Sie einen Arzt? Hat man sich schon um Sie gekümmert?«

»Ich will so schnell wie möglich nach Hause.« *Sterben wir, sterben sie.*

»Sie sind jetzt sicher«, beteuerte die Amerikanerin. »Nach einer Untersuchung im Krankenhaus schicken wir sie nach Hause. Sie brauchen keine Angst mehr zu haben.«

*Wenn sie wüsste.*

*»Warum hast du nicht einfach besser geschauspielert, Beauty?«*

*Ich konnte mich nicht daran erinnern, wo und wann diese Unterhaltung stattgefunden hatte. Aber ich hatte sie geführt.*

*»Warum hast du mich nicht glücklich sterben lassen? Ich wäre niemals auf den Gedanken gekommen, dass du mich verraten hast, so geblendet war ich von deiner Schönheit und Hemmungslosigkeit, mich zu vögeln ... Ich wäre der CIA zufrieden in die Arme gerannt und hätte mir gar nichts dabei gedacht.«*

*»Ja, das ärgert mich auch«, murmelte ich.*

*Sanft streichelten seine Hände durch mein Haar. »Schlaf jetzt«, flüsterte er. »Wenn du dir den kleinsten Fehltritt erlaubst, werden sie den Braten riechen, den du*

*verbirgst. Und um uns zu bekommen, wird die CIA vor*
*nichts zurückschrecken. Denk immer dran, Beauty. Wir*
*sind nicht schlimmer als die. Die sind schlimmer als wir.*
*Und wenn sie glauben, es würde ihnen etwas bringen,*
*werden sie dich foltern – um alles zu erfahren.«*

*»Das ist es doch, was du willst«, murmelte ich. »Du*
*liebst es, wenn ich leide.«*

*»Wie falsch du manchmal liegst.« Seine Stimme*
*wurde leiser, als würde jemand den Ton abdrehen. »Ich*
*liebe es, wenn du lächelst.«*


»Haben Sie gut geschlafen, Madam?«

Ich öffnete die Augen und war hellwach. Seitdem die
Erinnerung zurückgekehrt war, fühlte ich mich körper-
lich gesehen merkwürdig klar. Lag es an der Hypnose,
dass ich so entspannt war, als wäre es mir gar nicht anders möglich? Auch die Erinnerungen schmerzten nicht,
bis auf die Tatsache, dass ich mich davor fürchtete, jemand würde meinetwegen sterben.

*Aber wer?*

»Ich bin Ashton Rootkat, CIA.« Der Agent setzte
sich auf den einzigen Stuhl in meiner kleinen Kajüte.
»Leider muss ich Sie wecken. Denn auch, wenn Sie
Furchtbares durchgemacht haben, sind Sie vermutlich
ebenso daran interessiert wie wir, dass die Täter dafür
zur Rechenschaft gezogen werden.«

»Sie überfallen mich«, erwiderte ich tonlos und richtete mich auf. Ich musste eingenickt sein, ohne es zu merken. Wie lange befand ich mich schon auf dem Schiff?
Wann hatte sich der Arzt von mir verabschiedet?

»Das stimmt. Daher wollte ich Ihnen ein Angebot

machen. Ich serviere Ihnen das beste Mittagessen, das diese Fähre zu bieten hat, Sie erzählen mir, was mit Ihnen geschehen ist. Natürlich nur so viel, wie Sie wollen. Eine Psychologin befindet sich mit an Bord. Wir können Sie jederzeit dazuholen.«

»Ja, bitte.«

Rootkat verzog einen Mundwinkel. »Gerade macht sie Pause. Aber in der Zeit könnten Sie ja etwas essen.«

Bei dem Wort ›Essen‹ knurrte mein Magen. »Gut«, antwortete ich matt und ließ mich von Rootkat aus meinem Zimmer führen. Er brachte mich in einen leeren Raum ohne Fenster, in dem ein großer Holztisch und einige Stühle standen. Ein Pausenraum der Besatzung?

Als ich das viele Essen auf den Tellern sah, dachte ich nicht länger darüber nach. Wieder setzte diese Gier ein, die ich nie zuvor erlebt hatte, und ich verschlang ein ganzes Toast mit zwei Bissen.

»Schmeckt es?« Rootkat setzte sich vor mich und legte ein Aufnahmegerät auf den Tisch. Er schaltete es ein und in dieser Sekunde verging mir jeglicher Appetit.

»Was wollen Sie wissen?«, fragte ich kühl.

»Sie wurden vor einer Woche von Ihrem Chef Dr. Rafer Halpin beauftragt, gemeinsam mit zwei Kollegen nach Mexiko zu reisen. Ist das richtig?«

*Eine Woche. Eine Woche, und sie hat mein ganzes Leben verändert.* Ich nickte.

»Bitte antworten Sie mit Ja oder Nein.«

Ich schmunzelte, als mir auffiel, dass ich schon wieder gezwungen war, etwas zu tun, was ein Mann verlangte. *Wir sind nicht schlimmer als die, Beauty. Die sind schlimmer als wir. Vergiss das nicht.*

»Ja«, sagte ich stumpf.

»Sie sollten einen Ihrer Lieferanten kontrollieren, stimmt das?«

Rootkat war um die dreißig. Ein sportlicher, gut aussehender Agent, der es schaffte, ganz natürlich zu wirken, während er mich in einem fensterlosen Raum befragte. Seine Haare waren bereits mit grauen Strähnen durchsetzt, was seiner Attraktivität keinen Abbruch tat, an seinem rechten Finger steckte ein Ring.

*Niedlich.*

Sie hätten mir schon einen geeigneteren Agenten schicken müssen, wenn sie etwas von mir wollten. Einen, der mich wie eine erwachsene Person behandelte und nicht wie ein Kind mit Essen lockte, schon gar nicht, wenn ich gerade erst aufgewacht war.

»Stimmt«, antwortete ich.

»Aber dazu ist es nie gekommen?«

»Ich habe am Abend unserer Ankunft das Hotel verlassen, um in einer Bar etwas zu trinken.«

»Warum sind Sie nicht im Hotel geblieben? Mussten Sie am nächsten Morgen nicht früh raus?«

»Hätte, könnte, wenn, aber.« Ich fischte eine Weintraube vom Obstteller. »Was meinen Sie, wie oft ich mir die letzten Tage gewünscht habe, ich wäre im Hotel geblieben.«

Rootkat setzte ein mitleidvolles Gesicht auf. »Verstehe. Wussten Sie, dass der Obstlieferant, dem Sie einen Routinebesuch abstatten sollten, in Drogengeschäfte verwickelt war?«

Etwas drückte von innen gegen meine Schläfe. »Nein.«

»Und dass der Staat New York gegen Ihren Chef ermittelt?«

Ich schüttelte den Kopf.

»Miss Moore, ich muss Ihnen leider sagen, dass wir glauben, dass Sie nicht ganz zufällig in einen Menschenhändlerring geraten sind.«

»Woher wissen Sie, was mit mir passiert ist? Ich meine, woher wissen Sie, dass es ein Menschenhändlerring war?«

Der Agent seufzte. »Wir wissen viel, aber nicht genug. Wenn Sie uns helfen könnten, das letzte Puzzlestück zu finden, wären wir einen großen Schritt weiter und könnten diesen unsäglichen Ring ein für alle Mal ... auffliegen lassen.«

Plötzlich hatte ich das Gefühl, die Temperatur wäre um einige Grad gesunken. Ich hasste es, dass der Wunsch in mir aufkeimte, ausgerechnet Crack würde hereinplatzen und mich vor dem zwielichtigen Agenten retten. *Warum denke ich so etwas? Wo bleibt mein Stolz?*

»Darf ich Ihren Ausweis sehen?«

»Meinen Ausweis?«, fragte Rootkat verwirrt.

»Den Ausweis, den Sie als Agent bei sich tragen. Und Ihre ID. Etwas, das mich wissen lässt, wer Sie sind.«

»Natürlich.« Er holte ein schwarzes Heftchen aus seiner Hemdtasche hervor und reichte es mir über den reich gedeckten Tisch. Ich ignorierte die Törtchen, Backwaren, Obstschalen und belegten Sandwiches und nahm ihm die Marke aus der Hand.

Ashton Rootkat.

Ich blickte auf den Ausweis hinunter und mir fiel auf, dass er mir nicht dabei helfen würde, zu erfahren, was hier vor sich ging. »Vielen Dank«, sagte ich und schob ihn ihm zurück über den Tisch. »Ich möchte mit einem Anwalt sprechen, bevor wir dieses Gespräch fortführen.«

Er fiel aus allen Wolken. »Mit einem Anwalt?«

Ich nickte.

»Miss Moore, es wird keinerlei gerichtliches Verfahren gegen Sie eingeleitet, Sie sind Zeugin, und was auch immer Sie auf ihrer Flucht getan haben, es war Notwehr, das versichere ich Ihnen ...«

Ich nickte wieder.

»Sie müssen uns helfen«, flehte er plötzlich und beugte sich vor. »Jemand ist dafür verantwortlich, dass Sie gekidnappt wurden. Ihr Chef Mr. Halpin und Ihre Kollegen sind sehr wahrscheinlich *tot*. Miss Moore, hierbei geht es um sehr viel mehr als Ihre Entführung. Hunderte Frauen werden pro Jahr verschleppt und wir sind *so kurz* davor, die Verantwortlichen zu fassen.« Er zeigte mir mit dem Abstand zwischen Daumen und Zeigefinger, wie kurz davor sie waren.

Ich nickte wieder. »Ohne meinen Anwalt sage ich nichts.«

»Aber wieso denn? Das hält uns doch nur unnötig auf! Die Frauen, die mit Ihnen dort waren, leiden gerade Höllenqualen, *bitte* helfen Sie Ihren amerikanischen Mitbürgerinnen und auch den anderen Frauen ...«

»Ich bin keine Patriotin.«

»Aber Sie sind ein Mensch! Zeigen Sie Menschlichkeit!«

Ich schüttelte den Kopf.

Rootkat starrte mich für einen Moment fassungslos an, dann strich er über seine Krawatte und räusperte sich beschämt. »Natürlich. Ich habe Sie zu sehr überfallen.

Entschuldigen Sie. Nach dem, was Sie durchgestanden ...«

»Nein, haben Sie nicht.«

Wieder sah er überrascht auf.

»Ich werde nichts sagen. Überfallen hin oder her.«

»Aber warum?!«, fragte er fast verzweifelt.

*Weil ich einer Marke nicht traue.* Das letzte Mal hatte mich die mexikanische Polizei direkt in die Höhle des Löwen zurückgebracht. Warum sollte ich glauben, die Amerikaner wären besser? Wieso überhaupt sollte ich Informationen preisgeben, wenn ich im Gegenzug nichts erfuhr? Es ging mir nicht darum, Scrilla und die anderen zu schützen. Ich wollte auch nicht dabei im Wege stehen, wenn die angeblich rechtschaffene CIA versuchte, einen Menschenhändlerring aufzudecken, aber ich sah nicht ein, dass ausgerechnet ich das letzte Puzzlestück sein sollte, das das große Fragezeichen der Behörden schloss.

Ohne zu wissen, wie das Puzzle überhaupt aussah.

Ich hatte so was von die Nase voll davon, ausgenutzt zu werden.

»Hören Sie ...« Rootkat schob die Teller beiseite, um sich noch weiter vorbeugen zu können. Dabei schaltete er wie zufällig das Diktiergerät aus. »Sie sind nicht irgendwer. Jemand möchte, dass Sie schweigen. Ihnen wurden Drogen eingeflößt, die relativ ungefährlich sind, aber in den allermeisten Fällen zu einem Gedächtnisverlust führen. Außerdem wurden Sie in den letzten achtundvierzig Stunden mehrmals betäubt. Ihre Blutwerte sind schlecht, an Ihrem Körper finden sich allerlei Spuren von Gewalt. Wer hat Ihnen das angetan? Wo waren Sie die letzten Tage? An was können Sie sich erinnern?«

»Schalten Sie das Diktiergerät bitte wieder ein und wiederholen Sie das mit der Verletzung der ärztlichen Schweigepflicht – oder haben Sie mich nackt ausgezogen, während ich geschlafen habe? So weit ich mich erinnere, hat mich nämlich nur ein Arzt untersucht – und niemand sonst.«

Er lächelte unverfroren. »Ihren Hals, Miss Moore. Den meinte ich.«

Ich griff unwillkürlich an meinen Nacken.

»Was ist das Letzte, an das Sie sich erinnern?«

Ich schwieg.

»Hören Sie, wir können das auch ganz anders aufziehen. Wenn Sie uns jetzt nicht helfen und auf einen Anwalt bestehen, müssen wir davon ausgehen, dass Sie nicht so unschuldig sind, wie wir glauben. Vielleicht versuchen Sie jemanden zu decken? In diesem Fall machen Sie sich strafbar und Sie können Ihre Freiheit ... Was tun Sie da?«

»Ich ziehe mich aus«, antwortete ich und streifte mein Oberteil ab. Dann öffnete ich meine Hose, bis der Slip darunter zum Vorschein kam – *wer zur Hölle hat mich umgezogen?* – und spreizte die Beine. »Nur zu. Setzen Sie sich über meine Einwilligung hinweg. Vergewaltigen Sie mich hier auf dem Tisch, tun Sie, was Ihr Schwanz Ihnen rät, verletzen Sie meine Menschenrechte. Ich darf nicht mit einem Anwalt sprechen, als wäre ich eine Schwerverbrecherin? Sie drohen mir auf lächerlichste Art, als wäre ich zu dumm? Sie wechseln vom Good Cop zum Bad Cop innerhalb weniger Minuten und ich soll das dulden? Ich will einen Anwalt. Und bis dahin können Sie sich ficken.«

»Bitte ziehen Sie sich wieder an, Miss Moore.« Schweißperlen traten auf seine Stirn. Er schaute hektisch zur Tür. »Ich werde Dr. Zagunis aus ihrer Pause zurückholen und dann können Sie mit ihr sprechen.«

»Nicht ohne meinen Anwalt.«

Rootkat schluckte. »*Bitte* ziehen Sie sich wieder an.«

Ich gehorchte und fühlte mich dabei unglaublich schlecht. Ging ich nun schon davon aus, dass jeder Mann ein Arschloch war? Warum half ich ihm nicht dabei, Scrilla und die anderen zu finden? Meinetwegen litten Frauen. Meinetwegen *starben* Frauen.

*Sterben wir, sterben sie.*

Egal, was ich tat, ich konnte nur verlieren!

Mit aller Macht konzentrierte ich mich darauf, den Bann der Hypnose zu brechen. Es musste möglich sein. *Ich bin der Herr über meinen Körper! Und niemand sonst!*

»Einer meiner Entführer ...« *Komm schon. Warum fühlt sich das so schwer an? Wie kann mein Unterbewusstsein sich weigern, die Namen auszusprechen?*

Rootkat hob die Hand. »Schon gut, ich respektiere Ihre ...«

Ich beugte mich vor und schaltete das Tonbandgerät wieder an. »Einer meiner Entführer war der angeblich tote Boxchampion ...«, komm schon!, »N...olan Seyward. Der Box-Champion.«

Rootkat weitete die Augen.

Ich wollte noch die anderen Namen ergänzen, aber eine weitere Fessel legte sich imaginär um meine Zunge. Mir war aus irgendeinem Grund klar, dass ich die

Namen nicht einmal hätte schreiben können. Ich brachte keinen Ton hervor und zurück kehrte diese Angst.

*Sterben wir, sterben sie!*

Ein lautes Donnern sorgte dafür, dass ich für einen Moment vergaß, gegen meinen inneren Knebel anzukämpfen. Rootkat setzte sich verwirrt auf. Wir lauschten, dann fielen Schüsse.

Er sah mich für einen Moment an, als könnte ich ihm die Antwort darauf geben, was das zu bedeuten hatte. »Fuck!«, keuchte er schließlich, zog seine Waffe, die Tür krachte auf, ein Schuss fiel und Rootkats Gehirnmasse spritzte mir entgegen.

Ich erstarrte zu Stein.

»Wir haben sie!«, rief der Kerl auf Spanisch, als er mich auf dem Stuhl sitzend entdeckte, machte einen Satz und drückte mir die Waffe an den Schädel. »Schön ruhig bleiben, Mädchen.«

Das fiel mir vor allem deswegen schwer, weil ein zerplatzter Kopf auf dem Essen dermaßen ekelerregend wirkte, dass ich mich am liebsten übergeben hätte.

Ich wünschte mir sehnlichst, sie hätten auch auf mich geschossen. Dann wäre ich jetzt tot *und alles wäre endlich vorbei.*

Die Tür ging auf und eine Gruppe Mexikaner ergoss sich in den Raum.

Jemand rief: »Camacho! Sie ist hier!«

Im nächsten Moment erschien ein Mann in öligem Anzug, der als Einziger keine Waffe trug.

Er war eindeutig der Boss der Runde.

Mit der Waffe am Kopf wagte ich es nicht, mich auch nur einen Millimeter zu bewegen.

Camacho blickte von mir zu dem leblosen Rootkat,

der keine fünf Minuten zuvor lächelnd vor mir gesessen hatte. »Was für eine Sauerei. Könnt ihr nicht richtig zielen? Wer möchte denn einer Frau einen solchen Anblick bescheren?«

Der Mann, der die Waffe an meinen Schädel hielt, murmelte etwas.

Daraufhin blickte Camacho mich direkt an. »Na, meine Schöne?« Er lächelte. »Darf ich Sie entführen?«

*Ende Band 1*

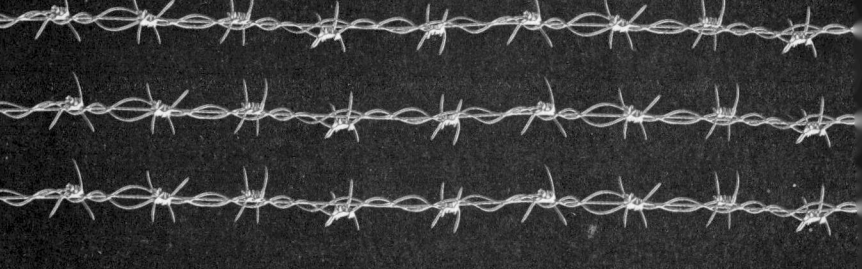

# Die Reihe geht weiter:

**CATCHING BEAUTY**
du gehörst mir

○ Wunschliste
○ Schon im Regal

**CATCHING BEAUTY**
du entkommst mir nicht

○ Wunschliste
○ Schon im Regal

**CATCHING BEAUTY**
du bedeutest meinen Tod

○ Wunschliste
○ Schon im Regal

**HUNTING ANGEL**
ich werde dich jagen

○ Wunschliste
○ Schon im Regal

**HUNTING ANGEL**
du wirst mir verfallen

○ Wunschliste
○ Schon im Regal

**HUNTING ANGEL**
fürchte dich vor mir

○ Wunschliste
○ Schon im Regal

**TAKEN PRINCESS**
du bist mein

○ Wunschliste
○ Schon im Regal

**TAKEN PRINCESS**
mein Herz ist dein

○ Wunschliste
○ Schon im Regal

**TAKEN PRINCESS**
das Ende ist unser

○ Wunschliste
○ Schon im Regal

# Mehr Bücher von J. S. Wonda:

**VERY BAD KINGS**
Erstes Semester

○ Wunschliste
○ Schon im Regal

**VERY BAD ELITE**
Zweites Semester

○ Wunschliste
○ Schon im Regal

**VERY BAD LIARS**
Spring Break

○ Wunschliste
○ Schon im Regal

**VERY BAD CHOICE**
Die Entscheidung

○ Wunschliste
○ Schon im Regal

**VERY BAD TRUTH**
Graduation Gala

○ Wunschliste
○ Schon im Regal

**VERY BAD BASTARDS**
Drittes Semester

○ Wunschliste
○ Schon im Regal

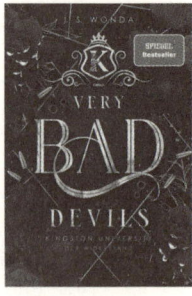

**VERY BAD DEVILS**
Der Widerstand

○ Wunschliste
○ Schon im Regal

**VERY BAD SINNERS**
Winter Break

○ Wunschliste
○ Schon im Regal

**VERY BAD REVENGE**
Viertes Semester

○ Wunschliste
○ Schon im Regal

**BASTARDS**

○ Wunschliste
○ Schon im Regal

**SISTERS**
Fortsetzung

○ Wunschliste
○ Schon im Regal

**CATCH THE BILLIONS, BABY!**

○ Wunschliste
○ Schon im Regal

**FALLEN**
Band 1

○ Wunschliste
○ Schon im Regal

**FALLEN DEEPER**
Band 2

○ Wunschliste
○ Schon im Regal

**FALLEN HEART**
Band 3

○ Wunschliste
○ Schon im Regal

**LIAM HARSEN**
be my fire

○ Wunschliste
○ Schon im Regal

**LIAM HARSEN**
feel my love

○ Wunschliste
○ Schon im Regal

**LIAM HARSEN**
only you

○ Wunschliste
○ Schon im Regal

**SMOKE**
Du bist sein Besitz

○ Wunschliste
○ Schon im Regal

**BLAZE**
Er ist dein Feuer

○ Wunschliste
○ Schon im Regal

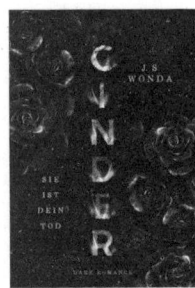

**CINDER**
Sie ist dein Tod

○ Wunschliste
○ Schon im Regal

**WINTER**
Sie bringen dein Ende

○ Wunschliste
○ Schon im Regal

**UND TÄGLICH**
ohne dich

○ Wunschliste
○ Schon im Regal

**UND TÄGLICH**
mit dir

○ Wunschliste
○ Schon im Regal

**MIT DIR UND**
doch ohne dich

○ Wunschliste
○ Schon im Regal

**NIEMAL WIEDER**
ohne dich

○ Wunschliste
○ Schon im Regal

**TIMELESS**
Liebe gegen die Zeit

○ Wunschliste
○ Schon im Regal

**DARK PRINCE**
Gefährliches Spiel

○ Wunschliste
○ Schon im Regal

**DARK DESIRE**
Vebotenes Verlangen

○ Wunschliste
○ Schon im Regal

**DARK ROYALTY**
Königliches Begehren

○ Wunschliste
○ Schon im Regal

**DARK DUTY**
Dunkle Pflicht

○ Wunschliste
○ Schon im Regal

**DARK PRINCESS**
Dunkles Geheimnis

○ Wunschliste
○ Schon im Regal

**DARK KING**
Königliche Liebe

○ Wunschliste
○ Schon im Regal

**BAD PRINCE**
Royales Spiel

○ Wunschliste
○ Schon im Regal

**BAD PRINCE**
Royale Flucht

○ Wunschliste
○ Schon im Regal

Lesezeichen, Planer und weiteres Merchandise
zu meinen Büchern findest du in meinem Online-Shop:

# www.wondaversum.de